TODAS LAS HORAS DEL DÍA

CLARA FUERTES

TODAS LAS HORAS DEL DÍA

PLAZA JANÉS

Papel certificado por el Forest Stewardship Council®

Primera edición: marzo de 2022

Printed in Spain – Impreso en España

ISBN: 978-84-01-02724-6
Depósito legal: B-1021-2022

Compuesto en M. I. Maquetación, S. L.
Impreso en Rodesa
Villatuerta (Navarra)

L 0 2 7 2 4 6

A María Casares

A todos los que en algún momento se sintieron vencidos;
a todos los que levantaron el vuelo

A mi madre

Escuchemos a las mujeres
sus pies danzan sobre la tierra
escuchémoslas
hagamos el silencio.

GIOCONDA BELLI,
El pez rojo que nada en el pecho

El teatro no puede desaparecer porque es el único arte donde la humanidad se enfrenta a sí misma.

ARTHUR MILLER

Dame detalles de tu vida. Ayúdame a imaginarte.

Palabras de A. CAMUS a MARÍA

Esa eres tú, María; tu presencia en la escena española será como un fuerte viento purificador.

Palabras de RAFAEL ALBERTI a MARÍA

El arte y nada más que el arte. Tenemos el arte para no morir de verdad.

FRIEDRICH NIETZSCHE

Prólogo

El teatro es un lugar de creación de vida.
Es la vida misma interpretándose.

Una sala llena, una sala que corea un nombre, que lo desgasta; una sala que siente merece un altar.

Cada vez que ella sale al escenario tiembla su mundo. Su emoción le traspasa la piel, viaja hasta las butacas, se escapa por las ventanas, llega hasta la calle.

Es la reina de la tragedia. Del absurdo.

Una reina diminuta, felina. Un genio nacido con catorce años en un teatro muy lejos de casa.

Ninguna otra actriz le hace sombra.

Los años no hacen mella en su voz, ni en su fuerza, ni en su pasión. Apenas come si tiene que ensayar, y menos si va a actuar por la noche, y si lo hace es a horas de una extrañeza inusual, con cantidades exorbitadas que nadie sabe dónde mete en ese cuerpo tan menudo. Tampoco duerme, dormita como los animales salvajes, siempre en guardia, quizá ella también lo sea, salvaje, muy salvaje.

Es hija de Santiago Casares Quiroga y Gloria Pérez. También, de La Coruña y Francia. Tiene el cabello castaño, los ojos verdes, la altura pequeña y el corazón atlántico.

Es una mujer exilio con dos lenguas en la boca.

Su nombre, María Casares.

Airas
El encargo

> Era consciente de cuán estéril era una vida sin ilusiones. No existe paz sin esperanza.
>
> ALBERT CAMUS, *La peste*

Una mañana de noviembre del noventa, mi editora me llamó con, según ella, un encargo muy especial para mí. Imagino que mientras me personaba en su despacho eligió estas cuatro últimas palabras para que yo, a quien le asignaban sin preguntar siquiera los artículos más duros o desagradables de la redacción, los que nadie quería o a nadie le interesaban, me sintiera igual de especial que la persona objeto de la investigación. Imagino también que quería que me ilusionara porque ella misma lo estaba. Se le notaba. Le brillaban los ojos. Pero no fue así, al menos no al principio, al menos no hasta que caí... Después todo cambió, pero no quiero adelantarme a mi historia, o, mejor dicho, a la historia del personaje especial.

Mi editora era una mujer transparente, una visión paralizante que imponía silencio; tenía una mirada capaz de llenar cualquier vacío y una conversación de la que era imposible no salir fascinado. Cuando uno iba a verla no podía evitar sentir algo de miedo, pero salía de su despacho rendido a sus pies, seducido por completo. Su manera de hablar, de moverse, de elegir el libro correcto, el tema perfecto, de pronunciar las palabras adecuadas, de dominar cada instante de la entrevista, aceleraba mi pulso. Me hacía vulnerable, como si fuera un niño pequeño aprendiendo una lección nueva cada vez.

—Airas, tienes que hacer un viaje a París —me dijo muy seria. Y a mí se me iluminó la mirada. ¡París!, pensé. ¡París! A continuación añadió, para sacarme de mi ensoñación—: Tienes que entrevistar a María Casares y escribir un artículo sobre su vida.

En aquel momento, ante aquella mujer arrolladora a la que quería deslumbrar desde hacía meses, a la que quería demostrar por encima de todo que contratarme había sido lo justo, lo correcto, que yo lo valía, que era un buen periodista y no solo un enchufado niño de papá, sonreí. Y un segundo después asentí, fingiendo un entusiasmo que estaba lejos de sentir. Tenía que disimular, no quería parecer un inculto. Ganar tiempo, hablar, eso necesitaba, pero era incapaz de pronunciar una sola palabra. Cómo iba a reconocer, sin quedar fatal, que ni siquiera conocía a la tal María. ¿Casares, había dicho? ¿Había oído antes ese apellido? La verdad es que me sonaba bastante el nombre, o puede que solo quisiera sonarme, que me estuviera engañando para complacer a la editora. Intenté hacer memoria. Fue en vano. Sin embargo, el personaje había despertado ya mi curiosidad. Si María Casares era una mujer importante para ella, para mí también lo sería. Iba a darlo todo.

—Quiero que a María se le haga justicia —me dijo antes de que terminara nuestra conversación y me diera su biografía y algunas notas de su vida y de lo que quería que hiciera.

¿Justicia?, ¿había dicho justicia? ¿Quién era María Casares?

—Confío en ti, Airas —añadió—. Lo vas a hacer muy bien.

¿Había dicho que confiaba en mí?, ¿en serio había dicho que lo iba a hacer muy bien?, ¿o quizá lo había soñado? Estaba sudando de la emoción.

Mi editora se quedó un momento callada, mirándome como una madre mira a un hijo a punto de volar del nido, con ternura y algo de pena. Levantaba la ceja derecha. ¿Qué significaba esa ceja arqueada de bruja? ¿Acaso pensaba que igual me quedaba grande el encargo, que había sido un error?

—Si tienes alguna duda este es el momento de preguntar, Airas.

—No, no, de momento nada; si me surgieran, me acercaría a verte.

—¡Perfecto! Mantenme al tanto de lo que vayas haciendo. Quiero ver desde el principio el enfoque que le vas dando.

—¡Claro, claro!

—Pues, si no tienes nada más que preguntarme ni dudas, por mi parte eso es todo, Airas —dijo cortante.

Di un respingo y me giré hacia la salida precipitadamente. Al hacerlo tropecé con una silla y por poco me caigo. El rostro me ardía de vergüenza. Ya en la puerta me volví y le dije en un susurro:

—Muchas gracias por la oportunidad.

—Aún no me las des, Airas. No es un trabajo fácil. Créeme que me gustaría ser yo quien lo escribiera, pero no tengo el tiempo ni la sensibilidad que necesita María. Y si no pensara que tú puedes hacerlo no te lo habría pedido. Espero que no me defraudes.

Nada más escuchar aquellas palabras de la editora sentí un escalofrío y me entraron unas ganas enormes de llorar. ¿Sensibilidad?, ¿me había elegido por mi sensibilidad?, ¿eso había dicho? ¡Por fin!, pensé. Por fin no era motivo de burla ser sensible. Sin embargo, no quería llorar, al menos no delante de ella, y me dije: «Por favor, Airas, no llores ahora, no es el momento», y me lo repetí varias veces mientras me retiraba y cerraba la puerta a mi espalda aliviado. Me apoyé en ella. Las lágrimas ya me caían sin remedio por el rostro. Ni en sueños voy a defraudarte, y menos ahora, pensé. Voy a escribir el mejor artículo del mundo. Te lo debo. Me lo debo. Las piernas me temblaban. Me sequé con torpeza la cara y el llanto fue cesando poco a poco. Pensar en París obró el milagro. ¡París!

En París era imposible que algo pudiera salirme mal, incluso si ese algo era entrevistar a una mujer de la que uno no sabía absolutamente nada. Puede que fuera difícil o que no me resultara interesante el personaje de María Casares, pero no pensaba dejarme intimidar. Haría que aquella oportunidad valiera la pena. ¡Ya lo creo que lo haría!

Iba a darlo todo.

¡Todo!

María
Finisterre

> Siempre tuve la impresión de vivir en alta mar, amenazado, en el corazón de una magnífica felicidad.
>
> ALBERT CAMUS

Un último guion. Solo uno más. Será el último escenario de mi vida, te lo prometo, Dadé, mi amor. Me despediré a lo grande y después descansaré, iré al médico, me haré pruebas. Ya sabes lo que me gusta actuar. Sin el teatro no habría soportado este luto, esta segunda pérdida; la soledad me marea, se me mete muy dentro, en el centro justo del estómago, y me lastima. El teatro me da esperanza. ¿Recuerdas lo que decía Camus? Lo tengo muy presente hoy: «Donde no hay esperanza debemos inventarla». Y eso hago, Dadé, inventar mi esperanza. Seguir creando. Te añoro tanto, querido mío. Ya, ya sé que lo sabes, que te lo digo todos los días mientras paseo por esta enorme casa vacía, por el jardín, por este espacio nuestro que me recuerda a aquella niña libre y salvaje que fui una vez en Galicia.

«Finisterre», me llamaba Camus con infinito amor. «Finisterre», me decía bajito, susurrándomelo al oído. Y cada vez que lo pronunciaba yo moría de felicidad, porque me devolvía, por unos instantes, a esa morriña que todavía sentía por Galicia, a la pequeña que fui. ¡Qué alegre era todo antes, cuando solo existían la playa, los amigos, el sol, el mar, la casa grande y aquel jardín tan verde, la vida sin ninguna pena, sin política ni guerras, sin exilios ni hambre, sin lutos! No te inquietes, Dadé, sigo siendo tu chiquilla española, alegre, salvaje y libre, la misma mujer a la que quisiste durante años sin que yo no me diera ni cuenta; pero ya no es lo mismo, estoy cansada, amor. Incluso la voz se me resiente. Esta manía mía de hablar con los muertos no cambiará nunca, ¿verdad? Pero me sienta bien, me acerca a vosotros, a todo aquello que amé una vez con el corazón, la piel y el alma, y que sigo amando cada día con mayor empeño si cabe para no olvidarme de ningún detalle que me hiciera feliz.

Os llevo tan adentro, estáis tan cerca… Mi vida está llena de vosotros.

Camus fue mi agua, tú lo sabes, no te descubro nada nuevo. ¡Cuántas veces hablamos de ello! Él era el Mediterráneo, mi sur, calor, padre y maestro, el amante más vivo que me ha tocado jamás, el más pasional, el todo y la nada, siempre queriéndose comer el mundo y arrastrándome en esa voracidad con él. Camus, ¡cuánta sed teníamos! Éramos insaciables, destructivos, irritantes incluso, lo reconozco.

Mi querido Dadé, ¡qué diferente fue lo nuestro!, ¡qué verdadero! Tú me regalaste la paz, el nido que anhelaba desde que me quedé huérfana de tierra, de padres, de familia, de filosofía, huérfana de todo, incluso del amor de mi vida; este lugar que habito hoy, La Vergne, ha sido mi refugio, un indiscutible hogar, un pedacito de Galicia en esta patria de adopción francesa. Hay casas llenas de historias; esta es una de ellas, lo noto. Si escribiera sobre lo que guardan sus paredes, llenaría miles de hojas en blanco. Es una casa sentimiento, anécdota, sorpresa, una casa afortunada de existir. Imagino que ya lo fue antes de que nosotros llegáramos. A veces, pienso en sus anteriores moradores. ¿Fueron felices? ¿Cuáles serían sus rincones favoritos? ¿Y su aroma en la cocina? ¿Estaría su jardín lleno de flores y enredaderas como el mío? ¿Lleno de niños? ¿Cuántas vidas han latido en este lugar?

Ojalá nos hubiéramos encontrado antes, Dadé. Podríamos haber sido padres. Haber criado a nuestros hijos en este enorme jardín. ¿Te lo imaginas? ¡Cuántos años perdidos, yendo y viniendo, viviendo sin vivir después de él, yerma, volcada en esta «carrera del absurdo», como la llamaba Camus, en esas vidas paralelas, siempre falsas, que no eran la mía! ¡Cuántos camerinos, cuánta pintura en la cara, cuánta margarina para quitarme el maquillaje de mis *alter ego*, cuánta ficción y cuántos escenarios, uno tras otro!

¡Qué equivocada estaba!

Ojalá le hubiera hecho caso: «Cualquier hombre, a la vuelta de cualquier esquina, puede experimentar la sensación del absurdo, porque todo es absurdo». Camus era un hombre sabio. No es que tú no lo fueras. Erais muy distintos. Con él hablo cada día también. Me siento en aquel banco que pusimos mirando al lago y es como si le viera. Paso horas allí. ¡Qué haría sin estos momentos! El tiempo se me hace eterno ahora que no estáis ninguno cerca de mí. Ya no tengo aquella ilusión que movía mis días, aquella actividad frenética que me hacía ir de un lado al otro, ese combustible que parecía que no se acababa nunca, con el que me enfrentaba a cada obra, a cada manuscrito, a cada proyecto nuevo, toda aquella pasión ya no existe. Yo ya no existo. Soy una sombra.

Me estoy extinguiendo.

Teníamos tantos planes, Dadé... Íbamos a envejecer juntos, eso dijiste, me lo prometiste; íbamos a viajar por placer, sin giras, sin nervios ni guiones entre las manos. ¿Lo recuerdas, mi vida? ¿Por qué no lo cumpliste? Con lo bonito que fue descubrirnos al final, darnos cuenta de que esa relación nuestra, amiga, cómplice, compañera y divertida de toda una vida en los escenarios y fuera de ellos, siempre había sido mucho más. Tendrías que verme ahora, mi voz se ha vuelto ronca, grave, y al mismo tiempo noto que se va velando por momentos; son las horas ensayando, demasiadas, y el tabaco, los malditos cigarrillos, que son un vicio insano que soy incapaz de dejar. No puedo decirle adiós al teatro. No sabría cómo hacerlo. Estoy condenada. Me está matando actuar y es en lo único que pienso. Actuar, actuar, ser otra, transformarme, crecer en el escenario, llorar, reír, abrazar, sentirme querida, obligarme a salir de la cama, coger un cigarro, fumar, fumar, otra calada más, por favor. El teatro ha sido el mejor amante, el más duradero. Siempre dispuesto a seducirme, a revolcarme, a que diera lo mejor de mí. Exigente y generoso hasta decir basta. Te lo dije y lo seguiré diciendo a quien me lo pregunte: ni Francia ni España ni el mundo; me quedo con el escenario. A él se lo debo todo. Es mi única patria. Y a la patria no se le puede fallar jamás.

El teatro me ha mantenido viva y también ha hecho todo lo contrario. Me da igual. Todo. Ni siquiera mi propio aspecto me importa ya. ¿Debería? Con lo coqueta que fui, con lo seductora. ¿Recuerdas mi cintura de avispa? Ahora me miro al espejo y no me reconozco, no sé quién soy, todo en mí se ha vuelto andrógino, mi caminar, el pelo corto, las canas, las manos manchadas y grandes, incluso el habla me ha cambiado. Estoy llena de arrugas, no te rías, no, a mí no me hacen ninguna gracia. Yo que pensaba que sería inmortal, que mi mundo de fantasía, el maquillaje, los escenarios y el vestuario me harían inmortal, pero no, qué va, nada, te va devorando sin darte cuenta.

Tú también lo pensabas, reconócelo, Dadé, y Camus. ¡Qué par! ¿Inmortal yo? ¡Quién me lo iba a decir a mí!

La vida se me ha hecho corta amándoos. Qué ganas tengo de reunirme con vosotros, con mis padres, volver de otra manera a la Galicia de mi infancia, a mi Atlántico del corazón. Ojalá mi cielo estuviera allí. Ese es mi deseo.

¡Me duelen tanto España y la vida que no pude vivir allí…!

Mira que es difícil encontrar un amor, y yo tuve dos. Dos amores maravillosos, o tres si incluyo el mar, mi mar del norte, mi corazón azul; creo que me equivoco, en realidad han sido cuatro; sí, ya sé que lo sabes, el teatro cuenta como uno más. Puede que incluso sea el amor más importante de todos. Él sí que ha sabido serme fiel hasta el final.

¡Actuaré!

Último guion. ¡Prometido, Dadé!

Me despediré entre aplausos como siempre quise. Y lloraré de emoción al decir adiós con la mano prendida en el pecho. Puede que vea llorar a alguien entre el público. Eso me haría feliz. Seríamos dos seres unidos por una misma emoción.

Después descansaré. Sí, eso haré. Y me dedicaré a cultivar nuestro jardín, a leer y a releer a los muertos que quise con toda el alma, a visitar a los amigos que todavía no se han ido. No son muchos, no te creas.

El tiempo pasa para todos. Es despiadado. No perdona a nadie.

Airas
Inocencia

En medio del odio descubrí que había, dentro de mí, un amor invencible. En medio de las lágrimas descubrí que había, dentro de mí, una sonrisa invencible. En medio del caos descubrí que había, dentro de mí, una calma invencible. [...] En medio del invierno descubrí que había, dentro de mí, un verano invencible. Y eso me hace feliz.

ALBERT CAMUS, *El verano*

María vio por primera vez el océano cuando solo tenía cuatro años. Todavía puede rememorar ese momento inmenso de su vida. El agua que tenía ante ella era inabarcable. Y su azul, eterno. También su sonrisa, sí, esa la recuerda como si fuera ayer, ancha, agitada, casi espuma. Ahora tiene la misma. No le ha cambiado ni siquiera un poquito. Quizá aprendió a sonreír mirando el mar.

Con toda seguridad, María vio el océano Atlántico mucho antes, puede que desde el carrito de bebé del que tiraban su madre Gloria o su querida cuidadora Susita, según la hora del día, por el paseo marítimo de La Coruña o de Montrove, el pueblecito del municipio de Oleiros cercano a la ciudad donde pasaba su familia la mitad del año. Puede que incluso María sintiera todo su oleaje desde el vientre materno en el año 1922; a su madre le gustaba dar largos paseos por la playa; o puede que hubiera correteado, años después, dando sus primeros pasos por la orilla junto a su padre, persiguiendo a las gaviotas, cuando aprendió a correr, o coleccionando conchas en un tarro de cristal por curiosidad; en su cuarto había uno muy grande. Pero María no recuerda nada de todo eso, nada antes del agua, nada antes de junio del veintiséis, nada del amor incondicional de su madre, de los brazos que la mecían de noche cuando se despertaba agitada en la cuna. Toda esa información no está en su memoria, está perdida. Y las palabras de los otros no valen.

Ese día de junio inolvidable, mientras un golpe de Estado intentaba poner fin a la dictadura de Primo de Rivera instaurada por otro golpe de Estado en septiembre de 1923, la María niña supo con certeza meridiana que amaría el océano Atlántico toda la vida. Y aquel sentimiento que abrigó con tan solo cuatro años, tan puro, tan inocente, volvió a repetirse dos veces más en su vida, como si fuera un milagro: a sus diecinueve años, en plena Segunda Guerra Mundial, cuando, por primera vez, se subió a un escenario en el Théâtre des Mathurins de París y dijo, palabras textuales: «He vuelto a nacer»; y cuando, dos años más tarde, en el cuarenta y cuatro, conoció a su gran amor, Albert Camus. Fueron, por tanto, para la musa del existencialismo francés, el océano, el teatro y el amor, por ese orden, los pilares que mecieron su aire más soñador.

Podía el mundo empujar en contra, podía barrer las calles, lloverle encima, hacer un drama en cualquier esquina, que en su interior María tenía un ancla que le salvaba de todo. Un sentimiento de vuelta enraizado en sus orígenes, algo que era mucho más fuerte que ella misma, algo a lo que no sabía ponerle nombre.

—¿Qué te parece?

—Bien, bueno, no sé, ¿de qué estamos hablando? ¿Estás escribiendo una novela, Airas?

—No, no, ¡qué va, tío! ¡Qué más quisiera yo! Esa ilusión tendrá que esperar. No doy abasto. Ahora me han encargado en el periódico que escriba un artículo sobre María Casares y estoy recopilando información sobre ella.

—Pues parece bastante interesante. La verdad es que apetece seguir escuchándote. ¿Sobre quién has dicho que lo haces?

—María Casares, una actriz española muy famosa en Francia. Hija de Santiago Casares Quiroga, jefe de Gobierno y ministro durante los años de la Segunda República.

—Pues no me suena de nada.

—Se exilió en el treinta y seis, en plena Guerra Civil, y ya no volvió nunca más, por eso aquí, en España, es casi una desconocida. Tampoco a mí me sonaba cuando me dieron el artículo. ¡Menuda vergüenza pasé! Intenté disimular todo lo que pude y no hacer preguntas que me delatasen, pero creo que la editora me lo notó a la legua. Ella dice que es una mujer especial, rompedora, que con solo catorce años se reinventó y empezó de cero.

—¿Y qué quiere que hagas exactamente?

—Que la entreviste.

—Bueno, no parece un trabajo muy complicado.

—No creas.

—¿Por qué?

—Dicen que no le gusta conceder entrevistas. Sin embargo, como va a recoger, dentro de unos días, un premio de peso en Francia, uno de esos galardones importantes que se conceden a toda una vida de trabajo, nada menos que el Premio Nacional de Teatro y Caballero de la Legión de Honor, Comendador de las Artes y las Letras, no le va a quedar más remedio que recibirme. ¿Cómo lo ves?

—Un auténtico marrón.

—¿Marrón?, no, pero qué dices. No es ningún marrón. Es una oportunidad de la leche. Estaba deseando que me dieran algo así, importante, y no esos artículos de mierda que siempre me hacen cubrir y no le importan a nadie; lo malo es que como no había oído nunca hablar de ella parto de cero y me está costando entrar en su historia.

—Imagino que quieres conocerla un poco mejor antes de ir a visitarla, ¿no? Es normal.

—Sí. El problema es que no tengo tiempo. Tengo varios artículos que entregar.

—Bueno, si te sirve de consuelo, solo con lo que me has leído antes yo ya querría saber más de ella. Así que creo que vas por buen camino.

—¡Ojalá! ¿Sabes?, al principio, cuando comencé a leer su biografía y algunas cosas de ella sueltas, pensé: «Uf, es una de esas divas insufribles que se creen la luna», pero a medida que me voy metiendo en su vida me siento cada vez más fascinado por María, sus papeles en el teatro, su vida, su largo desarraigo, el amor... Ahora solo falta que yo la fascine a ella y se suelte conmigo cuando la entreviste.

—Por eso no te preocupes.

—¿Por qué dices eso?

—Porque eres guapo.

—¡Qué cabrón! Podrías haber dicho que era porque soy un periodista de la hostia.

—Bueno, eso también, pero sobre todo eres guapo y sensible. Y eso es algo positivo y tu editora lo sabe muy bien. Cuando entrevistas, seduces, tío, ya lo sabes.

—¡Ja, ja, ja! *Touché!*

—No todo el mundo sabe hacerlo, no bromeo, Airas, y tienes suerte de poder aprovecharlo y ponerlo en práctica. En una entrevista, tanto la seducción como la sensibilidad ayudan a soltarse, sobre todo en el caso de las mujeres, que siempre están más a la defensiva por si las moscas. Conseguir esa desnudez emocional es perfecto para un periodista. Y será perfecto para María. ¡Menuda historia debe arrastrar!

—Sí, creo que el exilio ha hecho de ella una mujer dura y, en cierta manera, muy desconfiada.

—Normal, ¿te imaginas? No creo que sienta por los españoles mucha simpatía, y, la verdad, no me extraña nada; dependiendo de la cuerda que te toque, será vista de una manera o de otra.

—Su padre tiene que ver mucho con eso. Algunos hablan de él con una mueca de desprecio. Otros lo tildan de criminal de guerra. No sé. Lo que está claro es que es una figura muy controvertida, y la historia lo ha vapuleado bastante. Sin embargo, tiendo a pensar que la mayoría de ellos están equivocados, o, al menos, eso dice María en sus memorias al recordarle. Y yo quiero creerla a ella. ¡Es su hija!

—Claro, la gente habla sin saber, de oídas, y la historia suele envilecer los acontecimientos más difíciles de digerir.

—La Guerra Civil es uno de ellos.

—Sí, nuestra Guerra Civil es un episodio que sangra todavía.

—Y no me sorprende. La versión que se ha contado en los libros de historia durante años ha sido solo la de una parte, la que venció. Tengo mucho que indagar todavía, que contrastar. Pero no quisiera centrarme solo en el padre ni en la política, tampoco en su amante, o sí, por qué no, ya veremos, también forman parte de ella, de su intimidad, pero creo que la editora quiere otra cosa, la vida de María sobre los escenarios.

—¿Has dicho amante? ¿De quién era amante María?

—De Albert Camus.

—¿El escritor?

—El mismo.

—¡Joder! ¿Lo dices en serio?
—Sí, María fue su gran amor. Fueron amantes durante mucho tiempo. Dieciséis años de amor incondicional. Se conocieron en el cuarenta y cuatro y estuvieron juntos hasta que Camus murió en el año sesenta. Lo sabía todo el mundo, incluso la mujer de Camus, Francine. Su romance es apasionante.
—Tuvo que serlo, y más en aquella época. ¡Un escándalo! ¡Dieciséis años de idilio prohibido! Eso es toda una vida.
—Y una aventura.
—¿Y de qué murió Camus?
—Tuvo un accidente de tráfico. Se estrelló contra un árbol.
—¡Pobre María!
—Sí, dicen que se quedó muy tocada. Que Camus lo era todo para ella.
—¿Y dónde encuentras tanta información personal de ella?
—A través de sus memorias y de mis propias conclusiones. La leo entre las líneas. Dice mucho más de lo que está escrito.
—¿María ha escrito su propia biografía?
—Sí, hace algunos años ya. ¿Sabes que se la dedicó a los desplazados?
—Tiene sentido. ¡Qué triste me parece!
—Sí, a mí también. Ella debió de sentirse así durante mucho tiempo, desplazada. Creo que esa fue la verdadera razón de que se aferrara al teatro con tanta fuerza. Lo convirtió, de alguna manera, en su hogar. Esa idea está presente todo el tiempo en sus confesiones. El teatro no podía fallarle.
—¿Por qué no?
—Sencillamente, porque el teatro dependía de ella misma.
—¿Y cómo has dado con esas memorias? ¿Sabías que existían?
—No, me las dio mi editora, que es una apasionada del teatro y cuenta maravillas de María; dice que es un prodigio en el escenario, una fuerza sobrenatural, que su voz no parece humana.

—¡Me encantaría verla actuar! ¡Qué suerte tienes, tío! Con lo que me gustan a mí el teatro y ese tipo de mujeres.

—¿Apasionadas?, ¿excéntricas?, ¿famosas?

—No, con una historia detrás. ¡Me fascinan!

—Pues a mí me dan bastante miedo.

—Entonces ¿te vas a París?

—Sí. Eso es lo mejor del encargo, no sabes la ilusión que me hace viajar a París. ¿Sabes que no he ido nunca?

—Te va a encantar.

—Lo sé, estoy deseando perderme por sus calles y desconectar, aunque solo sea un día, pero antes tengo que escribir un buen artículo. He pensado en asistir al teatro el día que le den el premio. Quisiera verla actuar, formar parte de su público anónimo y presentarme después para proponerle una entrevista.

—Es una buena idea. ¿Y sabes si María habla español?

—¡Cómo no va a hablar español si es gallega como yo!

—Podría haberlo olvidado, no sería algo tan raro, ¿no?, sobre todo si lleva tanto tiempo viviendo fuera de España. Imagino que habrá adoptado el francés como su lengua y la habrá hecho suya.

—No lo creo. He oído que mantiene su acento español intacto, incluso el gallego, aunque, eso sí, tienen ambos un deje francés.

—Si se exilió en el treinta y seis y has dicho que se reinventó con catorce años, no me extraña nada, es mucho tiempo…

—Demasiado.

—¿Y sois de la misma ciudad?

—Sí, de La Coruña.

—Ahí tienes otro nexo que puede uniros, puedes ponerla al día de cómo ha cambiado la ciudad.

—Quizá hablar de eso la entristezca.

—Estar a solas contigo también lo hará.

—Es cierto, será como volver otra vez, de alguna manera, a España, a su Galicia natal, a ser la niña mimada de aquella familia próspera y progresista que emigró a Madrid y después desapareció en la nada.

—¡Es emocionante!

—Desde luego, y toda una responsabilidad. Espero estar a la altura. Entonces, dime, ¿te gusta el inicio?, ¿sigo por esa misma línea narrativa?

—Quizá sea demasiado literario para un artículo.

—Creo que nada es demasiado literario cuando hablamos de María o del teatro. ¿No dicen acaso de él que es el dios del gesto y la palabra? Además, quisiera hacer algo diferente, no sé. No paro de darle vueltas a una idea, enlazar el teatro y su vida en el exilio. María es un símbolo perfecto.

—¿Y por qué no le preguntas a tu editora? Quizá pueda orientarte. Mejor que ella…

—Seguro que me dirá, es como si la oyera: «¡Búscate la vida, Airas! ¿Quieres o no ser un periodista de raza? Pues ponte a trabajar y encuentra el mejor enfoque para el artículo y conseguir esa entrevista con ella. Después me lo presentas todo junto». Ni loco le pregunto. No quiero que me vea débil y menos que me meta prisa. Además, según el enfoque que le dé igual hasta me pone pegas.

—¿Pegas? ¿Te refieres a la ideología del artículo?

—Sí, justo a eso. No hay que olvidar que María fue la hija del último presidente del Consejo de Ministros de la República antes de la guerra.

—Estamos en los noventa, Airas, en plena democracia, todo aquello pasó a la historia, y nunca mejor dicho. Ya nadie habla de la Guerra Civil, son cosas del pasado, así que dudo mucho que pueda afectar a tu trabajo, y menos al periódico. Hoy tenemos libertad de prensa.

—Ya, eso dicen. Eres un idealista, lo sabes, ¿no?

—Y tú un cínico.

—Cínico o realista, aun así prefiero esperar. Rescatar a María del olvido no puede hacerse en dos días ni en una sola columna. Su historia necesita espacio.

—¿Por qué hablas de rescatarla del olvido?

—Porque España parece haberla olvidado. ¿No te parece increíble que una mujer así no brille en nuestros teatros, en cada una de nuestras ciudades y festivales?, ¿que la nombres y nadie la conozca, cuando lo hacen internacionalmente?

—A lo mejor es una decisión personal y ella no quiere actuar en España.

—Podría ser. O también puede ser algo tan sencillo como que prefiere no exponerse, por ser un símbolo de la República española.

—Pues tendrás que preguntárselo.

—Eso y tantas otras cosas.

—¿Y sabes dónde vive?

—Creo que pasa temporadas en París, pero su verdadera casa está en Alloue, un pueblecito al sudoeste de Francia, en la Charente. Se llama La Vergne. La verdad es que me pilla un poco lejos de París, pero si quiero conocerla en todas las facetas de su vida tengo que ir a hacerle la entrevista allí. Quiero ver cómo vive cuando no actúa. Quiero conocer a la mujer que hay detrás de la diva, de la persona que pasaba sus veladas de joven con Pablo Picasso, Camus, Sartre o Simone de Beauvoir, entre otros, en una misma habitación y bebiendo champán.

—Parece algo de película.

—Sí, tuvo que ser turbador, pero yo quiero aislarla de todo eso, del personaje, del glamour, del teatro, y que se desnude conmigo, que se sincere, tocar sus sentimientos; eso me gustaría.

—¿Y te vas a presentar allí, así, sin más, sin saber si te recibirá, si estará siquiera? Quizá esté de gira.

—Puede, pero tengo que intentarlo, al menos eso. Además, ¡quién no está en casa en Navidad!

—Eso es verdad.

—Su vida es como un sueño. Aunque a veces también parece una pesadilla; lo que está claro es que me ha deslumbrado tanto que quiero saber más de ella. Todo, en realidad.

—Puede que hayas poetizado su figura y sea una mujer de lo más normal. Espero que no te decepcione.

—Y yo.

—Cuando la conozcas lo sabrás. ¿Y crees que hablará contigo?

—Espero que sí. Dice mi editora que tengo para seducirla dos de sus grandes debilidades.

—¿Y cuáles son?

—Soy gallego y me parezco mucho a su gran amor.

—¿A Camus?

—Sí.

—Pues, ahora que lo dices, ¡es cierto!, te das un aire. Puede que eso la impacte.

—Espero que lo haga. Si la enamoro, será más fácil llegar a ella.

—¿Enamorarla? Pero si María podría ser tu madre.

—Una madre bastante atractiva.

—Siempre te han gustado las mujeres mayores.

—Tienen algo especial, no te lo niego, creo que es la seguridad en sí mismas.

—¡Madre mía, Airas, te veo rendido a sus pies!

—No lo dudes, pero yo no he dicho que me vaya a enamorar de ella, al menos intentaré no hacerlo, solo que sería más fácil si ella se sintiera atraída por mí. Confiarse es un arte y a mí se me da bien la gente a la que le gusto; ya lo sabes, cuando despliego mis encantos, soy irresistible, ja, ja, ja. Lo único que me da miedo es su carácter rebelde, tiene fama de intransigente, así que deséame suerte.

—Mucha suerte, tío, sinceramente creo que la vas a necesitar.

María
Mi pequeña María

Y llegará un día en el que a pesar de todo el dolor seremos felices...

Camus a María, 1950

Siempre a mediodía. Te prometí que vendría cada día a verte siempre a mediodía si el teatro no tenía otros planes para mí, claro, algo bastante raro, para qué negarlo, y no desearía fallarte por nada del mundo. Ahora no, Camus. Esta hora me recuerda que para nosotros el amor era como vivir un mediodía al sol. Un mediodía al sur, cálido, tierno, sensual, interminable. Cuando los rayos del sol me queman la cara siento como si estuvieras tocándome.

Mirar el lago azul me mantiene unida a ti, a veces me regala otras tonalidades, verdes, grises, blancos, según pinten el cielo y el humor del tiempo, también el mío propio; mirarlo me libera de la amargura de estar sola. Sola, ¿te lo imaginas?, yo sola, ¡quién me iba a decir a mí que estaría así algún día!, ¡que me sentiría así!; sola, completamente sola. Sola incluso estando acompañada de esa corte que me ayuda y sigue a todos lados. Tú que te quejabas de lo contrario, que me decías que representaba un papel, que siempre tenía a alguien detrás interesado en mí: interesado en que actuara, interesado en conocerme, interesado en amarme y meterse en mi cama, interesado en que le firmara un autógrafo, interesado en mi consejo, en mi sonrisa, en una fotografía, en mi escote, mis piernas, mi vida de exiliada, en ti y en mí, en lo que pensaba de España, de Franco, del comunismo y la izquierda, de todo aquel círculo de seres fantásticos que nos rodeaban en las *soirées* de las que nosotros huíamos y a las que otros buscaban ser invitados. ¡Qué veladas! Decías que yo me alimentaba de todo aquello, que lo necesitaba para sobrevivir, para respirar, que no me daba ni cuenta de que, en realidad, yo no hablaba con la gente, sino que la seducía para brillar después, para robarles parte de su luz, de su energía, y atesorarla muy adentro, que solo así conseguía esconder lo evidente, tan solo para ti, claro, que pensabas que me conocías como si fueras de mi propia sangre. Puede que tuvieras razón, lo hacías, conocerme mejor de lo que yo me hubiera descrito nunca. Mi cómplice y compañero amigo, mi amante eterno, mi maestro, ¡cuántos libros pudimos leer juntos! ¡Qué difícil era esconderte mis sombras, mis inseguridades, el miedo al fracaso, la timidez que me paralizaba, la falta de país y vientre que sentía dentro del corazón, eso sobre todo, qué lastre más pesado era! Lo sigue siendo. Y luego, ¿recuerdas aquella idea peregrina que no conseguía quitarme de la cabeza? ¡Qué molesta era la sensación de sentirme una privilegiada! Sí, una hija privilegiada, una mujer privilegiada, una actriz privilegiada, una exiliada privilegiada, incluso una amante, siempre privilegiada por ser, por estar, por llegar a, por volar. Escuchaba a otros, entre bastidores casi siempre, quejarse de su suerte, de sus muchas dificultades, de todo el esfuerzo que hacían, y yo, que había alcanzado casi como un milagro el éxito, me sentía mal por ellos y creía que, quizá, de alguna manera mi fama era regalada, no merecida, y hacía auténticos malabares por ser digna de ella. Y tú te enfadabas conmigo; te quejabas mucho porque lo aceptaba todo, todo, cualquier cosa, papel, entrevista, coloquio, espectáculo, interrupción, gira, proyecto; aparcaba mi vida, tus besos e intimidades, nuestras conversaciones, y atendía lo que me pedían, sí, es cierto; siempre disponible, así vivía para merecer la otra vida, la fama y el dinero que iba llegando sin grandes fiestas.

¡Ay, Dios mío! ¡Te echo tanto de menos, Camus! Contigo mis días tenían otro color, otra forma, otro esperar. Aceptaba mi papel en el mundo, el de dentro y fuera de los escenarios. El de dentro y fuera de mi propio hogar, un lugar que parecía ser un amparo para todo aquel conocido que pasara por París, siempre lleno, siempre en continuo cambio y movimiento. Aceptaba los meses vacíos de tus abrazos y no me importaba. Tus cartas eran mi consuelo, tu manera de quererme. Me hacías ver las cosas desde el prisma correcto, me enseñabas, me protegías, me amabas. Respiraba. Contigo sabía hacerlo.

Después ya no, después llegó el ahogo.

Hace tiempo que he dejado de respirar. Ahora solo fumo, fumo, fumo... Parezco una chimenea andante. ¿Y qué? ¿A quién le importan mis vicios? ¡Que me dejen en paz todos!

Dadé se ponía enfermo cuando me veía con un cigarro colgado de los labios siempre en equilibrio, cuando se me caía la ceniza al suelo y la pisaba sin darme cuenta, y yo me reía de él y de sus alocadas manías por convertirme en una mujer sana y juiciosa. Durante un tiempo me dejé ayudar, sí, y me comedí con la bebida, con las drogas, con la destrucción de mi propio cuerpo, y te ahuyenté; tenía que hacerlo, el luto se me hizo eterno. También dejé de visitar otras camas, de probar otras pieles, hombres, mujeres, ellas me gustaban menos, pero aun con todo no les decía que no; al amor nunca hay que cerrarle las puertas, y las mujeres pueden llegar a ser mucho más apasionadas en la cama que los hombres.

La correspondencia más incendiaria que he recibido ha sido de mujeres. Te sorprenderías.

Dadé me dio sosiego. Como tú, como todos los que he amado de verdad en mi vida. He estado rodeada de maestros. ¿Por qué se fue tan pronto?, ¿por qué lo hiciste tú?, ¿y mis padres? ¡Dímelo!, me gustaría saberlo. ¿Cuál es la razón de que yo viva, de que pase los días de puntillas, solo trabajando, trabajando, sin apenas un minuto para pensar, para sentir? Nunca imaginé que dolería tanto la muerte de otros, que se harían tan insoportables los días. Ha sido una sorpresa.

¡Qué cosas! ¡Cómo se equivoca el corazón!

Conservo intacto el momento en mi memoria, la luz de la mañana dorada a lo lejos, el amanecer efímero mezclado con hebras deshilachadas rosas, mi llamada urgente, su nombre pronunciado en mis labios («Dadé, ven, corre, que te lo pierdes»), el café humeante en mis manos y el silencio.

Es extraña la vida, y sus silencios.

Extraños los presentimientos que te hacen correr de vuelta a casa. Tiré el café al suelo, tiré incluso la taza que se rompió como una premonición y grité su nombre. Recuerdo que, cuando me di cuenta de que estaba muerto, solo pensé: «No te preocupes, Dadé, mi vida, seguiré regando tu jardín cada mañana, cuidaré las flores, incluso las que enfermen por los malditos y pegajosos pulgones; les hablaré con mimo, como tú hacías, y plantaré de nuevo cada primavera, cada veintisiete de marzo, una planta violeta, tu color favorito, en el día del teatro. Será mi pequeño homenaje a lo que siempre nos unió».

¡Quién puede elegir sus penas, o el tiempo que duran en el corazón! Son un misterio que se cuelan donde más duele, en un lugar que nadie encuentra, ni siquiera tú mismo, ni el médico más experimentado, nadie, nadie sabe, nadie encuentra, nadie puede cambiar nada; pero tú sientes que, aunque invisibles, están ahí, se van moviendo por tu cuerpo, te lastiman, te quitan la respiración, te atrapan en su nostalgia, te evaden del mundo, de las conversaciones, de las noticias, del interés por los otros, de lo más trivial, de los detalles, de todo lo que pasa fuera de tu piel. Y son las mismas que te hacen llorar por las noches sin motivo alguno, las mismas que al alba hacen que te despiertes incómoda con la almohada mojada en una esquina donde, dos minutos antes, estabas apoyada soñando con sus gestos, con intimidades pasadas, una mano en la espalda, otra en el pecho, palabras de amor sueltas, sentidas, deslizándose despacio por tus curvas, pronunciadas en un escenario hecho a medida. Y te asustas de lo real que ha sido la visión, y buscas con ansiedad la mano que un momento antes te estaba acariciando cuando caes en la cuenta de que no hay nadie, de que no queda nada, de que sujetarse a un recuerdo es de especies en peligro de extinción.

¡Camus!, ¿puedes creerte que hay momentos en los que todavía me parece oírte? Me dices: «¡Mi pequeña María!, ¡mi pequeña!». Escucho y el rumor me llega desde el mismo centro del agua cristalina del lago y me enciende la piel y la enrojece. Te imagino mirándome, sonriendo al otro lado de la vida en la que estás ahora y que no alcanzo a ver. Qué coincidencia tan maravillosa, tan única, fue cruzarme contigo en aquella fiesta inesperada a la que acudí después de una función de teatro, en medio de un París en guerra repleto de nazis. Con el miedo que me daba a mí salir a la calle o simplemente a pasear con aquellos hombres armados y grises, con sus botas negras y ruidosas por doquier, con sus ojos de hielo clavándose en tu cuerpo, inquisitivos, recelosos de cualquiera con quien se cruzaban por la calle. Todos podíamos ser sucios judíos, debían de pensar.

La Segunda Guerra Mundial me llevó de vuelta a mi propia guerra, que aún seguía latiendo; sus primeros días, la locura de la guerra civil española. Mi miedo de exiliada, de extranjera, de republicana repudiada por mi propio país, unido a otros miedos que se me multiplicaban y crecían. Al fascista que paseaba por las calles y buscaba a papá por rojo y enemigo de España y a mi amiga del alma, Nina, por ser judía; ya ves, ¡qué estupidez! El miedo a la oscuridad, a desaparecer, a ser detenida en cualquier momento por ser solo familia de papá; el miedo a quedarme sin voz, sin trabajo, sin escenarios; el miedo a encontrarme un público sin rostro o, peor, con caras deformadas riéndose de mí; el miedo a los hombres, a su hambre voraz, a no saber hacerlo; el miedo a volver a ser una desplazada, cargando con una maleta de cosas inservibles, una maleta inútil; el miedo a aprender un idioma nuevo de cero, a quedarnos sin nada, sin dinero, sin casa, sin aliento, sin ganas de vivir.

Estaba llena de aprensiones, aterrorizada y, sin embargo, me sobreponía a todas ellas, ese era mi carácter. No dudé ni un solo día en mentir si hacía falta, en representar el papel que se me exigía, en fingir ante los soldados, en refugiar a cuantos judíos me pidieron su ayuda, a cuantos exiliados, llegados de España, nos contactaron; en apoyarte en aquellas valientes locuras tuyas de la Resistencia, que por fortuna fueron mínimas. No sé cómo lo hacías, pero nunca pude negarte nada. Los tuyos me adoptaron, confiaban en mí, pero no sabían lo que hacían. Yo era un activo perfectamente inservible e inútil. ¡Qué nervios pasaba! Menos mal que todo acabó muy pronto.

Intentaba no ver ni escuchar, y por supuesto callaba si veía u oía algo, no quería retener ninguna dirección, ningún nombre, nada que pudiera implicar guardar un secreto. No sabía hacerlo. Solo pensar en la tortura me hacía temblar.

Sobrellevarlo, parecer más fuerte de lo que era, más decidida, me causaba una ansiedad enorme; tu propia clandestinidad, vernos a escondidas para amarnos; no, no habría aguantado ser delatada por mis propios vecinos, detenida por la Gestapo, señalada, interrogada por esconder a la gente que lo necesitaba, por pasar información. Hubiera cantado seguro. Hasta *La traviata*. No, no lo habría soportado, lo sé, soy consciente, incluso estando convencida de que lo que hacíamos era por un bien mayor, por evitar deportaciones, por combatir al fascismo.

Delatar, ¡qué cobardía! Pero ¿quién había decidido que yo fuera una heroína? No quería serlo. Puede que, en cierta manera, tuviera suerte, porque en realidad no llegué a formar parte nunca de la red. El día que tenía que recibir las primeras instrucciones, que no me había negado a realizar por pundonor y, seamos sinceros, porque no pensaras que era tan asustadiza, no apareció el contacto. ¡Qué bendición fue volver a casa tranquila, sin nada que ocultar! ¡Qué peso me quité de encima más grande!

Recé aquel día, le di incluso gracias a Dios varias veces. Fue raro, yo no creía.

Ese ir y venir, siempre en riesgo, durante los días del verano del cuarenta y cuatro me mataban; ese trasiego de que tuvieras que estar escondido porque te buscaban por ser un miembro activo, por ser el editor de *Combat*; los sobresaltos que me llevaba cuando oía detrás de mí el ruido de las botas militares o sus gritos alemanes al parar a alguien por la calle me alteraba los nervios; todo eso me hacía desconcentrarme en el escenario, llorar en mi habitación cuando estaba a solas.

No, nunca fui la mujer audaz que tú creías, que necesitabas, y se me daba fatal fingir que no pasaba nada, fingir que lo tenía todo controlado, que mantenía a raya mis propios miedos.

¡Qué difícil era ser quien no era!

Me acuerdo de aquella vez en la rue Réaumur; estaba cortada y los alemanes registraban a la gente. Tú me llevabas cogida de la cintura y, de pronto, te pusiste muy tenso. Me asusté. Deslizaste en mi bolsillo un papel y yo entendí que era algo que te comprometía. No sabía qué hacer. Comencé a dudar. Me iban a pillar a mí. No quería ser detenida. Creo que en aquel momento me leíste el pensamiento y me susurraste algo al oído: «Solo registran a los hombres, mi amor, estate tranquila y sonríe». Y te alejaste de mi lado.

¿Sonreír? ¿Cómo pudiste decirme que sonriera? Yo solo quería llorar en el hombro de mi madre. Ni siquiera podía respirar de la angustia que tenía. Entonces se me ocurrió algo bastante estúpido, pero no había otras alternativas más cuerdas, era esa o arriesgarme a ser detenida. Decidí que no quería correr más riesgos y me comí el papel sin pensarlo. Dios, no sabes lo que me costó salivarlo y tragarlo. Pude haberme ahogado allí mismo. Exagero, lo sé. Ya lo sabes, siempre he sido una dramática.

Al pasar junto a los soldados me sonrieron y yo les hice un gesto zalamero de asentimiento con la cabeza, pero no les sonreí, no podía, me daba mucha vergüenza enseñar los dientes. ¿Y si estaban manchados de tinta? ¿Y si tenía algún papelito o resto pegado en los dientes?

Me quedé mirando a los hombres. Tú parecías tranquilo. ¡Te amé tanto en aquel momento!

¿Y recuerdas aquella vez que tuve que llevar algunas armas a un arsenal improvisado que las fuerzas de liberación tenían en un hotel? Pasé de preparar bocadillos de queso para los que luchaban y defendían la prefectura a ir cargada de pistolas y granadas en una mochila y encima de manera voluntaria. Siempre me pregunté por qué narices levanté la mano si tenía tanto miedo. ¿Qué quería demostrar?

Si te soy sincera, nunca he sabido con certeza cuándo estaba actuando o cuándo ya no lo hacía. ¿Actúo ahora al hablarte?, ¿al conversar con Dadé por las mañanas? ¿Son estos monólogos míos un puro teatro para no sentirme sola? Algunos dirán que sí. Yo no. ¡Nunca!, ¡jamás!

El teatro es subjetivo, es la vida misma derramada, es el drama y el amor representando una doble función.

Nosotros lo fuimos, Camus, lo somos todavía... ¡Reales! El «Todo o la Nada», ¿recuerdas?

Vida y arte dramático.

Como dramático fue el momento de la liberación y la recuperación de las calles de París por los propios franceses. Cientos de personas aullaban como animales salvajes, festejaban el fin de la guerra, pero, en realidad, todo aquel barullo de vida se parecía bastante al fin del mundo. Había en los rostros un halo de maldad, de ira retenida por tantos años en guerra, por tantas pérdidas. Buscaban venganza y era entendible. Sin embargo, fue demasiado. Al menos, lo fue para mí. Pensaba todo el tiempo en España, en nuestros vencidos, nosotras mismas lo éramos, también mi padre y los suyos, y nos comparaba con los alemanes. Eran el demonio en aquellos momentos. Como lo fuimos nosotros, igual, como lo fueron la República, los comunistas, los rojos. Pura escoria.

¡No habrá perdón!

Durante semanas se buscó a los alemanes en cada casa, se peinó la ciudad, se les acorraló. Si alguno era detenido por la calle, le insultaban, le pegaban, le escupían, hubo de todo, vejaciones que no tuvieron ni nombre; se buscaba a los que habían colaborado con ellos de alguna manera, o simplemente se acusaba a las mujeres que habían yacido con ellos, algunas, prostitutas; otras, pobres muchachas enamoradas. Cómo culparlas, algunos alemanes eran encantadores y muy atractivos. A esas mujeres se les afeitó la cabeza para señalarlas. Escarnio duro y público. Los «justos» daban su merecido. Tenían derecho, eran los vencedores, los valedores de una justicia de andar por casa. ¡Cobardes!, eso fueron, unos malditos cobardes, como lo fueron los nazis antes. Me sublevaban, era gente ciega, irracional, borrega, embestían sin importar a quién o por qué lo hacían. Algunas veces aguantaba el tipo, pero hubo otras que no pude callarme e incluso llegué a ponerme en peligro.

Una de aquellas veces sucedió en nuestra propia terraza de la rue Vaugirard, y fue mi madre la que me empujó dentro de casa enfadada y me dijo muy seria: «¡Calla, María!, ¡guarda tus gritos para España!».

Debo decir que aquello me sorprendió mucho, que no me esperaba que mi madre saltase así, que se pusiera como una fiera para salvaguardar nuestra seguridad. ¡Era tan poco combativa...!

¿Y aquella en la que casi me linchan por llamar «cochino cobarde» a un tipo corriente por la calle?, ¿la recuerdas? Iba a encontrarme contigo. Seguro que te lo conté. Debí llegar a verte muy alterada. La policía me sacó de allí como pudo junto al prisionero alemán. ¿Cómo se puede permanecer impasible o risueño ante la escena de un hombre quemando con un cigarro el rostro de otra persona, por muy alemán que fuera? «Si cometíamos aquellos atropellos a la dignidad humana, ¿en qué nos diferenciábamos de ellos?», creo que les grité. No lo sé, igual solo lo pensé. Se me olvidan tantas cosas. ¡Qué malo es hacerse mayor!

Airas
Mejor tarde que nunca

Siempre llega un momento en que uno debe elegir entre la contemplación y la acción. Esto se llama convertirse en un hombre.

ALBERT CAMUS

Vivir es sentir, sin amarguras, todas las edades, hasta que llega la muerte.

MARÍA CASARES

A María le gustaba vivir con la cabeza en las nubes, eso es verdad, tan cierto como que adoraba interpretar papeles que la hicieran temblar de arriba abajo. Que en un mismo acto pudiera llorar o reír, ser extrema hasta la rotura, le apasionaba. «La vida —decía— es demasiado seria para tenerla en cuenta, demasiado política. Fuera de los escenarios no sé quién soy, no acabo de encontrarme, no pertenezco a ningún lugar, no tengo patria, y creo que esa es la razón de que coleccione amantes; ellos me hacen sentir el teatro en la piel, su exceso, su calor. No me puedo imaginar haciendo el amor con el mismo hombre toda la vida, eso sería como interpretar el mismo papel una y otra vez, un mortal aburrimiento».

Tan entusiasta se mostraba ante la idea y la defensa del libre albedrío que se podría pensar que María no conoció el amor, pero nada más lejos de la realidad. María amó. Amó con toda el alma, con el cuerpo, con el corazón, con los años, dieciséis con interrupciones, doce en total. ¡Qué afortunado fue su querido Camus!

Y después, cuando falleció, aun estando destrozada, aun añorándolo cada día, aun sumergida en el alcohol, las drogas y los excesos para no pensar en él, en el trabajo sin descanso, aun huyendo allende los mares para no compartir los mismos lugares, las mismas calles, el mismo aire que respiró junto a Camus, siguió amándolo, porque María había nacido para eso, para amar, para dar amor, para regalarlo incluso, y también, por qué no decirlo, para recibirlo con los brazos abiertos.

María era así, no podía evitarlo, acumulaba instantes de felicidad y los exprimía al máximo con una enigmática sonrisa en el rostro y aquella mirada felina que la hacía tan irresistible.

«Siempre hacia adelante —decía—, hay que mantener a raya la melancolía, te debilita». Nunca hablaba con nadie de sus nostalgias, aunque las tenía, y muchas, pero se guardaba todos aquellos momentos de intimidad solo para ella, para sus madrugadas y sus noches de insomnio; a veces se perdía en otros tiempos compartidos, por ejemplo, con su padre mientras la arrullaba de niña junto al Atlántico; se perdía con Camus por las calles de París y recorría con el pensamiento la primera vez que se amaron.

¡Cómo olvidar aquel glorioso día histórico, el amor y el cambio de rumbo que tomaron sus vidas!

La guerra estaba fuera, al otro lado de la puerta, bajando las escaleras, en los bulevares de París, en los edificios de en-

frente, por todas partes, cruzando de norte a sur el país, otros países; los soldados aliados, mientras ellos se amaban sin tregua ni banderas y alcanzaban el clímax una y otra vez en aquel lecho ajeno al odio y a la adversidad, desembarcaban en las costas de Normandía.

Era el día D, seis de junio de 1944. La Operación Overlord se saldaría con miles de muertos de un bando y del otro. Los jóvenes amantes ni se enteraron.

Vendrían otros días de verano, otras noches de reencuentro después de aquella primera vez, ninguna tan especial, tan inocente, tan sentida y de verdad; de alguna manera ambos sabían que aquel amor que acababa de comenzar también estaba abocado al fracaso. Como la guerra, su relación tenía los días contados.

En septiembre de 1944 Camus escribió a María varias veces:

> *Es medianoche. Ahora lo sé, no me llamarás más. Tres veces, tres veces he descolgado el teléfono para llamarte. […] Todo el día esperando una palabra tuya que no llega. Tengo la impresión de que el mundo entero se ha vuelto mudo. […] ¿Por qué te escribo? […] Ya no guardas un lugar en tu vida para mí, eso fue lo que sentí el otro día en el teatro. […] Pero no puedo olvidarte. […] Jamás el corazón de un hombre ha estado tan lleno de cariño y desesperación. […] Hasta siempre, mi amor. No olvides nunca a quien te amó más que a su vida.*

No lo hizo.

María jamás olvidó al amor de su vida. Los siguientes cuatro años se le hicieron eternos, carentes de sentido. No, María no olvidaría nunca a Camus, ni siquiera cuando su adiós fue realmente definitivo y le alcanzó la muerte, dieciséis años después.

En ocasiones, María también se perdía junto con su madre, y en sueños abría de nuevo aquellas maletas del destierro repletas de un todo inservible, cosas con las que decoraron las paredes de la minúscula casa de la rue Vaugirard 148 y crearon un nido improvisado y bohemio muy lejano al lujo del que habían gozado hasta entonces: mantones de Manila, mantillas, abanicos, zapatos de tacón, una capa de cibelina, joyas, tenedores, cuchillos, la Constitución de la Segunda República española y las obras de Shakespeare traducidas. María pensaba mucho en aquellas maletas releyendo a Hamlet: «Ser o no ser, esa es la cuestión. ¿Qué es más digno para el espíritu, sufrir los golpes y dardos de la insultante fortuna o tomar armas contra océanos de calamidades y, haciéndoles frente, acabar con ellas?»; pensaba en la improvisación de su equipaje, en la precipitación de lo que contenía, en lo superficial de algunas cosas y en todo lo contrario, el peso de otras, la simbología; guardaban la idea de un retorno cercano, el idealismo de lo que fueron, de lo que querían seguir siendo toda la vida, una república.

—¿Qué te parece?

—Me gusta mucho. Estás haciendo un buen trabajo, Airas. Por cierto, ¿cómo te ha recibido París?

—Con lluvia, pero da igual, esta ciudad es preciosa de todas formas. He estado dándome un paseo y, ¿sabes?, me la imaginaba justo así. Me emociona estar aquí y todo gracias a ti, Cristina. No me cansaré de agradecerte esta oportunidad.

—Me alegra que estés tan contento, así afrontarás mejor el trabajo que te espera. María no te lo pondrá fácil. ¿Ya te has instalado en el hotel?

—Sí, sí, y estoy preparado para ir al teatro y conocer a María. Salgo en diez minutos para allá. Le he comprado un ramo de flores, rosas rojas. ¿Te parece bien?

—¿A qué mujer no le gustan las rosas rojas? Es perfecto, Airas, yo no lo habría hecho mejor. No sabes la envidia que siento en este momento. Lo que me hubiera gustado a mí conocerla y estar ahí contigo.

—¿Y por qué me has dado el artículo a mí? Podrías haberlo escrito tú. Tus artículos son maravillosos.

—No, no, es mejor así. Yo no tengo tu encanto, ni tu juventud, ni tu tiempo. Lo vas a hacer muy bien. Desde que me lees esos pequeños pasajes que vas escribiendo, estoy enamorada de esta historia más si cabe y estoy deseando leer el artículo completo. María me emociona como a ti París. ¿Qué sentirá ahora mismo?, me pregunto, ¿estará nerviosa?, no todos los días se recibe el Gran Premio Nacional de Teatro de Francia.

—Creo que este jueves, trece de diciembre de 1990, lo recordaremos siempre.

—Será difícil de olvidar, sobre todo para ella.

—Con todo lo que ha trabajado por el teatro de ese país..., ¿no te parece que llega algo tarde?

—Mejor tarde que nunca.

—Eso es cierto.

—Pero tienes razón, Airas. Tiene sesenta y ocho recién cumplidos, ya era hora. María lleva dedicada en cuerpo y alma a los escenarios desde los veinte años.

—¡Toda una vida!

—«Una vida de urgencia».

—¡Qué bonita descripción de una vida intensa!

—No es mía, la escribió la propia María en su biografía. «Desde que salí de España he vivido siempre en estado de urgencia», esa es la cita completa, me gustó tanto que no he podido olvidarla.

—Hace poco que fue su aniversario.

—Sí, el veintiuno de noviembre. Acuérdate de felicitarla, o mejor no. Quizá no le guste cumplir años.

—Ayer, la prensa francesa la elogiaba, decían que su presencia en los escenarios era arrolladora, que su voz tenía un carisma especial que la hacía única, que era toda una personalidad en el campo del teatro y un referente de la vida cultural francesa. ¿Sabías que el galardón se lo va a entregar el mismo Jack Lang, el ministro de Cultura francés?

—No se merece menos. Ojalá en España se la homenajeara así, sobre todo en Galicia, vuestra tierra natal. Pero aún tengo esperanzas.

—Hace poco, en una entrevista, decía... Espera, que lo tengo por aquí escrito y te lo leo mejor: «El teatro sigue teniendo el inmenso poder de conectar almas. Para mí actuar es como hablar, algo natural, me sale solo, sin esfuerzo. Es alimentar mi propia alma, es tener otra oportunidad, es vivir otras vidas sobre el escenario, mil mujeres al mismo tiempo, amores, pensamientos, es ser sin serlo. Se actúa mejor removida. Y cuando todo termina una vuelve a recuperar su vida, vuelve a la calma, al silencio de las lecturas». Alguien que se expresa así sobre su oficio merece todos los reconocimientos del mundo.

—Desde luego, eso es vivir el trabajo con pasión. Ya me gustaría sentir esa misma emoción cuando vengo al periódico.

—Y a mí. Hegel, el famoso filósofo alemán, decía: «Nada grande se ha hecho sin una gran pasión».

—Me alegra que esta historia te haya atrapado al final, Airas. Cuando te la di pusiste una cara...

—Fueron los nervios. Pero estoy muy contento. María es apasionante, y eso que todavía no la conozco en persona. Ojalá no cambie mi sentimiento hacia ella cuando la entreviste.

—Bueno, es mejor que estés preparado por si acaso las cosas se tuercen. ¿Al final has conseguido ser tú quien le entregue el ramo de flores al terminar el acto?

—Sí, sí, y no ha sido nada fácil, no te creas, había un par de alumnos españoles de arte dramático de ese programa nuevo de Erasmus que también querían hacerlo. Para ellos María es su ídolo.

—Es normal. Vivir su triunfo de cerca es una quimera.

—Y una manera de hacerlo propio también.

—¿Y cómo has conseguido que te eligieran a ti?

—Porque les he dicho que soy gallego y que la gente de la tierra y el Atlántico somos su auténtica debilidad.

—¡Buen argumento!

—Dicen por aquí, quienes la conocen bien, que todavía conserva su acento gallego casi intacto. Lleva medio siglo guardando su morriña de la infancia en la lengua y en el corazón como si fuera un auténtico tesoro.

—En el fondo lo es y me parece algo muy tierno. Creo que María es una sentimental. Y tú no te quedas corto. Os vais a llevar muy bien.

—Le he escrito una pequeña carta que voy a meter entre las flores. He pensado que es una buena oportunidad para decirle que voy a ir a visitarla dentro de unos días a La Vergne, así no le pillará de sorpresa.

—¡Fenomenal!

—A ver qué te parece, la tengo aquí, te la leo:

Querida María:

Te escribo unas letras para expresarte toda la admiración que siento por ti.

Acercarme a ti esta noche ha sido una emoción.

Me llamo Airas y soy periodista. Estoy haciendo un trabajo sobre tu carrera, obra y vida, y me preguntaba si sería posible hablar contigo y que me dedicases unas horas para llenar algunas lagunas que tengo y dar un mayor sentido a mi artículo.

Tenía pensado pasarme por tu casa de La Vergne unos días antes de Navidad. ¿El veintiuno de diciembre te parecería bien?

Estaré en París todavía una semana, en el Grand Hotel Terminus, cerca de la estación de Saint-Lazare, por si quisieras contactarme de alguna manera o confirmarme la entrevista que te pido.

Volveré a España en coche, como dice el anuncio del turrón El Almendro, por Navidad (quizá no lo conozcas, pero es un mítico de la televisión española por estas fechas, entrañable, familiar; no falta nunca desde hace diez años y a todos nos hace llorar). Tu casa me viene de camino.

Como no tengo ninguna manera de contactarte ni confirmar esta cita a ciegas, a menos que tú lo hagas y vengas hasta mi hotel, iré igualmente a verte y llamaré a tu puerta. Entenderé, por supuesto, que no dispongas de tiempo para mí o que incluso no te apetezca verme. Pero si sucediera lo contrario, ojalá sea así, y tu puerta se abriese, me harías muy feliz.

Será mi regalo de Reyes.

Apertas moi agarimosas

AIRAS

—¡Está genial! Imagino que te despides en gallego, ¿no?

—Sí, le mando abrazos muy cariñosos. ¿Crees que es demasiado?

—No, no, está bien; bueno, yo no soy ella, pero a mí me gustaría.

—Entonces, solo queda cruzar los dedos.

—Pues hagámoslo juntos. Si los cruzamos los dos, quizá tengas más posibilidades.

María
Planes secretos

Hay algo que es solo nuestro y donde te encuentro siempre sin esfuerzo. Son las horas que guardo silencio...

CAMUS a MARÍA, junio de 1944

¡Buenos días, Dadé! Hoy el jardín está precioso, más verde que nunca, te gustaría. Parece que puedo verte paseando a mi lado observándolo todo con ese aire distraído que tenías y las manos en la espalda.

«¡Se acerca la primavera, *chérie*, deberíamos plantar semillas y podar las hortensias!», imagino que me dices. Y yo, te sonrío, igual que lo hacía entonces, con ese amor maduro y sereno que disfrutábamos cada día.

El verde nuevo era tu alegría, como tocar el rocío con las manos y refrescarte después la cara. Ahora lo hago yo cada mañana. Imitarte me acerca a ti, me devuelve por unos instantes tu risa. Tu abrazo fuerte. Tu rostro mojado acariciando el mío.

Recuerdo que cuando vinimos a ver esta casa yo solo ponía excusas, ¡qué antipática e irritante podía ser a veces!; sigo siéndolo, no te creas, este carácter mío parece ser indomable y no mejora nada con los años. Soy terrible.

Excusas, eso hice, ponerte mil excusas, una detrás de otra, me pareció lejana, demasiado grande, tan ausente del mundo y el teatro como el fin de la tierra, silenciosa, aburrida, y, ¿ese pueblo?, ¿por qué ese pueblo?, ¿qué había de particular en Alloue?, te pregunté, y tú te encogiste de hombros con las manos metidas en los bolsillos, callado, mirando hacia el horizonte.

Al llegar al jardín, al campo que lindaba con la casa, al pasearlo, de pronto sentí que el corazón me latía con fuerza y se me hacía enorme, ¡estaba en Galicia! Después de tanto tiempo, estaba, de nuevo, en los veranos de mi infancia, en Montrove. Me entraron ganas de llorar.

Me faltaba el mar, eso era cierto, pero tenía un lago. El lago fue Camus nada más verlo, mi amado Mediterráneo en Alloue, aunque no te dije nada. Te hubiera puesto triste que pensara en él justo en aquel momento.

Sin embargo, fue su azul lo que obró el milagro y selló mi boca y todos los pretextos siguientes.

¡Qué tino tuvimos al comprarla! Fue una de las mejores decisiones de mi vida y te estaré eternamente agradecida por haberme animado y convencido a hacerlo a medias, y también a tus hijos; que me cedieran tu parte al morir, su propia herencia, fue un regalo inolvidable, el más especial que me han hecho nunca. Con ellos también estaré en deuda siempre.

Querido Dadé, ¡éramos tan felices a nuestra manera...!, como la canción *Comme d'habitude*, de Claude y Gilles. ¿Recuerdas lo que me gustaba escucharla? Cuando la ponen en la radio siempre pienso en ti y la tarareo durante todo el día: «Tal vez lloré o tal vez reí, tal vez gané, tal vez perdí, pero ahora sé que fui feliz, que si lloré también amé. Voy a seguir hasta el final, a mi manera».

Hoy, mientras caminaba por nuestra casa y la miraba, he tomado una decisión importante, tendré que consultarlo con tus hijos, claro, pero estoy resuelta a hacerlo, voy a donarla al Ayuntamiento de Alloue cuando me muera.

Lo pondré por escrito en mis últimas voluntades para que no haya dudas. Confío en que a tus hijos les parezca bien. Y a mi sobrina lejana también.

Tú sabes mejor que nadie, porque para ti también lo fue, que el teatro fue un hogar, el refugio donde guarecernos de nosotros mismos; nos curó en todos los sentidos. Y yo quisiera que esos jóvenes que empiezan con tanta ilusión, con tantos sueños, como también lo hicimos nosotros en su día, siguieran nuestros pasos; quisiera que tuvieran entre estas paredes un cobijo, un techo donde expresarse, donde desatar su pasión por el teatro; quisiera que esta casa mía fuera también la suya, una cueva sagrada que ahuyentase su frío y toda la incomprensión del mundo.

La Maison du Comédien, La Casa del Actor, sí, así me gustaría que se llamase. En español no suena tan dulce como en francés, ¿verdad? ¿No te parece entrañable, mi amor? Sé que sí, parece que te estuviera viendo ahora mismo, es como si sintiera tu abrazo cálido.

Me emociona pensarte.

Del teatro fuimos y al teatro nos debemos en cuerpo y en alma, ¿no es cierto? Eso les diré a tus hijos antes de sellar mi testamento.

Sé que lo entenderán.

Este lugar es mágico. Es nuestra isla. Ha conseguido que Camus, tú y yo formemos una verdadera familia.

En algún momento tuve mis dudas de que La Vergne fuese a convertirse en un lugar especial para mí, me conoces bien, incluso llegué a preocuparme por ello, a tener ansiedad por mi desafección. A ti te hacía muy feliz y yo quería hacerte dichoso, pero me costaba sentirla, hacerla mía, y durante un tiempo decidí que la única manera era forzarme, tomarla prestada como si fuese un abrigo, verla como un lugar de paso con cierto encanto, un espacio donde se podía descansar de las largas giras, desconectar de verdad del exhausto trabajo de actuar, nada más.

Sin embargo, estaba tan equivocada, querido...

El destino es caprichoso, casi tanto como el pensamiento, tiene sus propios planes secretos, y no sé por qué estoy pensando ahora en cosas que me ponen triste. Soy una continua contradicción.

Tuviste que morirte para que me diera cuenta de que La Vergne era mucho más para mí que una casa en el campo. Tuviste que morir para darme cuenta de lo que te quería.

Nunca es demasiado tarde para nada. Y menos para reconocer tus propias debilidades, lo equivocada que estaba. Me hace demasiado daño pensar en ello. Tú lo sabes, siempre lo supiste, estas paredes añoraron algo que no pudieron tener, quizá fue eso; hubieran sido perfectas con niños, mis propios hijos, nietos a los que mimar y malcriar.

¡Qué vacía ha estado siempre!

¡Qué vacía sigue! ¡Qué silenciosa!

Es mi reino amurallado. En ella guardo todos los secretos del alma. Y en mis bolsillos también, papeles con nombres de niños, Gloria y Santiago, por ejemplo, así los hubiera llamado si hubieran sido niño y niña, o quizá Alberto, en un claro homenaje al amor de mi vida. Siempre dije que todo aquello no tenía ninguna importancia y lo aseguraba exagerándolo mucho con gestos y desdén, decía que la maternidad no estaba hecha para mí ni yo para ella mientras hubiera teatro en mi vida, que odiaba a los niños, que eran una esclavitud, pero mentía. ¡Claro que mentía! Me mentía a mí y a los que tenía cerca. A todos. Y aprendí a vivir con el vacío en el vientre, con una sensación permanente de vértigo en la boca del estómago.

Fui feliz con aquel vacío. No siempre, pero, a veces, lo logré. Tú lo hiciste posible. Camus también.

Hoy, mientras estaba en el pueblo comprando, me acordé de Zanie. ¡Lo que son las cosas! Es curioso cómo soy capaz de recordar un nombre de otra época con nitidez y, sin embargo, olvido los rostros del ayer mismo, incluso del hoy. Se me borran todos, son como lagunas difusas, no retengo ninguno. Estoy segura de que ahora, si la viera, si la tuviera delante mismo, no la reconocería. El paso del tiempo hace estragos en el cuerpo de la gente. El mío es un anónimo.

¡Zanie!… Su nombre me llegó de pronto al escuchar una conversación entre una madre joven con el rostro enfadado y su hija; me llamó tanto la atención que me quedé mirando la escena embobada. La madre le reprochaba en voz baja a su hija adolescente que no tenía ningún interés en los clásicos ni en leer, mucho menos en instruirse, vamos, en nada en definitiva, concluía la madre con pesar, que no fuera pasarlo bien.

Con disimulo, me acerqué un poco más para oírlas mejor.

Y entonces, en ese instante indiscreto, tuve mi propio *déjà vu*: la cara de mi madre sobre la mía cuando desaprobaba lo que hacía o con quien iba y el retrato de mí misma jovencísima, delgada y sensual, caminando por las calles de París. Iba del brazo de Zanie, imagino que acabábamos de salir de alguna actuación, quizá fuera un ensayo o una prueba. Charlábamos sin terminar ninguna frase, interrumpiéndonos la una a la otra, llenando de desvíos inconexos nuestra vida, comparando sus tragedias con las mías, su suerte con la mía, usando el ego como único discurso abierto.

Creo que no llegaste a conocer a Zanie. ¿O sí? Ya no lo sé. ¿Cuántos años vivimos en paralelo sin llegar a encontrarnos, mi querido Dadé?

Zanie era una muchacha normal, tan normal como lo pude ser yo, mi carrera como actriz apenas estaba despuntando.

Ella no destacaba por nada en especial, y tampoco fuimos grandes amigas, la verdad, pero coincidimos actuando muchas veces, ensayábamos juntas y nos caíamos muy bien. Un día me invitó a una de las veladas más fantásticas en las que yo había estado nunca. Tampoco fue algo difícil en aquel momento, me faltaban muchas fiestas y años por vivir. Aún no me había llegado esa fama inesperada que me alteraría tanto y me llevaría, sin quererlo, de fiesta en fiesta.

Recuerdo lo que me dijo: «Picasso organiza una obra improvisada en casa de Michel Leiris y va a ser leída en público en un apartamento transformado para la ocasión en sala teatral, *Le désir attrapé par la queu*». «El deseo atrapado por la cola», traduje yo al instante al español y comencé a reír. ¡Cómo olvidar un título así! ¡Qué detalles más extraños se guardan en la memoria, madre mía!

Por aquella época no tenía tiempo de leer, me alimentaba de guiones de teatro y palabras en francés, las estudiaba a todas horas, las recitaba ante el espejo, en mi cuarto, por el pequeño pasillo, en la ventana y, por supuesto, en las obras de teatro que después debía representar venciendo mi timidez, y no tenía ni la más remota idea de quiénes eran ni de lo que habían escrito personajes tan famosos como Sartre o Simone de Beauvoir, que, dicho sea de paso, se encontraban entre los presentes de aquella velada teatral. Personajes ilustres que, poco después, serían importantes en mi vida gracias a Camus. Lástima que el enfrentamiento dialéctico y narrativo entre los dos los alejara sin remedio más adelante. El yo de los grandes, a veces, es insaciable y orgulloso.

Me gustaba la narrativa de Sartre, aunque eso lo supe después; su sencillez y su cordura me cautivaban; cuando comencé a leerlo no sentí que me perdiera en divagaciones complicadas ni demasiado filosóficas, como me sucedió con otros contemporáneos a los que me acercó Camus. Y qué decir de Beauvoir, su compañera de vida, pese a lo estirada que era en algunas ocasiones, y sobre todo con determinadas personas incultas, algo que le costaba esfuerzo soportar; pese a lo que le gustaba seducir, un juego peligroso que yo no compartía, quizá porque para mí cautivar era algo involuntario, lo hacía sin darme cuenta, sin hacer nada, sin pretender nada; pese a lo alejadas que estábamos intelectualmente hablando, ella estaba en la luna y yo en la tierra, en el teatro, entregada a un público culto o inculto, era apasionante estar con ella, escucharla. Te dejaba siempre con la boca abierta, embelesada, con ganas de saber más, de entender más. Tenía tanta lucidez que asustaba. Sus ideas feministas y abiertas lo llenaban todo en aquellas veladas nocturnas repletas de testosterona: «No creo en el eterno femenino. La mujer no nace, se hace. La mujer, como el hombre, es su cuerpo».

Fue muy valiente al hablar del cuerpo, al nombrar el deseo de nuestros cuerpos, muchas de nosotras lo pensábamos, lo sentíamos, nos tocábamos, pero callábamos y dejábamos esas fantasías relegadas a la habitación, a la más estricta intimidad. Sin embargo, ella se atrevía con todo, no existían límites para el pensamiento, y provocaba un efecto liberador. Recuerdo que en aquella velada la escuché afirmar que había que amar sin sentir ningún miedo: «Lo ideal sería ser capaz de amar a una mujer o a un hombre, a cualquier ser humano, sin sentir miedo, inhibición u obligación». Esa fue la primera vez que oí hablar en público, sin sonrojo alguno, del lesbianismo, de la homosexualidad. Y también fue la primera vez que pensé: «¡Claro!, ¿por qué no?». Había que probarlo todo. ¿Y si me gustaban las mujeres? Parecía poco probable, pero…

No me gustaron.

En aquella *soirée* y en tantas otras que viví después siempre tuve la misma sensación, la gente hablaba para oírse, para reafirmarse, para sentirse por un momento parte del universo. Era como si pronunciando en voz alta su pensamiento, su discurso o su filosofía de vida, se materializara en algo real, tangible, útil, una necesidad vital para los demás. El mundo frente al espejo, un minuto de gloria, una gran soledad. Era interesante observarlos.

Y entonces lo vi. En el centro del salón, un hombre se levantaba para interpretar la obra improvisada que habíamos ido a ver. Me quedé muy quieta. Apenas podía respirar. ¿Quién era? Aún no sabía que su nombre era Albert Camus, ni que amaría aquel cuerpo muchas veces, ni que por él renunciaría a la vida de familia que siempre anhelé de niña. Me dejó hipnotizada. Sus gestos me resultaban familiares. Estaba ausente y, al mismo tiempo, muy presente. Lo ocupaba todo, incluso mi propio corazón, que latía desbocado.

El público enmudeció. También lo hice yo. Pensé, por un momento, si sería un actor, o alguien que amaba el teatro. Me atraía sin explicación. No podía dejar de mirarlo, de recorrerlo desde el anonimato; me fascinaban sus manos, sus movimientos, su voz, ordenar las entradas de otros actores. Deseé conocerlo. Hacerle el amor allí mismo, sin mediar palabras ni nombres, dos desconocidos amándose como si no hubiera un mañana, como si no importase nada en el mundo salvo nosotros, el goce, un orgasmo infinito. Cerré los ojos. Lo imaginé. Casi pude sentirlo. Estaba húmeda.

Escondida entre la gente, de pronto, me entró esa timidez sin límites de la que siempre hacía gala cuando estaba en reuniones de más de tres personas y me marché sin despedirme siquiera de Zanie. El corazón me dolía.

¡Es él!, me dije mientras recogía el abrigo y me precipitaba hacia la puerta. Sí, era él, pero no nuestro momento. No quería conocerle entre tanta gente; además, no llevaba un vestido elegante, sino uno corriente, de rayas violeta y púrpura, tenía el cabello recogido y algo grasiento; pero si ni siquiera estaba maquillada. No quería que me conociera así. Y si de algo estaba segura es de que nos volveríamos a ver; frecuentábamos los mismos círculos, eso era evidente, coincidiríamos en alguno de ellos. Me acogí como un salvavidas a las palabras que siempre me decía mi madre: «Si dos almas tienen que encontrarse, si es su destino cruzarse, tarde o temprano, ocurre».

¡Y así fue! Solo unas semanas más tarde.

Debo confesarte, Dadé, espero que no te importe, que durante los días que pasaron sin verle pensé en un millón de posibilidades, alternativas posibles e imposibles, casi hasta volverme loca. Le imaginaba al torcer cualquier esquina, al entrar en cada fiesta, en cada establecimiento o restaurante al que iba a comer, al mirar al público del teatro. Le buscaba en cada butaca. Imaginaba que la puerta de mi camerino se abría y entraba con flores. Imaginaba que sabía mi nombre, que me buscaba con la misma insistencia que yo a él, que mi delirio era el suyo también. Le llamaba, le convocaba de todas las maneras que se me ocurrían. Me descubría llorando por él por las noches. Sintiendo verdadera tristeza o vergüenza por mi propia estupidez. Me quedaba inmóvil o muda cuando veía a alguien que se le parecía. Esos días fueron un bucle de emociones. Su rostro se me aparecía por la noche mientras dormía, cincelado, perfecto, luminoso. Fue tan fuerte, tan obsesiva la esperanza de volver a verle, que supe que tenía que significar algo. Uno no imagina cosas así en vano. No acumula sensaciones, no se siente confuso por nada.

Ahora lo sé. Todo termina por ocurrir. Por fin lo he entendido.

Esperarle fue mi anhelo.

Y hablar contigo hoy es mi manera de seguir viviendo, la única forma que he encontrado de desnudar mi alma y contarte lo que no pude hacer en vida.

Pero volvamos al inicio de todo, volvamos a aquella *soirée* improvisada, y a Zanie hablándome alegre de toda aquella gente que yo no conocía, presentándomela cual grácil mariposa siempre de grupo en grupo. «Es la vanguardia parisina», me decía orgullosa. Una vanguardia que yo ni siquiera sabía que existía.

Siempre me faltó tiempo.

¡Qué timidez más grande me da admitir ahora que fui una ignorante de los pies a la cabeza durante los primeros años de mi vida en Francia!

En aquellos corrillos se hablaba de libros, de ensayos, de poesía, de pintura, de cotilleos y amoríos, de viajes y teatro; era gente importante que asentía, que reía, que sabía o entendía, o, si no lo hacían, lo disimulaban muy bien, como yo. «Existencialistas», esa era la palabra de moda, la palabra que más corría de boca en boca, como el champán que todo el mundo bebía; y lo hacía con tanta naturalidad, dando por supuesto que todos los presentes y ausentes estábamos al corriente de su «existencia» que casi estremecía no tener ni idea de lo que significaba. Menos mal que nadie osó preguntarme mi opinión o si había leído este o aquel otro libro; me hubiera quedado en blanco o, quizá peor, hubiera soltado cualquiera de esas tonterías que utilizaba para salir airosa de las situaciones más embarazosas.

¡Qué ridículo más espantoso hubiera hecho!

Lo que es la vida, solo unos años después me convertí en la musa de esa palabra tan larga y complicada. Maria Casarès, con acento francés al final para que su gente supiera pronunciar bien mi apellido y mi nombre sin acentuar su i latina, la gran actriz del existencialismo francés, la pasión existencialista, así me bautizaron los periódicos, la crítica teatral, literaria. *Voilà!*

Cuando pienso en ello, en aquella incultura galopante de la que hacía gala con una sonrisa atrevida, una caída de ojos en el momento justo, un cigarrillo siempre encendido entre los labios y el silencio, ya bastante hablaba en el escenario, me doy cuenta de que no tuve perdón de Dios, Dadé, pero para justificarme te preguntaré algo: ¿qué podía añadir, fuera de nuestro amado teatro, que valiera la pena si no sabía nada, si solo era una chiquilla con todo por aprender?

Mi padre me abandonó en el momento que más le necesitaba, me cambió por un puñado de ideas. ¡Cuánto atraen el poder y la política! ¡Qué sed dan! ¡Qué distinta habría sido nuestra vida de no habernos mudado a Madrid! ¿Habría perdido, como hice, la pasión que sentía de niña por los libros, por la lectura, por la literatura, por las historias? ¿En qué momento lo rechacé? ¿Fue por rebeldía, por falta de tiempo, por amor?

Papá tenía una enorme biblioteca en la casa de la calle Panaderas, en La Coruña, sé que te he hablado muchas veces de ella, de cómo cuidaba con mimo cada edición que compraba. Era un auténtico coleccionista; yo adoraba acompañarle en sus horas de encierro, que eran muchas, sentarme a su lado callada y mirarle. Pensar. O pasar las horas escuchándole si ese día le daba por hablar. No recuerdo qué me contaba, pero puedo evocar el efecto que me causaba. Me impactaba su manera de decir, de contar el mundo, de reír, y producía en mí una curiosidad sin límites y una avidez urgente de hacerle preguntas que, sin embargo, callaba.

¡Qué guapo era mi padre! ¡Qué hombre más interesante, culto y elegante! ¡Qué mal le trató la historia de España después! Incluso yo misma fui dura con él pese a lo que sentía, ¡le veneraba!

Siento en el alma no haberme parecido más a él, no haber tenido su porte, su sapiencia, la elocuencia que te dejaba con la boca abierta cuando hablaba, su saber estar en cualquier lugar, en cualquier situación; y siento en el alma, cómo no, todo el tiempo interminable en el que nos alejamos sin remedio, primero cuando me exiliaron a Madrid, sí, a Madrid, porque fue justo eso lo que sentí, me alejaban de mi mar, del océano Atlántico, de su azul eterno, de la familia, de Galicia y de él, también de él. Y después, cuando llegó el segundo y definitivo exilio, el desarraigo de todo.

¡Maldita política!

Renegué de ella durante años y paradójicamente le fui fiel toda mi vida, como a la idea de España como país, sobre todo desde que murió papá; en cierta manera se lo debía; eso sí, no dejé que ningún político se acercara a velar su cuerpo. Yo era la heredera de sus palabras y silencios, la heredera de los errores cometidos y no cometidos, la heredera del pensamiento Casares, al que he sido leal como no lo he hecho con ningún amante, ni siquiera con Camus. Tampoco me lo pidió nunca. No podía exigirme lo que él no era capaz de dar. Era un seductor nato. Los dos lo éramos. E insaciables también, ¡para qué ocultarlo! Nos gustaba el sexo. En el fondo no podíamos evitarlo ni fingir. Saber lo que éramos, lo que queríamos, nos lo hacía todo más fácil. Él no ponía límites. Yo tampoco. Nos comprendíamos. Estábamos destinados a querernos y a encontrarnos una y otra vez.

Siempre supe que sucedería, que volvería a verle después de aquella *soirée*. Solo tuve que esperar un mes y el misterio del joven recitador que me había robado el corazón se resolvió.

Ocurrió casi por casualidad.

Era el mes de abril. Rodaba con Robert Bresson *Les dames du bois de Boulogne*. Al finalizar el ensayo, mi querido Marcel Herrand, un hombre de teatro, casi un padre para mí, con quien comencé mi andadura en el Théâtre des Mathurins y quien dirigió mi primera actuación y me guio durante años junto con su socio Marchat, otro actor por excelencia, puso en mis manos un manuscrito nuevo. Yo confiaba en aquella pareja tan dispar, creía en su palabra a pies juntillas. Para mí, Herrand y Marchat representaban la idea misma del teatro, un lugar privilegiado y noble donde cada pequeño acontecimiento que nos sucedía contaba, enseñaba. Éramos un elenco de relaciones vivas, comedia, drama, amoríos, vida al fin y al cabo. Herrand me dijo: «María, léelo con cariño e imagínate, mientras lo haces, en el papel de Martha». Me comentó de pasada, mientras nos marchábamos del estudio, que lo había escrito un joven autor. No me dijo su nombre o yo no recuerdo que lo hiciera, pero lo encontré después bajo su título, ya en casa: *Le malentendu.* Lo había escrito un tal Albert Camus. No le conocía ni había leído nada de él, algo nada extraño, por otra parte, en mí, pero me enamoró el tono intimista de la obra y sobre todo mi propio personaje, Martha. De alguna manera entrañable, el libreto me llevó hasta Lorca, a sus *Bodas de sangre,* a la familia y la tragedia. Me recordó que yo misma y mi madre éramos esas mujeres fuertes, endurecidas casi por casualidad, por avatares del destino, llegadas de una España que cambiaba sin remedio, que se volvía antigua y triste, que vivía bajo una creciente tiranía y muerte. Pero si algo terminó por convencerme de que la obra merecía la pena ser representada fue la felicidad que sentía mi personaje ante el mar. No podía creerlo, Martha era yo. Estábamos unidas por el azul.

¿Había escrito ese joven autor la obra para mí?, recuerdo que pensé; ¿me conocía de algo? Y mientras me hacía todas aquellas preguntas que sonaban bastante estúpidas al pronunciarlas en voz alta, no sé por qué, mi cabeza voló a aquella velada con Zanie y vistas al Sena, a la preciosa casa del hispanista Michel Leiris, al joven del que me quedé prendada, el que marcaba las escenas y daba paso a otros actores que leían, a aquella obrilla improvisada de Picasso, Braque, Bataille, Sartre, Beauvoir, Barrault, Lacan..., y con el que no había vuelto a cruzarme más a pesar de que lo deseaba con toda el alma.

Le malentendu fue premonitoria en nuestras vidas. Fue lo que nos unió a Camus y a mí, o quizá solo aceleró lo que tenía que ocurrir, ese destino del que tanto hablaba mi madre y en el que yo nunca creí hasta aquel momento. Lo cierto es que Camus no había escrito la obra para mí, ¡qué triste me pareció! Jamás me había visto actuar. Ni siquiera me conocía ni había oído hablar de mi existencia hasta que Herrand le aseguró que yo era perfecta para el papel de Martha. No te voy a mentir, Dadé, pero aquello me decepcionó bastante cuando me lo contó Marcel. Me había creado toda una historia en mi cabeza, una de esas grandes mentiras que la mente confabula y da por ciertas.

Sin embargo, pese a mi imaginación, lo nuestro sucedió. Fue de verdad.

En cuanto nos presentaron, en cuanto estuvimos frente a frente, en cuanto nos dimos la mano, los dos lo supimos.

Éramos fuego. Un espejo, iguales en todo. Aunque eso lo supe mucho más tarde, cuando las confidencias se nos colaron entre las sábanas.

Al principio, castos y puros, solo fuimos amigos; ensayábamos juntos en el teatro o en su estudio de la rue Vaneau *Le malentendu*, aquella obra que tenía muchos más significados de los que yo había siquiera intuido y que Camus fue mostrándome con una paciencia infinita, como si fuera una aprendiz. Y mientras nos reíamos de la vida, cómplices en todo, de su desatinado devenir, del juego inocente de idas y venidas, la obra que yo interpretaba con tanta pasión, que tanto me gustaba porque nos había unido, fracasaba sin remedio. A los críticos les dio igual que al frente estuviera la dirección del gran Marcel Herrand, o que el propio autor de la obra, redactor jefe de la revista *Combat*, ya saboreara cierto éxito por su novela *El extranjero* o su ensayo *El mito de Sísifo*; la consideraron demasiado alegórica, lo que venía a ser lo mismo que decir: «No hemos entendido ni una palabra. Un absurdo».

Y en cierta forma fue cierto lo que dijeron las críticas, porque para comprender la verdadera simbología de la obra había que ahondar en el propio Camus, en su personalidad, en la tragedia de su vida, en el destierro, las letras y las ideas que corrían por sus venas siempre unidas, en el mundo no razonable del que hablaba la madre en la obra, o Martha cuando comparaba la patria con un cielo sin horizonte. Ese era Camus, un hombre complicado, una víctima más, como lo era yo, del desarraigo, viviendo en un París, como lo hacía yo, sin sol, sin mar, sin los suyos, sin su tierra natal, sin su lengua materna.

¿Cómo se podía ser feliz ante esa eternidad?, nos preguntábamos a veces, y después nos mirábamos a los ojos y, de nuevo, estaba ahí el fuego, presente en nuestras pupilas.

Quemábamos.

Los dos sabíamos la respuesta. ¡Enloquecer de amor era la única salida que teníamos! ¿A qué esperábamos?

Tuvimos que volver los dos muy borrachos una noche de junio, ¡alabado aguardiente en la garganta!, después de una fiesta en la casa de nuestro encantador amigo y mejor actor Charles Dullin en Montmartre, para lanzarnos a esa pasión que hacía meses que teníamos muy adentro y que ya no podíamos ocultar a nadie. Y durante una noche interminable de ropas por el suelo, embestidas, gemidos, sudor, alcohol, palabras y más palabras, horas y más horas en la que nos faltaron manos y cabeza, en la que dejamos de ser dos cuerpos para ser uno, comenzó todo.

Al amanecer, sin fuerzas ya, Camus miró el reloj; era la hora H. Las seis y media de la mañana. Teníamos tanta esperanza en la mirada que parecía que seguíamos ebrios. Y, en cierta forma, lo estábamos, borrachos de ilusión, de apetito, de sexo, de más, de no parar nunca y seguir haciendo el amor hasta morir de gozo. ¿Para qué vivir o trabajar? ¿Para qué escribir o recitar? ¿Para qué salir de casa, comer o hablar si entre las sábanas revueltas y en silencio se podía encontrar la gloria de una vida, el único sentido?

Ya nada volvió a ser lo mismo después de aquella noche. La claridad del día nos trajo las primeras confesiones, detalles que habíamos pasado por alto y que, quizá, deberíamos haber tenido en cuenta antes de terminar en la cama, antes de iniciar lo irremediable; tonta de mí, y pensar que creí que sería el hombre de mi vida, mi marido, el padre de mis hijos, mi todo, mi mar, mi eterno amante, mi religión. Lo fue, claro que lo fue, pero no como había imaginado que sería.

Lo dijo de pasada, así, como si no fuera importante: «Dejé en Argel a mi mujer, a la espera de que termine esta guerra y podamos volver a reunirnos». Y después de soltar aquella bala directa al corazón, me habló de su madre y su origen español, era menorquina; del cariño que tenía a nuestro país, de la playa y el Mediterráneo, de su mundo, de la enfermedad gris que le corroía los pulmones, la misma que padecía mi propio padre, tuberculosis, y de la Resistencia a la que pertenecía, su ideario fiel de cómo combatir al fascismo. Me habló de muchas cosas, pero a ninguna le di importancia ya. En mi mente se había quedado clavada la palabra «casado».

Aquello me supuso todo un desafío y me prometí a mí misma que, en cuanto Francine, su mujer, volviera a su vida, nuestra historia de amor se terminaría. Y eso hice. Desaparecí de su corazón igual que entré, por el escenario del teatro.

Sin embargo, nunca renuncié a él ni a todo el amor que sentía. No podía. Era como amputarme un brazo, una pierna, una parte de mi corazón.

Durante los cuatro largos inviernos que duró nuestro alejamiento, Camus tuvo dos niños y yo, una carrera fulgurante. Amé a otros hombres, sí, me metí en otras camas, me pidieron matrimonio dos veces, los rechacé, me maltrataron, llegué a rozar el cielo, pero ninguno fue como él, ninguno significó nada, ninguno me tocó realmente el alma. Estuve años añorándole, comparándole, deseándole en secreto. Siendo fuerte. No deseaba ser una aventura, la amante, la otra, no quería tener una vida falsa, como la de mis padres, y sin embargo...

Camus me mandaba cartas que yo me bebía pero a las que no daba respuesta alguna; me insistía en su amor, en la nobleza de sus sentimientos, me intentaba convencer de la idea efímera de la fidelidad: «La única fidelidad que se impone a la evidencia de que la vida no tiene sentido es el sostenimiento de ese sinsentido».

¡Qué labia tenía mi Mediterráneo!

«Era una inteligencia ante la cual uno se volvía inteligente. [...] Si bien encontraba en él la curiosidad apasionada por los seres, la misma que fue siempre la mía, era incapaz de reconocer en mí la rebeldía».

Incapaz hasta que dejé de intentarlo.

Si en aquel momento de mi vida hubiera conocido, como hice después, la obra de Milan Kundera, creo que yo misma me hubiera calificado de amor ridículo: «Allí donde el corazón habla es de mala educación que la razón lo contradiga».

Fui una maleducada, sí, lo fui. Ni siquiera respondí a su sentida carta de pésame del quince de febrero de 1946, cuando mi madre nos dejó para siempre:

> Mi pequeña María:
>
> De vuelta de un viaje de teatro he conocido la terrible noticia y no puedo sino escribirte con toda la pena y la tristeza. [...] Nada ni nadie puede ni podrá reemplazar jamás el amor que os teníais. Y parte del respeto que siento por ti viene de todo ese querer que yo conocía. Ahora mismo estoy desolado, te imagino sufriendo, llorando. Sí, mi corazón está contigo desde que lo he sabido y hoy más que nunca daría lo que fuera por poder abrazarte con toda mi tristeza.

No le respondí, pero me conmovieron tanto sus palabras que estuve llorando con la carta abrazada sobre mi corazón toda la noche. Me quería. Camus me quería. ¿De verdad importaba cómo lo hiciera?, ¿que tuviera mujer e hijos? ¿No podíamos compartirlo? ¿Dónde había dejado la educación liberal que había recibido?

Seguí debatiéndome durante meses. Meses que, con el devenir de los años juntos, me demostraron que mis prejuicios solo habían sido inmadurez, una falta absoluta de conocimiento de lo que me esperaba en la vida. Nuestro enamoramiento fue, desde el principio, algo auténtico. Genuino. ¡Qué años más perdidos pasamos separados! ¡Cuánto amor se quedó truncado y en espera!

A veces, cuando me pongo triste, pienso en ello.

En París, las mujeres comentaban que Camus se parecía mucho a Humphrey Bogart, el actor de cine estadounidense que triunfaba por aquel entonces, sobre todo después de la película *Casablanca*, interpretada junto con la preciosa actriz Ingrid Bergman, y era cierto, su parecido era cuando menos peligroso para mí, para su propia esposa Francine, para cualquier mujer que se acercara a él, que quisiera amarle, que pretendiese que fuera solo para ella.

Camus nunca fue de nadie.

Él se reía de mis ocurrencias, de los chismes, de los celos que verbalizaba en voz alta. Le gustaban, pero decía: «La infidelidad ha formado parte de mi vida». Y con esa frase corta y tajante estaba todo dicho y yo no podía hacer otra cosa que aceptarlo si quería estar con él, porque, en realidad, éramos iguales, románticos, idealistas, ajenos al compromiso; yo, no él, a mí me daba alergia, debo reconocerlo. No deseaba un matrimonio como el de mis padres, no quería fingir, tampoco dejar de ser libre nunca. Recuerdo aquellas palabras que me escribió al conocerme, cuando nuestra atracción solo era algo carnal y no del alma y epistolar como llegaría a ser, después de aquel paseo en bicicleta por las calles de París sobre su manillar, después de subir hasta su piso de la mano, ebrios de alcohol y sexo, después de amarnos toda la noche hasta quedarnos sin aliento: «Mi deseo más verdadero y más instintivo sería que ningún otro hombre después de mí te pusiera la mano encima. Sé que es imposible. Todo lo que puedo desear es que no desperdicies eso maravilloso que hay en ti, que no se lo otorgues sino a un ser que lo merezca de verdad».

Estoy divagando, Dadé, lo sé, y no acierto a saber por qué ahora te cuento estas cosas, mis intimidades con Camus, ¿acaso te importan? Sé que no, siempre te dio igual la vida que tuve anterior al nosotros. Mejor apartemos a un lado esos abrazos y camas ajenas, esas infidelidades varias, dejémoslo para más tarde o para nunca, habría mucho que decir, que confesar, ambos lo sabemos. Nosotros también tuvimos nuestra propia historia.

Momentos felices y otros, bueno, otros no tanto, como cuando te ausentabas y no me decías a dónde ibas. Tampoco te lo preguntaba. Los dos necesitábamos espacio, o qué sé yo, otras camas, algo de intimidad, una conversación con tus hijos, un momento de reencuentro familiar ajeno a mí. Si te soy sincera, nunca me preocupó demasiado. De hecho, siempre pensé que hacíamos un buen equipo. Nos compenetrábamos. Sin embargo, con Camus nunca sentí esos abandonos, y no es que no los tuviera. Vivíamos una separación continua, por giras, por trabajo, por enfermedad, por la familia, pero aun así no me sentía una extraña al verle marchar. Estaban sus cartas casi diarias y eso lo llenaba todo, cada momento del día. Imagino que esa sensación que yo probaba contigo cuando te escapabas la sufrió Francine durante años con Camus y conmigo. Vivirlo, por tanto, era justo.

¡Fui egoísta!, ahora lo comprendo. Mi apetito por la vida era tan voraz que me arrastraba a la búsqueda continua de mi propia felicidad.

Airas
Un océano en tu voz

Representar lo mejor posible [es] lo que me ha sido confiado, es decir, al mundo del teatro y, a través de los teatros del mundo, a Francia fuera de Francia, a la España errante en Francia y al exilio en todas partes.

María Casares

El éxito es fácil de obtener. Lo difícil es merecerlo.

Albert Camus

María se asomaba al mundo a través de su voz. No le importaban su físico, su talle fino, sus ojos rasgados, su cuerpo casi perfecto; tenía la típica belleza española que enamoraba al público y lo sabía, pero no, nada de todo aquello le importaba demasiado, le ayudaba a triunfar, eso sin duda, pero lo que ella anhelaba de verdad era que la amasen por su voz, por su interpretación, por la poesía que tenían las palabras que salían de su boca.

Cuando se subía a un escenario, la María discreta, tímida, solitaria, la que huía del tumulto y las odiosas fiestas sociales de la época siempre que podía, más de tres personas le parecían multitud, se transformaba en una bienvenida, en un cálido abrazo. Quizá fuera el maquillaje, el telón, el disfraz o los guiones que se bebía a morro como si fueran gin-tonics y la empapaban la piel y los sentidos; los preparaba a fondo, hasta rozar la perfección, no dejaba nada a la improvisación ni que nadie la alterase; todo lo pequeño, lo molesto, las insignificantes preocupaciones cotidianas, cuando actuaba se quedaban fuera del escenario; todo lo que la limitase, cualquier duda, desasosiego, desamor, traición, celos, vergüenza, miedos, ¡fuera!, ¡todo fuera!, lo expulsaba sin miramientos, lo pateaba si era necesario antes de subir al tablado, antes de que se corriese el gran telón, y se enfadaba muchísimo consigo misma si ponía un pie en el teatro y sentía cualquier tipo de zozobra que la hiciera vacilar o distraerse.

No, María no podía permitirse ninguna debilidad mientras actuaba, porque, si lo hacía, la magia que había en su voz desaparecía. Y su voz, eso era lo único por lo que María vivía. Su voz era la voz de entre las voces, lo era todo: su fuerza, un corazón abierto, un cerebro en movimiento.

La madre de María, Gloria, siempre amó su voz; lo hizo desde que la escuchó por primera vez pronunciar la palabra «mamá». ¡Qué grande fue ese día! La segunda vez que pensó que la voz de su niña era especial fue cuando la escuchó recitar aquel poema tan largo que se había aprendido de memoria. ¿Qué decían los versos? ¿Quién lo había escrito? No podía recordarlo, pero sí a ella, su voz le acarició el alma cuando cerró los ojos para sentirla. Más tarde, justo cuando la vida adulta estaba llamando a su puerta, ya en París, ya exiliadas y solas, malviviendo como podían pero siempre juntas, su María recitó un romance castellano para unos amigos muy queridos, Alcover y Colonna, y en aquel momento no solo su madre supo con certeza que la voz y la manera de interpretar de María tenían duende, también lo hicieron sus acompañantes, que exclamaron al unísono: «¡Tiene que actuar si no quiere asfixiarse!». Y entonces su madre le preguntó muy seria: «María, ¿quieres dedicarte al teatro?».

Y María, con aquella adolescencia llena de tropiezos, su aire soñador y el rostro encendido, solo acertó a decir: «¡Sí!».

No sabía María dónde se metía ni lo que aquella afirmación rotunda iba a significar, pero aquel «¡Sí!» lo cambió todo, la vida de ambas, madre e hija.

Durante mucho tiempo, menos del que María hubiera deseado compartir con su madre, ambas estuvieron empapadas de un desmedido orgullo. Su madre, por lo que María estaba siendo capaz de alcanzar, algo que nunca hubiera imaginado. Y María, por el conmovedor amor que, de repente, su madre, tan egoísta en otros periodos de vida en común, le prodigaba cada día. La cuidaba. Se interesaba por ella, le daba ánimos cuando la veía desfallecer: «El esfuerzo tiene su recompensa, María —le decía—. Disfruta de lo que haces, eso es lo más importante, lo único que te hará feliz en el futuro».

Junto a ella se sentía segura y niña de nuevo. Junto a ella podía dejar de ser la mujer que todos veían, que todos querían, Maria Casarès, con acento francés para que no se perdiera la e.

El día que su madre se fue, María sintió que algo se le rompía por dentro. Sintió que una parte de ella no volvería a latir jamás. Sintió un vacío tan existencial y confidente que vivió mareada durante semanas, sin ninguna mano a la que asirse. ¿Quién le daría calor por las noches mientras dormía? ¿A quién le contaría sus tristezas y alegrías al volver a casa?, ¿a quién sus desvelos y dudas? Y del hambre y la vida, ¿con quién hablaría? Y si había tenido dos, tres o cuatro orgasmos haciendo el amor, ¿a quién podían importarle sus pequeños triunfos femeninos, sus dolores menstruales, sus pechos grandes antes del periodo, sus locuras o deseos, ser madre o no serlo? ¿Labios rojos o granates ¿Este perfume o este? ¿Y qué me pongo hoy para esa cena? Ninguna amiga había sido como su madre. Con ninguna había tenido tanta confianza.

Con ninguna la tendría después.

Gloria, como le gustaba a María llamarla, era su manera de vivir en el mundo. Había sido su amazona, su compañera, mal ejemplo, pésimo, y también bueno. Sí, también bueno, el mejor, el más libre, el más comprensivo. Su propia hija en ocasiones, cuando su madre, de pronto, se volvía aniñada y hacía locuras. ¿Acaso no tenía derecho a equivocarse?

Dicen algunos estudios científicos que la madurez se alcanza entre los veintidós y los veintitrés años. María acababa de perder a su madre con solo veintitrés y, aunque ya llevaba cuatro años intentando merecerla, no se dio cuenta del alcance de la palabra «madurez» hasta que la vio tendida en su caja de madera de pino blanco, envuelta en el sudario, con la cabeza rodeada de vendas que dejaban solo el rostro al descubierto para testimoniar a través de sus párpados cerrados y sus labios silenciosos que no volvería nunca más. Después se fijó en su padre, y lo vio moverse con torpeza y fatigado el día del entierro. Él también se iba poco a poco. Llevaba años yéndose, de hecho. Su tuberculosis no mejoraba. Su ánimo tampoco. Estaba preparado para partir y María lo sabía, aunque no quería escucharle. Como tampoco escuchó a su madre cuando dijo que el número capicúa de su habitación del Hospital Curie, la 212, le traería suerte. ¿Suerte? ¿Agonizar durante dos meses de cáncer por todo el cuerpo podía llamarse así?

Las dos personas a las que más quería, tan distintas y tan cercanas al mismo tiempo, iban a dejarle un gran vacío y un corazón huérfano.

¿Cómo iba a enfrentarse sola al mundo?

—¡Muy bien! Ya va tomando forma este trabajo.

—Todavía tengo que profundizar. Necesito que ella me cuente más cosas.

—Sí, pero como idea inicial es muy buena y me gusta el enfoque, Airas. Mezclar lo artístico con lo personal va a resultar muy interesante para el lector. ¿Y con París ya has concluido?

—De momento sí. Bueno, más o menos; lo que tenía que indagar ya está hecho, al menos ya tengo la información necesaria para escribir el artículo. He visitado el teatro donde comenzó y otros donde ha trabajado todos estos años, también su casa, su barrio. Estos últimos años no ha parado. La pasión de esta mujer por explorar sus propios límites en el escenario es increíble. Estoy maravillado. ¡Qué fuerza! Fíjate, en octubre ha estado en Gennevilliers, interpretando a Madame Pernelle en *Tartuffe*, y, tan pronto como salía del escenario, se vestía de papa para interpretar a Elle en la obra homónima de Jean Genet en la sala de al lado. Y de nuevo volvía con sus compañeros al quinto acto de *Tartuffe*. ¿Te lo puedes creer?

—Es camaleónica. Menuda capacidad de adaptación. No sé cómo puede hacerlo.

—Creo que le puede la curiosidad, el decirse: «¿Seré capaz?».

—O puede que simplemente sea que no sabe decir que no a nada.

—También podría ser, una adicta al trabajo. Todo lo que tiene que ver con actuar, con la emoción sobre el escenario, le interesa. He hablado con algunas personas, gente que ha tenido alguna relación con ella directa o indirecta, amistades, compañeros... Estoy disfrutándolo tanto que ojalá no terminase nunca este encargo. ¡Qué vida!, ¡qué pasión! A su lado mi vida es insignificante.

—Y la mía. Bueno, creo que la de cualquiera que no sea artista, en realidad. ¿Estás nervioso?

—¿Por lo de mañana? Sí, mucho, como un flan. Te mentiría si te dijera lo contrario, pero confío en que se acuerde de mí, en que haya leído la carta que le dejé junto a las flores.

—¿No dejó ningún aviso en tu hotel que confirmara el encuentro?

—No, qué va, y si te soy sincero esperaba que lo hiciera.

—Bueno, es normal, habrá estado muy liada, no te preocupes. Todo irá bien, Airas. ¿Sales temprano hacia su casa de Alloue?

—Al punto de la mañana. He calculado que tengo un viaje por delante de unas cuatro horas y media. Lo ideal sería estar allí a mediodía. ¿Sabes?, investigando un poco sobre su vida, un vecino del pueblo de Alloue con el que contacté por teléfono buscando un lugar donde poder alojarme allí me comentó que María Casares era una mujer muy querida por aquellas tierras, y que tenía costumbres bastante arraigadas. Cada mediodía, si está en Alloue y no de gira, dicen que se la puede encontrar junto al lago que hay cerca de su casa. También que se pasa allí horas mirando el agua como embobada. Y que incluso más de una vez la han visto hablar sola.

—Quizá recite o memorice algún pasaje de sus obras. Puede que mirar el agua la inspire o la tranquilice. A la gente le encanta cotillear e inventar lo que no saben. No soporto los pueblos ni las ventanas que siempre miran hacia fuera y después fabulan hacia dentro.

—Yo tampoco, pero sus palabras me dejaron bastante intrigado. Aunque que hable sola, en el fondo, tampoco es algo tan raro, ¿no?

—Desde luego.

—Yo lo hago todo el tiempo.

—Eso es verdad, pero reconoce que tú sí eres un poco rarito, ja, ja, ja.

—Ja, ja, ja, ¿y quién no es raro?

—Cierto, ¡quién no lo es! Va a ser emocionante ese encuentro. Llámame después para contarme lo que ha ocurrido o cómo te ha recibido, ¿vale?

—¿No prefieres esperar a leer lo nuevo que haya escrito?

—Sí, mejor, tienes razón. Me gusta cómo estás escribiendo esta historia, Airas. Hay misterio, es como si la vida de María fuese una novela de ficción, como si en su historia quedase todavía una función por representar. ¡Cuántos personajes puede llegar a encarnar una sola actriz! De todas formas, llámame, al menos para decirme que has llegado bien, así me quedo más tranquila.

—Ese comentario es muy de madre, Cristina.

—Es que soy peor que una madre, soy tu jefa. Por cierto, ¿te sirvió su biografía? ¿Has cogido notas?

—Sí, muchísimo. Cuando la leí, pensé que si era tan buena con la palabra como actuando sería extraordinaria.

—Lo es.

—Lo imagino.

—Airas, ¿me lo parece a mí o te estás enamorando un poco de María?

—Estoy totalmente entregado a ella y a su historia. Enamorado no sé si es la palabra, pero me seduce bastante acercarme a ella. Alguna razón habrá.

—¡Seguro! Enamorar forma parte de ese lento actuar de los comediantes, es su manera de transitar por el mundo, su manera de perdurar para siempre en los hombres, así que ten cuidado.

—¿Cuidado? No, mejor brindo por ello. ¡Por enamorarnos!

—¡Por transitar!

—¡Por la eternidad!

—¡Hasta mañana y suerte!

María
Mi reina negra

Dime lo que haces, lo que piensas, necesito tu transparencia.

CAMUS a MARÍA, *Cartas de amor*

Toda mi vida se quedará corta para amarte.

MARÍA a CAMUS

Aquí está tu «reina negra», más puntual que nunca, mi querido Camus. Siempre a mediodía. ¿No te lo dije? Me gusta cumplir mis promesas. ¿Te acuerdas de cuando me llamabas así, «mi reina negra»? Me sentía tan especial...

Hoy me acordaba de aquellos días, de tus cartas, de todas las maneras que tenías de llamarme: «mi salvaje, mi pequeña María, María querida, mi amor adorado, mi pequeña gaviota, Finisterre, mi galleguiña mimada», mi nombre siempre bien acompañado, desgastado por tu amor y la brisa mediterránea que te mecía.

No sé qué hacer con ellas, con tus cartas, digo. Me resisto a perderlas, o peor, me niego a que se pierdan cuando me muera; ¿qué harán con ellas?, me pregunto muchas veces, ¿una novela romántica?, sería un hallazgo, eso desde luego, todo un testimonio de que lo nuestro fue de verdad.

¡Qué coraje me da cuando, todavía hoy, dicen de mí que era tu amante! Lo cuelan en cada artículo que habla de ti, en cada aniversario, nacimiento, muerte y premios. Nadie se ha olvidado de tu pluma todavía, de tu prosa, del teatro, de la filosofía que nos dejaste. El mundo te recuerda, amor mío. Yo te recuerdo cada día, siempre a mediodía. Tus hijos te recuerdan, no hablo con ellos, pero estoy segura de que lo hacen. Y también de que, allá donde estés, te hará feliz saberlo.

No hay ausencia definitiva mientras exista un solo recuerdo en el corazón. Y yo, tengo tantos que podrían ser suficientes para todos.

Te contaba que en esos dichosos artículos que hablan de ti cada año no acierto a saber por qué siempre me incluyen; me citan así, como si no fuese nada, o peor, como si fuese poca cosa, María Casares, una cualquiera, una robamaridos, y encima añaden la coletilla de que no fui la única. ¡Uf, qué injusto me parece! ¡Cómo duele! ¡Cómo me indigna!

Odio en silencio cada mentira que leo, la tergiversación de nuestra preciosa historia de amor. ¿Por qué nadie me pregunta? ¿Por qué no se leen el libro que escribí? Me hubiera gustado contar más cosas de nosotros, pero Dadé vivía todavía y me pareció desleal recrearme demasiado en ti. También quise compartir un par de cartas de las que me enviaste, son tan especiales…, pero tu hija no me dejó. Lo sentí mucho.

A veces, tengo la tentación de contestar a esos ridículos artículos, de hecho lo hago, escribo cartas que nunca envío, los pongo en su sitio, les digo que éramos el todo y la nada, que cada instante nuestro valdría para llenar una vida entera de sus insustanciales carreras amordazadas y mediáticas. Que nuestro amor no tenía nada de baladí, que no le quité el marido a nadie, porque para haberlo hecho tú tendrías que haber sido libre, tendrías que haberla dejado por mí, y eso no lo hiciste nunca, ni tampoco tuviste la intención de hacerlo, y si alguna sombra o duda te invadían, yo te las quitaba de la cabeza. Respetaba mucho a Francine y admiraba lo generosa que era; te compartía conmigo, y eso era suficiente.

Nunca fui una más, no, claro que no, ¡qué estupidez más grande! Nuestro apetito por vivir era rabioso, puras felicidad y ambición, confidencias a mediodía en el palomar, noches en vela; éramos almas gemelas, alas debatiéndose contra un mundo reglado, ciego y torpe de sentimientos. Un mundo convencional que nosotros rehuíamos, que rechazamos por simple, por poco profundo, por fascista.

Estábamos unidos, convencidos de que el destino nos había elegido y que la pasión que sentíamos, que nunca parecía agotarse por más años que viviéramos, nos hacía más fuertes, especiales y privilegiados.

Sí, eso éramos, justo eso, unos privilegiados. Ni más ni menos.

«¿De qué te ríes?», te preguntaba cuando tu rostro resplandecía de pronto al mirarme. ¿Lo recuerdas?

Tu respuesta me enamoraba: «De gusto».

¡De gusto! ¡Cómo no iba a caer rendida a tus pies! *Toda la vida que me pasara por delante se quedaría corta para amarte*, para devolverte lo que me diste, esa paternidad cuando me quedé huérfana, ese faro iluminador cuando más lo necesitaba, esa inteligencia prestada, tu voz en calma, ¡qué difícil me resultaba creer en los franceses, en su tierra, en la hospitalidad que me brindaban! Me era imposible amarlos, no abrazaban. ¿Y la mía? Mi España querida, mi tierra, mi océano, también se había desvanecido mi fe en ella como un azucarillo en el café. No me quedaba nada que salvar, o eso pensaba yo, porque cuando te escuchaba hablar de España con ese cariño volvía a mí toda esa nostalgia pasada, y prendía la chispa, ya lo creo, la pasión por el sol ardiente, y la morriña de ternura por sus gentes. Mi gente. ¡Qué lejos estaba mi gente!

Ya, ya sé que es cierto que era tu amante, ¡siempre con las etiquetas, qué manía!, que debería darme igual el qué dirán, esos artículos iguales, contando lo mismo una y otra vez, cada año, ¡qué cansancio!, perdona, amor, que vuelva con el tema, que debería continuar con mi vida, olvidarte del todo, parece que puedo oírte, mi Camus del alma; ya, ya sé que sería mejor, lo más sano, lo más cuerdo, recobrar aquella salvaje indiferencia de la que hice gala cuando estuvimos juntos, que esa es la verdadera vida, la única que tiene sentido. Sí, lo sé, que tú también eras mío, el gran amante, al que más quise, creo que el único al que quise de todos los que pasaron por mi cama, y no fueron pocos. Dadé siempre lo supo. A él lo amé de otra manera, con ese sosiego en la piel que nunca pensé que encontraría. Lo nuestro fue también especial, un hilo quieto, estable, siempre agradecido.

Sí, es verdad, todo lo que me digas, o me dirías si estuvieras aquí, conmigo, cerca, tocándome, es verdad, ¡ay!, tienes razón, pero no me consuela ni tampoco me libra del mal humor ni este rencor que me crece por dentro y me va comiendo entera.

El amor tiene su propio orgullo y el mío es enorme. No tiene parangón. A veces contemplo esa felicidad que tuvimos en el reflejo del lago. Te veo abrazándome, haciéndome el amor siempre a mediodía. Es tan real la imagen que para alargarla cierro los ojos. Si me quedo muy quieta, casi sin respiración, puedo oírnos. Me susurras que me amas, y yo alargo la mano para tocarte, y al abrir los ojos, de pronto, el agua se lleva tu rostro, y las ondas me dejan una tristeza infinita.

Pero déjame volver a tus cartas, mi vida, es importante para mí, mucho, más de lo que desearía.

¿Tú crees que las querría mi sobrina Esther? Nos hemos visto tan poco en vida que somos dos desconocidas. Me aflijo cuando pienso en ello; sé que es mi única familia, o al menos yo la siento así, aunque nuestra suerte corra en continentes distintos.

Papá las quería mucho. Hablaba de ellas todo el tiempo en París. Creo que lo hacía para que no me olvidase de su existencia. A veces lo hacía. Mi vida era un torbellino de idas y venidas, tú lo sabes mejor que nadie, no tenía tiempo para sentimentalismos y familias lejanas con las que no tenía contacto.

Vivía en «estado de urgencia».

¡Qué esfuerzo! ¡Qué desgaste! Lo cierto es que mi padre tenía miedo de esa urgencia mía, de las prisas, del no tengo tiempo, del desapego, de que quizá iría a más incluso cuando él no estuviera. No se equivocaba. Mi manera de ser le hacía desdichado, sí, no lo niego, pero al mismo tiempo le llenaba de orgullo saberme de teatro en teatro, con un público entregado, con su apellido en boca de todos como una venganza del destino para los franquistas.

A veces me decía: «María, ¿para cuándo una familia como la de tu hermana?», y yo le acariciaba la cara y me callaba. Era mejor no hablar. Hablar, ¿para qué?, para decirle que no tendría nunca la familia que él anhelaba, que no me sentía a salvo en ningún lugar que no fuera el teatro o los brazos de Camus, un hombre casado; que no deseaba un amor estable que me amordazase los movimientos, que me limitase, que, con toda probabilidad, nunca tendría hijos. No, no podía confesarle todos aquellos sentimientos que albergaba y crecían, como la mala hierba, en mi corazón, porque le hubieran hecho daño y más infeliz si cabe, y eso no podía permitirlo.

Adoraba a mi padre.

Además, papá ya estaba bastante mal, enfermo, solo, alejado y repudiado por algunos de los suyos. Su proyecto de vida se había venido abajo, se sentía inservible, un peso, y solo le quedábamos nosotras, sus hijas, nuestro afecto. En el fondo, puede que tuviera algo de celos de Esther y su hija y que eso me alejara de ellas; mi padre se desvivía demasiado por ellas, se atormentaba por su día a día, era enfermiza su obsesión por ayudarlas, por estar pendiente, por escribirles. Se culpaba porque sus dos Esther estuvieran así, presas de su propia casa, y aquel sentimiento le hacía languidecer, le convertía en una sombra de lo que era. Sus faltas, siempre sus faltas, sus malditos errores, repetía a cada momento. No había podido sacarlas a tiempo de España, se lamentaba; su caída en desgracia las había abocado al encierro domiciliario en La Coruña, un encierro provocado por el enemigo, los nacionales, y solo por el mero hecho de ser quien era, la hija de... ¡Qué culpa tenía Esther de ser su hija, la pequeña Esther de ser su nieta, de sus fallos y silencios, de sus lealtades! Su marido exiliado en México, allende los mares, y ellas, ellas solas, desvalidas, rechazadas, con escasos medios, porque todo nos fue confiscado, viviendo en un territorio hostil que ya no podía llamarse hogar. Y él se apropiaba de todo aquel infortunio y lo hacía suyo, propio, personal; él, Santiago Casares Quiroga, penitente, el hombre más odiado de España, del que más mentiras se inventaron, al que le atribuyeron frases que jamás pronunció, era el mismo al que yo quería con toda el alma.

Me dolían sus culpas, su manera de autoflagelarse, el escaso aire que tenía para respirar, la maldita tuberculosis que iba empeorándole cada día, que le comía sin remedio; me dolía ese sinvivir constante por la vida que había elegido, por ellas, mi hermana y su hija, por mí y la alocada existencia del teatro que llevaba, por la pérdida inesperada y prematura de mamá en el cuarenta y seis, tan solo cinco meses después de nuestro reencuentro en París, «su Gloria», como él le decía, a la que no supo cuidar ni querer como debió, y tampoco tuvo tiempo de enmendarse, por su España y la República, que ya nunca existiría.

Se ahogaba, mi padre se ahogaba, y lo hacía de verdad, no de ninguna manera metafórica o literaria, sino con los pulmones a una y el corazón roto.

En su caída, sin pretenderlo, me llevaba con él.

Muy de tanto en tanto ese insistir suyo en que formase una familia me hacía pensar en la maternidad y se me colaba la tristeza dentro. No es que fuera alérgica a ella o al deseo de ella, claro que no, pero sentía que no llegaría nunca, que no podría hacerlo; mi vida no tenía nada de perfecto para un niño, y menos para un bebé.

La vida ni siquiera era perfecta para mí.

Era desordenada, caótica, intensa, inconstante, maravillosa, o eso me decía. ¿Qué podía ofrecerle a un hijo?, pensaba entonces: ¿giras de teatro?, ¿camerinos con muchas luces y jarrones con flores frescas?, ¿gente a su alrededor?, ¿un ambiente bohemio de actores y escritores?, ¿literatura?, ¿un público fiel y otras veces no tanto?, ¿aplausos si la obra salía bien?, ¿abucheos si no gustaba?, ¿viajes y horas de autobús?, ¿estaciones de tren?, ¿habitaciones de hotel?, o, peor: ¿ausencias constantes?, ¿meses sin su madre presente?, ¿un apellido español maldito o un no apellido si el futuro padre no lo reconocía?, ¿que fuera un bastardo?, ¿un padre amante que yo amaba de manera incondicional y eterna —aunque no era el único hombre ni mujer que ocupaban mi cama, ni mi vida tampoco—, pero que iba y venía, y tenía otros hijos más afortunados, más legítimos, que sí podían disfrutar de él a plena luz del día?, ¿un cierto ambiente promiscuo?

¿Hubiera podido mi infinito amor bastarle? Ahora estoy segura de que sí, lo hubiera hecho, pero ¿hubiera sido suficiente?, ¿sensato? ¿Habría sido feliz?

Debo confesarte algo, mi adorado Camus, aquí, sí, ¿por qué no? Ya no tengo nada que perder, ya no le importo a nadie, ya no puedo cambiar lo que fue, contigo habría sido madre sin dudarlo, sí, lo que oyes, ¡qué dichosa habría sido! Ojalá me lo hubieras pedido, incluso sin pedírmelo. ¡Si hubiera sucedido, qué bendición más grande me habrías dado! Creo que hubiera dejado incluso el teatro. ¿Te ríes? ¿Piensas acaso que no hubiera sido capaz?

Hablo por hablar, es verdad, hablo como la anciana que soy ahora, o que, sin serlo del todo, me siento ya. ¡Qué mayor me veo!, ¡qué torpe! Reconoce que habría sido algo muy dulce; si nos hubiera pasado, nunca me habría sentido sola. El luto habría sido más llevadero. ¡Y este retiro no sería tan gris! ¡Tan interesado en otros!

Nunca te lo dije, ¡cómo confesarle algo así a un amante que huye de su propia familia y se refugia en tus brazos para encontrar algo de paz, sin que salga corriendo!, pero lo deseaba tanto tanto tanto que, cuando te fuiste, cuando ese maldito coche te estrelló contra el árbol y se te fue la vida y ya no pudiste llegar a casa a tiempo después de las largas vacaciones de Navidad con tu familia, ni volver a abrazarme a destiempo, a cualquier hora, como hacías siempre y yo anhelaba de la mañana a la noche, lo ansié aún más si cabe y estuve esperando sin sentido, o con todo el sentido del mundo, rezando sin saber hacerlo, implorándote a ti, a Dios, mientras me abrazaba el vientre desnudo al amanecer, al anochecer, todas las horas del día, semanas enteras, que no me llegara la menstruación. No, no la quería, solo que volvieras junto a mí, solo un hijo tuyo en mis entrañas, alguien a quien poder aferrarme, mi sangre inútil convertida en hijo, nuestro hijo, eso quise, eso pedí, la continuidad del amor.

No sucedió, claro. Hubiera sido insostenible. Cuando vi aquella mácula roja sobre las sábanas blancas lloré, lloré como una niña pequeña, sin consuelo, porque allí mismo, mientras manchaba mis manos, supe que te habías ido para siempre, y contigo, cualquier posibilidad de maternidad.

¿Habría sido una buena madre, Camus? ¿Tan buena como lo fue la mía?

Lo dudo mucho.

Tu muerte, amor mío, ha sido el único suceso de mi existencia que todavía hoy no puedo entender, que no he sido capaz de digerir por más años que hayan acaecido, y son treinta ya. Quizá sea la razón de que te hable, de que me aferre a ti siempre a mediodía, y a este azul del lago que yo comparo contigo y nuestro amor por el mar, mi Mediterráneo del alma.

¡Qué dolor tan grande me dejaste! ¡Qué dolor sentimos todos! Conocidos, amigos queridos, tu propia familia, ¡Francine!, ¡tus hijos, tan pequeños todavía!, incluso los desconocidos, tus lectores, a ellos también les dolió la pérdida, te leían, te entendían, te querían. Eras su guía, su palabra, su filosofía de vida.

Mi faro.

Tú, que le diste todo el sentido a mi vida, ¿por qué te marchaste así, sin avisar, sin despedirte siquiera? Maldigo aquel día, y maldigo el árbol que te mató. Tendrían que talarlo. Habría dado todo lo que tenía en aquel momento por haberme ido contigo, por haberme estrellado contigo.

Esos largos días de luto y pena estuve vagando por la ciudad como un alma perdida y silenciosa; merodeaba por las calles sin rumbo fijo, con las manos metidas en los bolsillos, con la cabeza hundida, con los pies arrastrando una existencia que ya no quería. Parecía una sonámbula, o quizá una adicta en busca de alcohol o drogas; me sentía muy sola, incompleta en todos los sentidos.

El corazón me dolía. Y no es algo metafórico. Lo hacía de veras.

Frecuenté los mismos sitios que nos habían visto amarnos, y te juro que podía vernos, allí, besándonos, allí, por las calles de Montmartre mientras me prendías de la cintura y yo me reía de tus palabras en mis oídos. ¡Éramos felices! ¿Te acuerdas, mi amor, del restaurante La Mère Catherine?, ¿de los músicos que al vernos llegar nos cantaban *La vie en rose*? Esos días, sus instrumentos, al verme entrar, enmudecieron y yo no pude soportarlo y me marché corriendo. Tardé años en poder volver. Te veía en todas partes aquellos días. Cada hombre con gabán me recordaba a ti. En las escaleras del Sacré Coeur, viendo el atardecer, vagando en solitario por la estrecha y romántica rue Saint-Rustique, contemplando los escaparates de las pequeñas tiendas, charlando con los pintores en la plaza sobre el existencialismo, la filosofía y la vida y haciendo esa necia pregunta que siempre te traía de cabeza: ¿Sartre o yo? Como si a alguno de aquellos bohemios románticos, que intentaban ganarse el pan y el sustento entre pinceles, óleos y acuarelas, les importara lo más mínimo aquel dilema vuestro. Eso sí que era desatinado, tanto como mi afán de mantenerte con vida. Recreaba nuestras conversaciones, las más triviales, las importantes, justo como hago ahora, tantos años después; me moría por oír tu risa, te daba la mano, temblaba si el viento se movía, creo que la gente me miraba, es probable que pensaran que estaba algo chiflada, o puede que me concedieran el beneficio de la duda y dijeran de mí que era un alma de luto, gris y triste; lo era, para qué negarlo.

Mi pena era contagiosa.

De todas formas, ¡me importaba muy poco lo que opinaran los demás!

Y sí, desvariaba en todos los sentidos. Era muy honda la pena, un pozo sin final. Tenía la absurda idea de que si dejaba de contarte cosas te irías de verdad, y eso no podía permitirlo.

Algunas veces mis paseos se aquietaban frente a tu casa, y miraba durante mucho rato tu vivienda, tus ventanas, tu puerta, la calle que cada día te veía salir y refugiarte por la noche, el santuario familiar que compartías con Francine, tu mujer, y tus hijos, Catherine y Jean. Y me sentía culpable por ellos, por todas las horas que te había robado, y resentida, al mismo tiempo, por todas las horas que me habían robado ellos a mí. Al final, ¿qué nos habías dejado a las dos?, ¿la ausencia definitiva?, ¿el vacío de seguir la vida solas?

Nunca sentí celos de ella, ni un solo día de mi vida; comprendía muy bien su abatimiento, ese del que me hablabas, el tormento que debía de sentir Francine cuando te veía marchar o no llegar por la noche porque la pasabas conmigo. Cuando me contabas alguna confidencia suya, de familia, de pareja, a mí me dolía escucharla, ¿lo sabías? Creo que no te lo confesé nunca, pero aún no es tarde para soltar lastre. Sí, querido Camus, me sentía más infiel cuando la nombrabas o te quejabas de cualquier cotidianidad sin importancia que os había sucedido que cuando hacíamos el amor durante horas. Cuántas veces te dije: «Déjala en casa cuando vengas a verme, te lo pido por favor, Camus». Y tú te reías de mí y de mis pensamientos éticos, de la moralidad mojigata que, en ocasiones, me asaltaba.

Siempre supimos que existíamos. Francine sabía de mí. Yo sabía de ella.

Nos complementábamos.

De hecho, podría decirse que coexistíamos con toda la dignidad y el respeto que nos permitía desempeñar el papel oficial de «mujer de» y el extraoficial «amante de». Incluso podría decirte que nos queríamos. No sé si es acertado confesarlo o conveniente, ni siquiera si es fácil de oír, entender o incluso digerir en estos tiempos que parecen haber tornado en una beatería extraña que no soy capaz de reconocer, ni con la que me siento cómoda, pero es así, no es ninguna broma, al menos para mí, era un querer sano el que sentía por Francine, igual de sano que lo fue compartir algunos amantes con mi madre mientras vivió. ¿Qué problema había? ¿No éramos libres para amar? ¿Y qué si deseábamos al mismo hombre?

Tú querías a Francine y eso era suficiente para que yo también la quisiera.

Pero cuando llegó el dolor definitivo, el dolor de tu pérdida, los días más negros de tu ausencia, el fin del mundo, el París sin ti, terminaba en tu casa escondida tras un árbol y deseaba con todas mis fuerzas atreverme a llamar a tu puerta, ponerme de rodillas e implorar a Francine formar parte de la rutina de tus hijos, que me dejara quererlos como si fueran un poco hijos míos porque eran tuyos, eran parte de ti, y yo era tuya, tu musa, tu amor, tu «pequeña María», tu «Atlántico» en olas más salvaje. Quería que me adoptasen para siempre, ser una más por la casa, porque no soportaba la idea de estar sola, de sentirme sola, de seguir toda la vida sola. No, no podía vivir muriendo por ti.

¡Qué locura de días fueron aquellos!

Nunca fui más musa del absurdo que entonces. Nunca existí menos. Por fortuna, ahí estaba el teatro. ¡Me querían demasiado para abandonarlo todo!

El teatro, siempre el teatro.

Decidí que ese vivir mimada por el público tendría que bastarme. Aunque, por dentro, sentía que tenía que marcharme, que debía cortar de alguna manera, probar suerte en otro lugar, uno que me quisiera menos, que me admirara menos, que no me recordara a ti cada minuto del día, cambiar de escenario, de compromisos, de instrucciones, de dirección, sentir una nueva experiencia vital, brotar con savia nueva, curar la crisis y el dolor, el luto, el llanto, las ganas de no hacer nada, de morir en la cama dormida, de renunciar a lo único que sabía hacer y no tenía ninguna importancia ni salvaría el mundo, interpretar.

Fuiste tú quien elegiste tu filosofía de vida, y nosotras aceptamos seguirte, amarte así, con esa libertad, con tus luces y sombras, con tus contradicciones y desvaríos, con tus excesos, que no eran pocos. Sí, querido Camus, te amamos incluso sabiendo que existían otras mujeres, bueno, no puedo hablar por Francine, pero yo sí sabía que había otros cuerpos de los que gozabas, otras camas revueltas a las que acudías, cartas correspondidas con palabras sensuales y engaños, nombres de mujer que no conocía, que no quería conocer, y eso que hablábamos de todo. A mí nunca me importó, y lo sabes. Ellas gozaban de tu cuerpo, de tu gloria blanca, como hice yo al principio, como hice siempre, porque nuestro apetito era insaciable, pero el amor que tú y yo sentimos dejó de ser corpóreo con el tiempo para convertirse en espíritu.

Mi adorado Camus, fuiste el gran amor de mi vida. Me lo dijiste una vez: «Dos seres que se aman tienen que conquistar su amor, construir su vida y su sentimiento. María, un amor no se conquista contra el mundo, sino contra uno mismo. Somos nosotros nuestros peores enemigos. Prepárate para la felicidad, es el único deber que tenemos».

¡Qué maravilloso deber!

He recordado estas palabras tuyas al volver a tus cartas. Y también he viajado con ellas en tu manillar cuando volábamos hacia el amor la primera vez, y al boulevard Saint Germain, que nos reencontró después del único adiós de nuestra vida. Sí, el único adiós, digo bien, porque cuando te fuiste no pude despedirme de ti, y, ya ves, sigo sin hacerlo, no quiero que te vayas nunca, amor mío. Nunca. Al menos me quedan estos mediodías juntos.

¡Qué bien se está aquí!

Las cartas, cuatrocientas y pico pruebas de tu amor, del mío, son nuestro día a día, las dudas que nos atormentaban, el deseo, los meses que pasábamos ausentes de cama y caricias, mis giras, tus recaídas de tuberculosis, el trabajo, los encierros creativos. ¿Qué hago con ellas, amor? ¿Las vendo en una subasta para coleccionistas? No me vendría mal el dinero.

¿Y si contacto con alguna editorial y que las publiquen? No creo que interesen las cartas de dos viejos amantes enamorados, demasiados sentimientos de amor. A la gente le molestan las palabras, se alimentan de gestos y sonidos onomatopéyicos. ¿Y a tus hijos? Me da miedo preguntarles. Acercarme incluso a ellos. ¿Me odiarán? ¿Lo hicieron alguna vez? Si no me dejaron publicar dos cartas tuyas en mis memorias imagino que tampoco me darán permiso para esto. No lo sé. A menudo sufrimos más por lo que imaginamos que por la realidad de las cosas. Cómo me suena esta frase, quizá la haya leído en alguna parte o puede que oído de alguien, da igual, su autoría no es importante, será de algún filósofo ilustre, pero qué cierta. Imagino muchas veces su rechazo al encontrarse conmigo, su odio es el odio de Francine en su mirada; me duele solo de pensarlo. Cómo reconocerles que tengo todavía en mi poder una parte de ti inmensa, maravillosa, escondida, que no he compartido con nadie en todo este tiempo; una parte de nosotros, intimidades que guardábamos en un cofre, las tuyas y las mías, en el estudio de la rue Chanaleilles, para ocultarlas del mundo entero, y que cuando te estrellaste y la vida se me iba también a mí de tanto dolor y desamor, nuestro querido amigo René Char recuperó. Fue corriendo hasta allí y las sacó sin pedirle permiso a nadie. Después me las trajo a casa. Todas y cada una de ellas. Me dijo: «María, estas cartas son un tesoro, vuestro tesoro, de nadie más, nunca deberían caer en las manos equivocadas». Últimamente pienso mucho en las palabras de René. Por nada del mundo desearía que cayeran en un lugar sin alma o en el propio olvido.

Hoy, más que nunca, te confieso que me gusta leerlas. Volver a la María que fui por un momento, una tarde, un día entero, un verano. ¿Quedará algo de aquella mujer joven y apasionada?, ¿y de la ingenua? Esa chiquilla podía con todo, tenía esperanzas, un carácter de mil demonios.

¿Te acuerdas? Decías que me llevaba todo el verano en la piel. ¡Qué cosas se te ocurrían! A mí, que me encantaba esa piel tuya tan blanquecina y nuestro contraste al abrazarnos. Ay, creo que si me adentrase en tus palabras me volvería a quebrar de nuevo. Hace tiempo que dejé de estar decepcionada con el mundo, que dejé las tristezas atrás, que solo me gusta recordar lo más tierno de nosotros.

Ya no quiero vivir en un pozo oscuro.

He ido dejando espacio a la luz.

La verdad es que no sé cómo sucedió, fue poco a poco, casi sin darme cuenta, el negro se volvió gris y el gris, casi blanco. Fue como dejar de frecuentar un lugar feliz que sabes que te hace llorar.

¿Qué sentido tenía?

Un día, me di cuenta de que el único lugar del mundo donde podía recordarte sin lágrimas en los ojos, sin angustia, era aquí, junto al lago, mirando este azul intenso. Y en ese momento, La Vergne se convirtió en mi abrigo. En tu cálido abrazo. Un jardín que mimar. Un paseo. Un despertar. Un cielo lejano. Alimento para el alma. Tengo a Dadé, con el que hablo por las mañanas, y a ti, querido mío, siempre a mediodía. El teatro es la tarde. Los pájaros me hacen compañía, se posan en las ramas y en el jardín, y son ellos los que me han hecho comprender, con sus idas y venidas, que nadie puede permanecer demasiado tiempo posado, estático, muerto, sin emoción alguna en el corazón; nadie puede estar dentro de una mirada, con las manos llenas de nieve.

¡Hay que volar! Sacudirse el frío, hablar de lo que uno siente, me lo digo todos los días. Pero no es lo mismo decirlo que hacerlo, son equilibrios distintos que mezclan lo imposible y lo posible. Aun así he sido afortunada, soy afortunada, mucho más que la mayoría, a pesar de todas las desgracias y los duelos, de vivir desplazada, de no poder volver a España, de no querer hacerlo cuando ya pude, de quedarme sin guías y sin familia demasiado joven. Me he pasado la vida trabajando duro, trabajando en lo que quería, me han aplaudido, querido, amado, les he correspondido, he probado mis propios límites, he disfrutado, he odiado, he esperado, he caído, me he levantado, he podido elegir. Pero, sobre todo, he construido.

La Vergne es mi altar.

¿Sigues aquí? No te vayas todavía, amor. Hoy no tengo ganas de volver a casa. No me espera nadie, solo fantasmas y una cena tan frugal que da pena verla. Tengo que cuidarme, eso me ha dicho el médico. Y dejar de fumar, como siempre. ¡Qué insistencia! ¡Como si me importara algo seguir viviendo! ¡Quién me lo hubiera dicho! Yo, que era adicta a la vida, a todo lo excitante que me regalaba. Tú me lo decías siempre, que era agotadora, pero en realidad los dos lo éramos, almas gemelas disfrutando el *carpe diem*.

En el peor momento de Francia, en medio de la tragedia de miles de almas, nosotros dos hacíamos el amor como si no hubiera un mañana.

¡Qué bendita juventud aquella! ¡Qué orgasmos más largos!

Tú me liberaste de todo y todavía no sé cómo logré sobrevivir al sexo, a mi cuerpo deseando en todo momento el tuyo. Me hiciste una mujer completa. Fuiste maestro, amante, padre y madre cuando perdí a los míos. Me enseñaste lo más importante, a ser libre, pero libre de verdad, sin apegos falsos a la familia, al terruño o a la amistad, sin afectos ni hipocresías vanas. Incluso de ti me enseñaste a ser libre.

«Quiéreme, pero sin ataduras, María», me decías.

Fue difícil al principio, lo reconozco, aceptar que nunca nos llegaría un futuro a tiempo, que viviríamos con la mentira en el cuerpo, pero con los años aprendí a hacerlo: «Te me apareciste como un último salvavidas lanzado en medio de una vida que estaba vacía. Me agarré a él con todas mis fuerzas y voluntariamente cerré los ojos a todo lo que podía poner en peligro esta última esperanza». Si Francine podía soportarlo, soportarme, yo también lo haría. Lo logramos.

Fuimos uno sin serlo.

Construimos nuestro pequeño mundo a mediodía.

Airas
París

> Y con los ojos secos, me quedé dormida. Por primera vez recurría al sueño para huir de la desdicha.
>
> María Casares

España fue el tablero de una gran tragedia mientras María y su madre, refugiadas en París, malvivían como meras observadoras esperando un milagro. Quizá, en algún momento, se les pasó por la cabeza que volverían, que recuperarían su vida, su lengua, sus paisajes, el Atlántico y sus olas; quizá desearon de todo corazón que aquellos tres años de vencedores y vencidos, de orgulloso ideario nacional, de bandos y familias encontradas, de odios sin retorno, quedaran en una pesadilla; sí, puede que imaginaran algo así, pero, si lo hicieron en algún momento, en alguna debilidad del alma, se equivocaron.

El panorama que se abrió ante ellas en el treinta y nueve fue desolador. Caníbal. Mucho peor de lo que nunca hubieran imaginado. Miles de refugiados intentaban cruzar la frontera de Francia, miles de atrapados sin remedio en campos de internamiento, miles de hambrientos, perseguidos, caídos.

Penumbra para los vivos.

Oscuridad para los muertos.

Cuando el padre de María llegó a París, apenas podían reconocerle. ¿Quién era aquel señor envejecido que lloraba todo el tiempo? No quedaba nada del Santiago Casares Quiroga altivo y elegante que ellas habían amado, admirado; nada del dandi, el hombre de la capa y el sombrero, el de los zapatos ingleses comprados por encargo; nada del político de discurso certero y palabra fácil, del eterno optimista que habían dejado en el treinta y seis; en su lugar se había instalado un desconocido con piel gris y huesos marcados, un rostro sin belleza alguna y una mirada con tanta tristeza que era difícil de soportar.

La Guerra Civil le había destrozado el ánimo, pero no solo eso, también le había agravado su tuberculosis. Apenas podía respirar. No paraba de toser. Estaba exhausto, desencantado de la vida, abatido, con los hombros caídos, arrastraba los pies como si no pudiera con ellos. Todo le pesaba, incluso levantar la cabeza parecía una tarea sobrehumana para él. Su ilusión estaba muerta, tan muerta como los miles de compatriotas que se acumulaban en las cunetas de los caminos y que la historia, jamás sus familiares, olvidaría.

Atrás había dejado a su hija Esther, a su nieta, en La Coruña, detenidas en su domicilio, una España dividida, rota, su República hecha añicos, su gente perseguida, oculta, exiliada, encarcelada. Lo estaría por años, casi hasta el cincuenta y dos sin tregua. El miedo se repartió en los tejados. Fue puntual. Cortante y afilado. Desangró la convivencia. Solo algunos muertos fueron considerados muertos, al resto les pusieron un nombre común, despojos, poetas sin versos, nada, menos que nada.

La guerra había terminado con aquel discurso lleno de odio y comenzaba un largo invierno para su España, un invierno tenebroso. Quien dijo que la Guerra Civil se había terminado en el treinta y nueve fue un insensato.

No lo hizo. Depurar llevó años.

No hubo perdón.

En París, intentando sobreponerse a su primer exilio involuntario, a la propia guerra y a la decepción de sí mismo, el padre de María, Santiago Casares Quiroga, que pasaría a la historia como un personaje débil, responsable de los conflictos y la violencia que se desataron en las calles españolas, acusado de no haber sido capaz de frenar el golpe militar del treinta y seis con contundencia, víctima de todo tipo de calumnias vertidas incluso por sus propios compañeros de partido, descubrió que nunca más estaría a salvo en ningún lugar. «La justicia no existe —eso decía—. Se lo he dado todo a la República, mi energía, mi fervor, incluso he sacrificado a mi propia familia. ¿Por qué sigo vivo, entonces?», se preguntaba. Y le confesaba a su mujer: «He visto morir a mucha gente, Gloria, pero sigo sin entender nada de lo que ha ocurrido. ¿Cómo es posible que la vida expire tan rápido, apenas dura unos segundos? ¿Por qué la parca elige siempre a los mismos, muchachos jóvenes con todo el tiempo del mundo entre sus manos? ¿Por qué deja vivir a seres moribundos y enfermos, amputados de emociones, como yo? ¿Por qué esa injusticia tan generosa hacia mi persona? ¿Por qué morir no es contagioso? Hemos perdido esta absurda guerra, pero nunca debimos permitir que comenzara, y ahora, ¿ahora qué?, ¿qué hago con esta vida regalada que se me impone a toda costa?, ¿para qué me sirve? No puedo hacer nada con ella y sería desleal rechazarla, deshonesto incluso, después de lo vivido, después de tantos caídos; sin embargo, querida, no la quiero. Hubiera preferido morir mil veces. Salvar a otros. Un cadáver no se siente solo, no está triste todo el tiempo, un cadáver ya no es culpable de nada. No revive una y otra vez el ensañamiento, las críticas, no soporta las mentiras, no tiene por qué callarse».

La otra guerra, la Segunda Guerra Mundial en un siglo, no tardaría en llegar también a Francia. El fascismo se extendía por Europa como la mala hierba, era un movimiento imparable que devoraba a cuantos inocentes se encontraba en su camino. Y eso hizo con el padre de María. De nuevo, la familia tenía que separarse.

Corría el año 1940. Apenas habían pasado unos meses desde que la familia se había reunido cuando los nazis invadieron París. La situación se tornó crítica para los refugiados, sobre todo para los dirigentes de la República en el exilio. S. Casares se vio obligado a huir de nuevo. Otro exilio dentro de su propio exilio. Esta vez tuvo que hacer el viaje en solitario. Embarcó rumbo a Inglaterra y se instaló en Dormers, cerca de Londres, en plena campiña inglesa, a esperar a que la guerra terminase.

¡Quién podía imaginar que la guerra duraría tanto!

Resultaron eternos aquellos cinco años.

Santiago y Juan Negrín, el también presidente del Consejo de Ministros durante la guerra de España, compañero de adolescencia y de Instituto-Escuela, y su mujer, Feli, alquilaron una casa juntos y compartieron existencia, preocupaciones, charlas, la vida con los sobresaltos de otra guerra, una que les tocaba menos de cerca el corazón y la patria, pero igualmente dolorosa; tenían una pequeña pensión que les pagaba el Gobierno de la República y que les permitía cubrir sus gastos y también ahorrar algo de dinero, muy poco; el padre de María lo reservaba casi todo para las mujeres de su vida, su mujer Gloria y sus hijas, y dedicaba una pequeña cantidad a retomar su gran afición, la lectura, y a una nueva que añadió al saber a lo que se dedicaba su pequeña Vitola, el teatro.

Para María y su madre no hubo pasaje a Londres, no hubo campiña inglesa, ni tranquilidad, ni pensión, ni un té puntual cada tarde a las cinco, solo una triste despedida desde el malecón del puerto de Burdeos y un camino de retorno bastante incierto en tren a París. Al menos sabían que lo habían intentado todo, eso se dijeron en su último adiós con un abrazo sentido. Todavía podía María recordar el siniestro hotel de Burdeos y la lluvia de bombas que caía sobre la ciudad, tan cercanas algunas que parecía que les rozaban. ¡Qué miedo pasaron! ¡Qué impotencia más grande! Negativas, gestiones inútiles, puertas cerradas para conseguir un visado rápido que les permitiera huir juntos, primero a Inglaterra y después a América.

Sin embargo y pese a todos los sinsabores, la vida siguió adelante.

París ya no era la misma ciudad alegre que habían conocido María y su madre en el treinta y seis. Aunque su pequeña casa de la rue Vaugirard, número 148, seguía ahí, esperándolas. Los mantones volvieron a las paredes, los abanicos a su sitio, y la vida bohemia, tal y como la habían conocido antes de la guerra, volvió a hacerse su hueco.

Francia las había adoptado. Y, de alguna manera, tenían que seguir viviendo para agradecerle todo su cariño.

Desde España les llegaban noticias que les encogían el corazón, tristes, muy tristes, y no podían hacer nada para consolarse. La tía Candidita se había quedado paralítica. Se lanzó por la ventana del segundo piso por miedo cuando se presentaron en su casa los nacionales. Dijo que prefería morir a ser detenida, pero no calculó que la caída la dejaría maltrecha. La encontró su marido en el suelo hecha un dolor. No volvió a caminar nunca. Esther vivía con horror un nuevo brote de tuberculosis y un corazón cada vez más débil. Su gente, amigas, compañeras, incluso quienes habían cuidado de María de niña, se escondían en los sótanos, en los desvanes, donde podían, como podían, cualquier lugar era bueno si les permitía ser invisibles a los ojos de los delatores. Estaban por todas partes. Sobrevivir era lo único que querían, conservar la vida, que pasara el tiempo, que se calmara todo, ya que la dignidad había dejado de ser posible, al menos de cara a la galería.

La España que habían dejado María y su madre, Gloria, no era la España que ellas habían amado, se había vuelto un lugar hostil, gris, un territorio de exclusión y derrota, de vejaciones y torturas para los vencidos, de chivatos por los rincones, cualquier excusa o conversación cercana a una ideología de izquierdas o el simple acto de no asistir a misa eran motivo de delación. Nunca fueron sus gentes más «rojas» que durante aquellos años de posguerra. Nunca más señaladas y humilladas.

¡Qué deshonra!

Fueron años trágicos, algunos sufrieron lo indecible.

María y su madre sobrevivieron como pudieron en ese París casi siempre melancólico y lluvioso, mientras en las casas de algunos vecinos y amigos, todos judíos y extranjeros, se producían redadas y deportaciones masivas y nadie sabía adónde, mientras Francia miraba hacia otro lado o, peor, colaboraba con los alemanes.

Y fue precisamente en ese ambiente enemigo y en guerra cuando María Casares se descubrió a sí misma. Encontró su manera de seguir respirando, de romper a llorar sin ser señalada, de gritar, reír, entristecerse, amar o mentir sin salir de casa.

A veces, María pensaba que la felicidad daba un poco de miedo y hacía como si no existiese para no perderla. Trabajaba muy duro, mucho más que los demás, para que nadie notase que, en el fondo, era una privilegiada, una niña mimada, la hija de Santiago Casares Quiroga. No soportaba oírles hablar de la suerte, de su suerte, eso no existía, no, al menos para ella; la suerte, decía, se construía con tesón, con esfuerzo, con horas frente a un espejo intentando pronunciar una lengua extraña llena de contradicciones y letras que no sonaban al final, que cambiaban a su antojo, seis largos años de esfuerzo, de beberse el francés, de metérselo en vena; la suerte eran cientos de horas de ensayos, la emoción en la piel, en los gestos, una voz rompedora frente a un público entregado, la timidez aparca-

da, arrojada a un rincón, prohibida en la entrada del teatro; la suerte era conseguir que la nostalgia de todo lo que amaba se mantuviera a raya cada día.

Y así, con esa no suerte de la que María hacía gala, con esa no suerte que se exigía para ella misma, comenzaron a llover los contratos, las galas, las audiciones, la radio y más tarde las películas. Llovieron los hombres y el amor, sobre todo el amor, amores que no eran fijos, amores en cada función. Si algo le había enseñado su madre, una madre que lo fue y no lo fue al mismo tiempo, una madre amiga, a veces hija, a veces enemiga, incluso, o rival, fue a ser libre en el amor, a dejarse querer, a poder elegir.

Llovió la fama, una fama merecida que llegó hasta España, a oídos de aquellos que habían inventado todas las mentiras del mundo sobre los Casares, sobre la República, sobre lo que eran y amaban; sí, aquella gente era la misma que había intentado borrar su apellido, su existencia, que había confiscado todos sus bienes, quemado los libros de su padre y detenido a su hermana. La misma que, ante la negativa rotunda y hostil de María a volver, a brillar como ellos decían en su tierra, incluso a conmutar la pena de su hermana, seguirían haciéndolo muchos años después, aunque su apellido, como una suerte de venganza, recorriese el mundo entero. Las mentiras también sabían llover en París, pero allí el agua no calaba y María solo tuvo que abrir su gran paraguas para ahuyentarlas a todas. Su madre la miró muy seria y, después, asintió. Se sentía triste, su decisión las mantendría alejadas de España mucho tiempo, quizá no volverían nunca, pero aquella gente le había hecho comprender algo con una claridad cegadora, la patria no existía, la patria no era un lugar, no era un cobijo ni un sentimiento. Debían borrar de su boca la posibilidad de regresar. Arrancarla de su corazón. Ya no cabía el retorno para ellas. Tampoco para su padre. «Construir» parecía un verbo mucho más sano de utilizar. Más reflexivo.

Construirse. Eso haría.

Y así, con esa idea en la cabeza, la vida de María continuó existiendo. Tenía que hacerlo, el teatro subía y bajaba cada día su telón.

—¡Hola! ¿Cristina, estás ahí?

—Sí, sí...

—Te has quedado tan callada... ¿No te gusta? Lo escribí anoche.

—¿Anoche?

—Sí, es que no pude dormir, ya sabes, los nervios.

—Está muy bien, Airas, no te preocupes. De hecho, ¡me encanta! Te escuchaba embelesada y no sabía que habías terminado ya de leer. Esa última frase es maravillosa, ¡qué fuerza! «El teatro subía y bajaba cada día su telón». Hay mucho dramatismo en ella. Te deja muchas ganas de saber más de María. Voy a proponer que salga en la revista cultural, ¿qué te parece?

—¿En el semanal?

—Sí, quisiera que fuera un artículo de varias páginas con fotografías en color. María Casares no se merece menos. Si pudiera conseguir que saliera en portada en una semana de máxima audiencia, sería como darle ese premio o más bien ese reconocimiento que nunca le hemos hecho en España.

—¡Madre mía! ¿Hablas en serio? ¡Sería increíble!

—¿Crees que podrías tenerlo listo para después de Navidad?

—Puedo intentarlo.

—Entonces, yo también voy a hacer lo propio. Quiero pelear por ella.

—Creo que ese es justo el efecto que produce en la gente.

—Su vida ya me parecía fascinante cuando te encargué el trabajo, pero ahora, mucho más; con todo lo que me cuentas no paro de pensar en ella, de imaginarla.

—La verdad es que uno no sabe bien discernir dónde queda María, la persona, y dónde el personaje que representa.

—Ahí radica su auténtico misterio, en mi opinión. ¿Alguna vez la has visto sobre el escenario?

—Solo el día que le dieron el premio, pero no llegó a actuar.

—Tienes que verla transformada en otra, Airas. ¡Es grandiosa! Su voz te rasga el alma.

—La próxima vez que actúe, no me lo pienso perder.

—En verano, en el mes de julio, hay un festival de teatro en Aviñón al que María está muy unida. Ya es un clásico. Allí fue donde yo la vi actuar por primera vez. Fue un espectáculo.

—Haré todo lo posible por no perdérmelo.

—No te oigo bien, Airas. ¿Desde dónde me llamas?

—Estoy en una cabina. Ya me queda muy poco para llegar a Alloue, pero estoy frenético y he preferido parar y calmarme un poco.

—Me alegra que me hayas llamado. Irá todo bien, ya lo verás.

—Ahora me están entrando las dudas, ¿habrá leído mi carta?, cuando le di las flores en la entrega del premio ni se fijó en mí y eso es algo que no me esperaba, la verdad.

—No me lo habías contado.

—Me daba mucha vergüenza. Me sentí bastante insignificante a su lado.

—Pero te sonrió, ¿no?

—Sí, y me dio un timidísimo gracias, pero fue casi inaudible. Nada de besos, ni siquiera me hizo la pregunta más obvia de todas: ¿eres español?, o la siguiente, con ese acento, ¿no serás gallego? Nada. Enseguida se volvió hacia su público y me hicieron salir del escenario por detrás. Después, ya no tuve oportunidad de acercarme a ella. Al finalizar la rodeó tanta gente que fue imposible.

—¿Y qué esperabas, que María parara el mundo en medio del escenario por ti?

—No, no tanto, pero algo…

—¡Qué tontería! La oportunidad la tienes ahora, Airas, así que aprovéchala bien. Respira hondo y borda la entrevista, que es lo que necesitamos. Y, sobre todo, deja de preocuparte tanto. No todos los días llega hasta tu casa un paisano que está haciendo un reportaje sobre ti, y encima tiene la misma cara que su gran amor.

—A ver si se va a pensar que soy un espectro que viene del más allá y se desmaya delante de mí.

—Si no lo hizo el día del premio, hoy tampoco sucederá. María es fuerte. Pocas cosas pueden sorprenderla. Además, ¿no te parece que sería algo extraordinario tener la oportunidad de volver a abrazar a quien quisiste una vez?

—Sí, lo sería.

—Pues déjate llevar y disfrútalo. Y de paso, si puedes, hazla feliz. María se lo merece todo.

María
Madrid

> Mis sueños eran míos, un resguardo en la tristeza.
>
> María Casares

Querido Dadé, hoy al despertar el sol ya calentaba y solo eran las nueve de la mañana. Los rayos se colaban por los ventanales como un reguero de luz, me acariciaban las manos y yo jugaba con ellos en el calor de la cama.

¡Qué maravillosa sensación! ¡Y qué atípica en este momento del año, y más en este lugar del mundo!, he pensado. Después he mirado tu almohada. La he apretado contra mí como si fuera tu cuerpo y he seguido hablándote.

Me he habituado tanto a los cielos grises y lanudos, a sus hebras rojizas al despuntar y terminar el día, que los veo hermosos, a ti te enamoraban, pero no, no lo son, lo siento; no hay nada como un cielo limpio, como un sol radiante, como el azul de mi España.

He cerrado los ojos un momento y me he abandonado al placer de callar y seguir el canto descubierto de las aves, ese canto sin límite ni entonación, un canto empapado de vida y rocío. El sol ha continuado dibujando formas a mi alrededor, las notaba incluso con los ojos cerrados, bailaban como si fueran espíritus, creando sombras y luces dentro de mi propia oscuridad.

Las fuerzas me flaquean, Dadé. Últimamente más que nunca. Jamás tendré lo que quiero. Ya no. Siempre pensé que me bastaría con lo vivido, con lo alcanzado, algo de riqueza, algo de fama, reconocimiento, amor, pero no, no es suficiente, no me conformo con el «tuve», me faltáis vosotros, compartir una conversación, discutir, un abrazo, comentar una lectura, un guion...

¡No quiero estar sola!

Intento no pensar en ello, de veras, lo intento, nunca me ha gustado la gente quejica ni nostálgica, la desocupada, ñoña, sin pasiones, aquella que piensa que todo lo anterior fue mejor, detesto a esas personas, lo sabes, y, ¡mírame!, aquí rendida, en esta casa, sometida a esta estúpida espiral de recuerdos, del latín, *re-cordis,* «volver a pasar por el corazón», deseándoos, echando de menos cada pequeño detalle vivido juntos y desnudando mi alma en confesiones que nunca imaginé que haría.

Ya no sé qué hacer para mantener a raya esta morriña que me ha entrado tan de repente. Esto de envejecer es muy duro, Dadé, pero me miro en el espejo desnuda, me acaricio, sigo la línea de la vida, la que no dio su fruto, la de mi rostro, el perfil, mis arrugas, el pelo corto, y no me encuentro. No acierto a vislumbrar cuándo esta anciana se ha adueñado de la joven y vital actriz María Casares. La ausencia tiene una manera extraña de manifestarse.

Podría mentirme, eso se me da bien, lo he hecho toda la vida, mentirme sin pudor, mentir a mi público, a mis padres, incluso mentiros a vosotros. Todos mentimos. Y el que dice que no lo hace también miente, incluso miente con mayor descaro. Es tan fácil confundir la realidad con la verdad, con un deseo… ¡No llores!, me digo, y mi propia voz me sorprende. Sin embargo, sigo llorando, dejando que las lágrimas que me resbalan por el rostro continúen acariciándome con su dosis de ternura.

Siento un cansancio infinito.

Me acurruco dentro de la cama para sumar más calor del que entra por la ventana; me pongo otra manta por encima. Estoy ardiendo.

Me reconforta esa sensación y pensar en abandonarme entre las sábanas todo el día sin excusas, o solo con una, ceder ante los recuerdos. Me siguen llegando. Me encogen. ¿Acabarán haciéndome diminuta?

Quizá el pasado sea demasiado para mí, pero no quiero renunciar a su veneno y a la miel que me deja en los labios al mismo tiempo, son casi una unión perfecta de desesperanza y vida.

Enciendo un cigarrillo y mientras contemplo el humo subir hacia el techo me dejo llevar de nuevo. Hay momentos que son nostalgias, espejismos, parece que no me pertenecen. Son mundos habitados por otros, pero están dentro de mí misma, inquietantes, paralelos.

Quizá lo sean, eso, paralelos.

Por un momento he vuelto a Madrid; mi yo niña, casi medio adolescente, se ha rendido a la evidencia, sufre, se pierde en esa ciudad tan enorme, tan bonita al mismo tiempo. Vive en una casa que no es de nadie, que no tiene recuerdos ni rincones, que no es un hogar. Esa muchacha tan parecida a mí se interroga, no entiende nada, quiere volver a su tierra, a Galicia, al paisaje atlántico, a las olas del mar embravecidas, a los escenarios de una niñez que ya no existe, al acento, a las amigas, incluso a sus padres. Y se lo cuenta a su madre porque necesita compartir lo que siente, pero ella no la escucha, no reacciona. Está a sus cosas. Parecen importantes. Con su padre ni lo intenta. ¡Para qué! Alrededor ya no queda nadie más. Solo paredes desnudas que cuentan el existir de otros. Otros que nunca conocerá.

Sí, Madrid tuvo el poder de despojarme de la niñez de golpe, me cambió por completo; supongo que le sucede a todas las ciudades grandes, te haces mayor en ellas antes de tiempo. Las calles y los relojes se mueven demasiado rápido, son contrarios a la eternidad.

Cinco años de República, cinco años de colegio en el Instituto-Escuela, cinco años conviviendo y aprendiendo con profesores que eran considerados la élite intelectual del momento, la vanguardia, «la crème de la crème», decía mamá, como si para una adolescente eso significara algo menos que nada. Cinco años entre extraños por los que terminé sintiendo un afecto especial, una «fraternidad natural»; cinco años entre los hijos de esos intelectuales, entre los hijos de los políticos más progresistas del país como lo era papá. Cinco años sin exámenes, cultivando el pensamiento crítico, los viajes, la poesía, la música, el teatro, sí, el teatro, y sobre todo la lección más importante en forma de frase: «vive y deja vivir».

Fue en esta escuela donde hice mi primera interpretación, ¡ya ves, lo que son las cosas! Fui la Vieja Meiga, un personaje de la obra *El príncipe que todo lo aprendió en los libros,* de Jacinto Benavente. Tenía sentido. ¡Todavía puedo recordarme! ¡Qué mal lo pasé!, ¡qué ridículo más grande! Pero los demás no debieron de pensar lo mismo que yo, porque el aplauso fue largo y sonoro. Mamá se quedó deslumbrada. Y no hay nada peor que una madre entusiasta de su prole, y más cuando esa prole solo es una persona, o sea, yo; mi hermanastra ya hacía su propia vida. De pronto, me convertí en una hija espectáculo, en la protagonista, sin quererlo, sin buscarlo, de todas sus veladas. Por eso mi segunda interpretación teatral fue en la casa de una amiga suya de alto copete, Isabel Palencia, y allí mismo, ante un auditorio en el que estaban Federico García Lorca y Ramón M.ª del Valle-Inclán, interpreté los dos papeles que me pusieron en las manos. Recuerdo sobre todo uno de ellos, el primero, era un drama y lo había escrito la propia Isabel Palencia. En un segundo me convertí en su Madre Tierra. Fue muy emocionante y, al mismo tiempo, nada espectacular, y menos recitado por mí; sin embargo, jamás he podido olvidar aquel momento.

Papá no vivió nada de todo aquello. Estuvo cinco años ausente. Tenía que haber estado ahí, sí, vivir conmigo el cambio hacia la madurez, más cerca que nunca para protegerme, para seguir instruyéndome, pero desapareció por completo de mi vida.

Madrid y sus ministerios me lo robaron y después lo hizo la guerra, y después, el exilio en Londres, y después, la tuberculosis, y por el mismo precio se llevaron mi infancia, así, de un plumazo, en un mismo acto teatral pasé de Vitoliña a Vitola, y sin darme cuenta me convertí en María, María a secas, qué odioso nombre, qué seriedad la suya, o, peor: en Casares, como me llamaban todos en aquel colegio moderno y liberal donde comencé a amar el teatro y cierto libertinaje también, poco, casi nada comparado con lo que sería mi vida adulta después. Y todo por ser la hija de Santiago Casares Quiroga, aquel personaje excéntrico, republicano y gallego hasta la médula, como yo misma lo era y soy, cuyo acento hacía sonreír a presentes y ausentes y al que yo me aferré siempre para no perderlo. Si reían, que riesen. Si decían que hablaba un español raro, que lo dijesen. Mis raíces y la morriña permanecieron intactas, como una herida constante en el corazón a lo largo de los años, tú lo sabes mejor que nadie. La Vergne lo sabe, ay, esta pequeña Galicia, mi tierra verde.

¿Recuerdas, amor, lo que te hacía reír el acento «galleguiño»? Camus también lo adoraba. ¡Cómo podría desprenderme de él! Me hacía única.

Papá pasó de la oposición al Gobierno el catorce de abril de 1931, cuando se proclamó la Segunda República española.

El primer cargo que ocupó fue el de ministro de la Marina. Decían de él, mamá me lo contaba orgullosa, que su gente le era muy fiel, que le querían. «"Los casaritas", María, así se los llama, ¿no te parece sorprendente?». Más tarde, por esos azares del destino de los que uno nunca se libra en la vida, amplió su influencia todavía más y asumió la cartera de Gobernación. El orden público del país estaba bajo su total responsabilidad. Y fue así como terminó siendo presidente del Consejo de Ministros, hombre de confianza del presidente Manuel Azaña, y una sombra silenciosa y amargada por la casa a la que yo ya no reconocía como padre. Se lo fueron comiendo poco a poco el poder, los compromisos, las dificultades, los enfrentamientos, las horas de trabajo interminables, los debates, los documentos, los grandes contrastes que se agudizaron todavía más entre la izquierda y la derecha. España no estaba preparada para avanzar, eso lo sabían todos. Había demasiados conflictos, externos e internos. La propia izquierda, los republicanos y el movimiento obrero, dejó de entenderse, y el cambio fue radical, de hablar de paz y orden a todo lo contrario. Además, a mi padre le faltaban el mar y su sal, los paseos por la playa, la vida sencilla y sin pretensiones, incluso la lluvia. En realidad, la lluvia nos faltaba a todos, pero a él más que a ninguno, siempre lo he pensado, creo que por eso su rostro se volvió ceniciento, triste, y su tono de voz, muy seco y cortante; iba y venía con prisa por la casa, vivía acelerado, de mal humor. Podría jurar que incluso dejó de leer, aunque igual me equivoco. Me parece imposible que algo así pudiera suceder. El poco tiempo que pasaba en casa lo hacía reunido con gente desconocida o encerrado en su habitación, a la que se mudó cuando la relación con mi madre se convirtió en molesta para él. Al principio, mamá imploraba más su atención, le proponía ir a fiestas, a recepciones a las que los invitaban, y mi padre la ignoraba, decía que no tenía cabeza para tonterías de mujeres desocupadas, y mamá se pasaba mustia los días, o enfadada, que era mucho peor. Discutían mucho; y cuanto peor se llevaba con mamá menos tiempo pasaba en casa. Eso me aisló a mí. Papá no tenía respiro ni dentro ni fuera. El Gobierno llenaba cada uno de sus minutos. Los de mamá comenzaron a hacerlo los brazos de otros hombres. Sus presencias, al inicio, fueron inquietantes. Me enfadaba encontrarme con ellos por la casa. ¿Cómo era posible que mi madre tuviera amantes? No lo comprendía, pero, poco a poco, aunque extraño, acabé normalizándolo. En realidad, aquellas citas de mi madre no cambiaron en nada mi vida ni la de mi padre, solo a mi madre le hicieron un favor, ella estaba de mejor humor, más feliz y radiante, valía la pena aceptarlo. ¿Por qué no? ¿No estaba siendo educada en un ambiente liberal? ¿Había algo más liberador que el sexo, que la libertad de poder elegir quién meter en tu cama?

Se equivocó mi padre, les sucede siempre a los grandes hombres, a los pensadores y sus ideas románticas del pueblo unido y el derecho para todos, se olvidó de lo más importante de su vida en aras de la política, de su familia. Y perdió mucho por el camino; de hecho, lo perdió todo, en realidad, primero a su mujer, más tarde España, Galicia, a su gente. A mí nunca. Aunque en ocasiones él también lo sintiera así. La culpa la tuvo aquella puerta siempre cerrada de su habitación, fue un muro sordo, cerró cualquier posibilidad de reconciliación, y, aunque mis padres se querían, el amor no fue suficiente para unirlos de nuevo. Comenzaron a llevar vidas paralelas. Convivían bajo el mismo techo, sí, las apariencias eran fundamentales; seguían casados, sí, pero no estaban juntos. Tampoco volvieron a estarlo después, cuando la política dejó de mover cada minuto de sus vidas. ¡Cuántas veces lo lamentaría! Le recuerdo diciendo:

«¿Sirvieron de algo tanto esfuerzo, tantos quebraderos de cabeza, tantas reuniones y negociaciones, tantos discursos y debates, tantos reproches? Al final, míranos, Vitola, ¿qué hemos logrado? Estamos lejos de casa, no podemos volver, lo hemos perdido todo, hasta la lozanía, tú no, yo, qué bella eres, Vitola mía, ¡igualita que tu madre! ¡Cuánta fe tenía, qué ciega! Y ¿para qué? Soy un hombre de derecho sin derecho alguno; mi querido Azaña, que tanto cree en mí todavía hoy, siempre me decía aquello de que, si redactábamos bien las leyes y se aplicaban con corrección, España se convertiría en la república democrática que anhelábamos. Y lo hicimos. Doy fe de ello. Teníamos los instrumentos legales adecuados, el marco que protegía la Constitución de 1931, la Ley de Defensa de la República, pero no el respaldo popular.

»Yo siempre creí en Manuel. A pies juntillas. Aún lo hago. ¡Qué hombre más bueno! ¡Qué amigo! ¡Qué par de ilusos y soñadores fuimos! Unos ingenuos, blandos o duros, nada de lo que aplicábamos gustaba. Nada los acomodaba. A izquierdas o a derechas, el enconamiento seguía creciendo, era como una tormenta. La brecha, insalvable; la falta de empleo, el hambre, el descontento general, nuestra gente era un auténtico polvorín. Y la ansiada República, ¿qué había hecho por ellos, por los más humildes? Sí, Vitola, éramos de izquierdas, pero estábamos atados de manos. Yo que me creía un reformador, un hombre de paz, elegido para liderar al pueblo a través de las leyes y devolverles algo de dignidad. ¡Valiente estupidez la mía! No sé qué nos creímos, de verdad que no, ¿pensamos, en algún momento, en serio que un puñado de artículos seguidos y ordenados les iba a dar trabajo, les iba a poner un plato de comida caliente en la mesa, a vestir a sus hijos? ¡Claro que no! Lo veo ahora, lo entiendo ahora, aquí, al decirlo en voz alta, tiritando de frío, sin aire en los pulmones y conviviendo entre fascistas, me doy cuenta de todos nuestros errores.

»La gente es ingrata, un día te vota, te para por la calle, te da la mano y te vitorea y al siguiente te tira naranjas al pecho haciendo diana».

Eso decía mi padre, eso, o algo muy parecido.

En algún momento creo que dejó de entender el mundo. A mí también me sucedió. A todos, y no es de extrañar, fue un delirio, o, peor, fue una pesadilla cuando estalló la Guerra Civil. La muerte estaba en todas partes, olía, no había ningún rincón para la vida. Nunca podré olvidarlo. Vimos demasiado. Sentimos demasiado. Oímos demasiado. Las familias se rompían como el espejo veneciano que se le cayó a mamá un día antes del alzamiento, y que ella se tomó como un presentimiento.

Lo fue.

Las mansiones fueron saqueadas, los milicianos se instalaron en ellas, organizando cuarteles improvisados. Lo mismo sucedió con los conventos y monasterios. Las calles ardían. Los corazones también. La idea de matar estaba justificada a cualquier precio. Unos gritaban: «¡Viva la muerte!», otros: «¡No pasarán!». Y entre unos y otros, todos heroicos, todos valientes, todos desesperados, armados hasta los dientes, revolucionarios, fascistas, defensores del orden, todos queridos por sus familias, añorados, esperando su vuelta, la vida se desgarraba. Los coches eran requisados y con ellos se improvisaban ambulancias. Todo valía para unos y otros. El miedo era el dueño de las calles y de los cadáveres que, abandonados, eran tratados como despojos humanos. No había lamentos. Nadie miraba atrás. Detenerse significaba una bala, la misma muerte a los pies de la propia muerte velada. Por eso tampoco se paraba nadie a cerrar los ojos al difunto que, sorprendido, pasaba a la otra vida sin saber qué había hecho mal. No había una breve oración por su alma, ni identificación. Nada que avistase un mínimo de sensibilidad.

Para mí, la guerra de España solo duró tres meses, y fue toda una prueba de madurez. Mamá me cogió un día de la mano y me dijo: «¡Vitoliña, debíamos hacernos voluntarias, hacen falta ayuda y enfermeras!». Y yo asentí. ¿Podía hacer otra cosa?

Al hospital oftálmico, que durante aquellos días dejó de serlo para acoger a los heridos, iban llegando en masa los soldados del frente. Allí, entre las camas y los pasillos atestados de gente, no había colores ni bandos, solo sangre, un miedo enorme y unas ganas de vivir fuera de lo común. Me bastó mirar a aquellos hombres a los ojos para entenderlo todo.

Tres meses. Solo me hicieron falta tres meses dentro de un hospital de guerra para cambiarme por completo. El dolor de los rostros, los gemidos, la propia muerte, los muñones recién cortados, los vendajes, los cuerpos sedientos, sangrantes, en carne viva. Nunca había presenciado tanto sufrimiento en tan poco tiempo. Mi ayuda nunca tuvo importancia alguna en aquel engranaje médico que funcionaba a la perfección, pero todas las manos eran pocas, así que me pasaba doce horas de mi vida limpiando, cambiando ropajes, dándoles agua a los heridos, comida, poniendo sábanas limpias, retirando las sucias, escuchando, apretando la mano si me lo pedían, soportando su desánimo, haciendo recados de una planta a otra, buscando información. Algunos enfermos me lo pedían, y yo iba por las salas preguntando por el amigo de, el hermano, el padre, el tío... Darles esperanza era vital, tan vital como mentirles para que no se hundieran.

De alguna manera, entre todos, conseguíamos que en aquel lugar doloroso y melancólico rebosara la esperanza de vivir.

A veces los oía reír, quitarle hierro a las heridas más profundas y al futuro; hablaban del amor, eso también lo recuerdo, se mostraban las fotos de las novias, las besaban con ternura, como si ese beso fuera de verdad una caricia para la mujer que amaban. Como si ellas pudieran recibirlo en la distancia. Me hechizaban su ternura, su osadía, la virilidad, la fuerza de sus gestos más torpes, el compañerismo, la ausencia de palabras, no hacían falta; aunque por dentro rabiaran de dolor e impotencia, intuí que tenían una especie de código de honor, de respeto hacia los demás, de pudor, quizá, ante la debilidad.

El desconsuelo era un invitado silencioso aunque evidente, las lágrimas les resbalaban por la cara.

Leía para ellos, algunos ni siquiera sabían hacerlo. Les escribía cartas con palabras dulces, y cuando no sabían qué decir o cómo expresarlo yo les ayudaba. Ese era el vínculo que me unía a ellos.

Durante aquellos largos días grises de la Guerra Civil, me hice mayor sin querer y comencé a ser consciente, por primera vez en mi vida, de lo afortunada que era, de la educación que me estaban dando mis padres, tan rica en todos los sentidos. Mi corazón estaba lleno de agradecimiento hacia ellos. Pertenecía a la élite, era una privilegiada, podía elegir, sabía cosas que hombres mucho mayores que yo, portadores de armas y muerte en los costados, ni siquiera imaginaban, y no me había dado cuenta de ello; en mi fuero interno me sentí poderosa.

Me familiaricé con la muerte y con los hombres.

Me sentía cómoda junto a ellos. Se entregaban a mí con docilidad, dejándose hacer como si yo fuera la paz en medio de la tormenta. Manos sabias. Su intimidad vulnerada por una chiquilla tímida que lejos de producirles rechazo alguno acogían con una corriente de simpatía espontánea.

No recuerdo cuántas veces me quedé conmocionada ante una imagen destrozada, fueron muchas: el sonido del serrucho al cortar un miembro, la metralla atravesando un ojo perdido para siempre, un muñón ensangrentado; pero sí sé que me desmayé tres veces seguidas en una semana y que ese fue el detonante para que mi padre decidiera que debía dejarlo. Dijo que no era sano para mí. ¿Sano? ¿Cómo iba a ser sano? A veces mi padre parecía de otro mundo. No, claro que no lo era, era duro, aterrador, crispante, solidario, toda una lección de humanidad y lucidez, eso es lo que era el hospital. Y las calles de Madrid por las que luego volvía junto con mamá a casa eran otro tanto. Un cielo cubierto de obuses, milicianos armados hasta los dientes, gritos histéricos de «¡No pasarán!» multiplicándose, animándose. Y la idea de los «paseos» sobrevolando nuestra cabeza. ¿A quién fusilaban? ¿Qué delitos habían cometido? ¿Habían tenido un juicio justo?

¡Claro que no!

Aquel Madrid del treinta y seis era lo menos sano y juicioso del mundo, pero ya no solo para mí, sino para cualquiera que tuviera cierta cordura. Sin embargo, yo le tenía cariño. Quería a aquellos hombres maltrechos, anónimos, que llegaban y se iban después sin grandes efusiones. Por eso me negué cuando mi padre me dijo que debía dejar el hospital. Nunca me lo dijo, pero creo que sintió cierto alivio y orgullo al escucharme. Su pequeña Vitola era fuerte, eso me dijeron sus ojos. Y a mí me dieron ganas de abrazarle. Tampoco lo hice.

No volví. Al otro lado de la ventana la guerra seguía con su estela de terror imparable. Nunca supe si mis desvanecimientos o mi mala salud fueron la excusa perfecta para que mi padre convenciera a mi madre de que debíamos marcharnos antes de tiempo, la línea del frente estaba demasiado cerca, eso nos aseguró, y que en el Gobierno no se hablaba de otra cosa que de la salida de Madrid de los organismos gubernamentales. Los medios daban por hecho que la caída de la capital era inminente y que con ella la guerra terminaría.

¡Qué equivocados estaban!

Creo que, en el fondo, mi padre me utilizó de salvavidas, nos quería a salvo y yo fui su mejor baza. Mi madre no se hubiera ido. Ella estaba muy implicada con el hospital. Había encontrado su sitio, la manera de hacer algo útil con su vida. Mamá lloraba cuando tomaron la decisión. Nunca la había visto tan triste. No paraba de decir: «¿Por qué se me cayó el espejo? ¿Por qué?». Papá la miraba sin entender, encogiéndose de hombros. Y yo la abrazaba con cariño, haciendo mío su mal augurio.

Ella era mi mundo. Nos entendíamos incluso sin hacerlo. Estábamos tan unidas que cuando se murió sentí que me perdía, que no hacía pie. Nunca había tenido vértigos, pero cuando me metía en la cama que compartíamos en París, tan pequeña durante años, tan enorme cuando murió, todo me daba vueltas. Me faltaban sus palabras, nuestras pequeñas confidencias al calor de las mantas. Probé a ponerme más ropa, a llenarla de cojines, pero el vértigo no cesaba. No cesó en mucho tiempo. Nuestra relación pasó por momentos extraños, duros, tristes, nostálgicos, inolvidables, de tanto amor que fue difícil olvidarlos. A veces me bastaba con aspirar su perfume para sentir que estaba cerca, en casa, a salvo. Pero todo eso sucedió mucho más tarde. Volvamos al treinta y seis. Mi madre y yo hacíamos las maletas con cierta desgana, no sabíamos qué meter, cuánto tiempo íbamos a estar fuera. Lo esencial, nos dijo mi padre. Pero ¿qué era lo esencial?

Era octubre cuando emprendimos el viaje. Hicimos una larga parada de varios días en Barcelona que terminó en París en el mes de noviembre. No recuerdo el día exacto en el que llegamos a Francia, pero sí que estaba muy próximo a mi cumpleaños.

¡Quién iba a imaginarse que la guerra de España duraría tantos años!

Si hubiéramos sabido que Madrid, contra todo pronóstico, no caería, sino que se convertiría en el símbolo de la resistencia europea frente al fascismo, no nos hubiéramos ido nunca. No, al menos, mientras hubiéramos servido de alguna ayuda. La tenacidad de la capital fue histórica. Memorable. ¡Qué titanes! ¡Qué aguante el de los madrileños!

Muchas veces he pensado que aquellos días de noviembre, del siete al veintitrés, mientras mi madre y yo nos exiliábamos para siempre, sin saberlo, al país vecino, fue cuando comenzó la auténtica guerra civil española. Todo lo anterior, todo lo que nosotras vivimos, fue solo un triste simulacro.

Solo hicieron falta diecisiete días para cambiarlo todo. Diecisiete días de combates, de resistencia férrea cuerpo a cuerpo, de hombres indisciplinados convertidos, de pronto, en soldados auténticos con la moral alta y la sensación de que la victoria no era un imposible. Algo había cambiado en las filas republicanas; los milicianos y los soldados, por primera vez desde que había comenzado el conflicto, tenían un plan claro y un mando supremo eficaz, el general Miaja y Vicente Rojo, jefe del Estado Mayor de la Defensa, y, lo más importante de todo, se sentían apoyados por la presencia internacional en material y hombres. Dicen los que lo vivieron, aunque de todo esto mi madre y yo nos enteramos mucho tiempo después, que fue un pintoresco espectáculo ver atravesar desfilando por Madrid a los rusos, los interbrigadistas, bajo el mando del general Emil Kléber, por su indumentaria, armas y marcialidad, mientras alguna gente gritaba con miedo: «¡Que vienen los rusos!», y otros, sin embargo, vitoreaban: «¡Viva Rusia!».

España y sus contradicciones. Resistir. Resistir a cualquier precio o morir.

«¡No pasarán!», ese era el espíritu, luchador, defensivo. Toda acción era válida con tal de mantener a la tropa y a la ciudadanía en tensión, positiva, incluso cierta censura sobre las noticias desalentadoras de la marcha de la guerra o las batallas que se iban perdiendo. La prensa lanzaba mensajes de apoyo, los líderes políticos hablaban en la radio, daban mítines, se entregaban octavillas por la calle, se ponían carteles, cualquier propaganda a favor y en defensa de la República y de Madrid era bienvenida, incluso la apelación al miedo y a la exageración, por qué no, a la vileza del atacante, que supieran a lo que se enfrentaban, moros, violadores de mujeres y niños y traidores a la democracia. Durante días, el orden público se les fue de las manos, sacas, paseos, fusilados sin trámite, sin juicio, probablemente incluso sin mayor delito que estar en el lugar equivocado durante el alzamiento. Daba igual, eran los enemigos, o familia de los enemigos, o amigos, habían atacado primero, eso era suficiente. Madrid fue, sin duda y al mismo tiempo, un ejemplo de grandeza y miseria humana, una crónica negra, un poco la historia de todos nosotros. Un poco la historia que llegaría también después, al perder la guerra.

Mientras todo esto sucedía y mi España del alma se rompía en mil pedazos, yo cumplía catorce años en París. Aquel veintiuno de noviembre lo celebré paseando por el largo boulevard a orillas del río Sena. Hacía sol, los puentes reflejaban su verdad en el agua. Quizá también la mía. Recuerdo que me dejó impactada la altura de la torre Eiffel. ¡Nunca me había sentido tan pequeña!

París me enamoró desde el primer momento, sobre todo por la tranquilidad y la belleza de sus calles; durante días estuve haciéndome preguntas: ¿cómo habíamos llegado hasta allí?, ¿me gustaría aquel lugar?, ¿sería capaz de comenzar de nuevo, de aprender su lengua, sus costumbres, su mentalidad?, ¿tendría amigas?, ¿me entenderían?, ¿me haría falta?, ¿volveríamos a casa?

No me atrevía a preguntarle a mamá. ¿Y si nuestro viaje era definitivo?

Enrique, ese medio hermano que adoptó mi madre en Madrid durante los días de hospital, se vino con nosotras hasta París. Mi padre ignoró aquel hecho deliberadamente; Enrique, ese medio amante de mi madre compartido un poco más tarde conmigo, el único hombre que me habló en mi vida de amor en castellano, ese muchacho de tan solo dieciocho años que había ingresado en el hospital donde cuidábamos enfermos para tratarse una herida de bala y del que mi madre se había quedado prendada, me miraba divertido. A Enrique nada le afectaba. Y por eso llegué a odiarlo casi tanto como a quererlo durante el tiempo que convivió con nosotras. Fueron años. Era un vividor. Una sanguijuela con encanto. Un ser amoral del que, tiempo después, cuando mamá murió, me desprendí sin ningún remordimiento de corazón.

Pero déjame volver a ese noviembre del treinta y seis, a ese veintiuno señalado. Mi madre tenía el corazón en un puño, lloraba, reía, se desesperaba, volvía a sonreír, lo intentaba, sacaba nuestras cosas de las maletas y las colocaba y recolocaba sin orden, sin sentido. No paraba de darme besos y decirme que éramos afortunadas, unas privilegiadas por haber encontrado un alojamiento asequible en el Hôtel Paris-New York, un espacio mínimo y triste medio amueblado con dos habitaciones y una cocina.

¿Lo éramos?

Miro ahora esta habitación de La Vergne en la que duermo y es más grande que todo el espacio que compartimos los tres. Pero supongo que sí, que lo fuimos, aunque yo no me sintiera feliz ni afortunada. Añoraba a mi padre, mi mundo; lejos estaba de saber que nada de lo que anhelaba existía ya.

Mi madre y yo nos aferramos a aquella nueva vida de la que papá ya no formaba parte, ni sus libros, ni sus enseñanzas, ni su abrazo, ni su protección, ni su puerta cerrada y todos sus silencios, ni su sensación de ahogo golpeando en los pulmones, solo el recuerdo de que se había quedado allí, en nuestra España dividida y en guerra, luchando por todo aquello en lo que creía con una fe intacta.

¡Cuánta utopía guardaba en el corazón!

Francia me hizo una mujer práctica y luchadora. O quizá fue la separación desde niña de todo lo que quería, o mi propia insociabilidad, pero yo sentía que, como en Madrid, tenía que empezar de cero, y que para sobrevivir debía adaptarme como fuera, ser merecedora del espacio y el lugar, camaleónica, me gustase o no, estuviera de acuerdo o no.

La vida me daba una segunda oportunidad, ¿o era una tercera? Daban igual los números, me aferré a ella con tanta fuerza para salir del paso que casi dolió. Era joven, podía resistirlo.

Es cierto que tuve suerte. Que tuvimos suerte. Nunca nos sentimos un rebaño de exiliadas. Nunca nos maltrataron en la frontera ni en nuestra España de vencidos; nadie nos prohibió el paso a una nueva vida, a una nueva ciudad, a tener sueños; nadie nos encerró nunca en ningún lugar ni nos dieron mal de comer. Nunca fuimos señaladas con el dedo ni repudiadas en la cara. No estuvimos en ningún campo de internamiento, ni después en los de concentración junto a los judíos y demás «despojos humanos» como nos llamaron; no hicimos trabajos indignos ni forzados; no defecamos a la intemperie. No peleamos por un mendrugo de pan ni tuvimos miedo de los caminos, de los aviones y sus bombas, de las armas, de los soldados. No arrastramos el polvo de un lado al otro ni nos llevamos la casa encima. No nos sentimos como animales ni un solo día de nuestra vida.

Sí, claro que tuvimos suerte, llegamos de las primeras a una Francia que aún se llevaba las manos a la cabeza por lo que estaba sucediendo en España.

Fue entonces cuando se formaron las primeras Brigadas Internacionales. El fascismo amenazaba de muerte. La libertad estaba en peligro, pero no solo la nuestra, Europa entera estaba en riesgo. Sin embargo, no llegaron a tiempo. Ese fue su delito y nuestra gran pena, la no intervención siguiendo el ejemplo de los ingleses, arengados incluso por ellos. Toda aquella locura se podría haber frenado a tiempo; de hecho, nos podrían haber evitado tres años de cruel Guerra Civil, miles de muertos, desplazados y la idea de los vencedores y los vencidos; el alzamiento debería haber fracasado, y lo habría hecho si no se hubieran metido en medio Alemania, Italia o Portugal, o el propio papa, en su cruzada en favor del cristianismo y la «guerra santa» para acabar con «los sin Dios», como bautizó a los republicanos cuando supo del asesinato de religiosos y de la quema de iglesias y conventos. La República era roja, atea y, además, tenía el apoyo de los rusos, que era igual que nombrar al mismísimo demonio; había que acabar con ella como fuera. Puede que nuestra querida República fuera todo eso y mucho más; puede que se hicieran cosas horribles, no creo que ninguno de los dos bandos, en el fragor de la batalla, fueran ángeles portando flores, pero la historia es la que es y ya no se puede cambiar ni una coma.

La política de unos y otros, los intereses y los odios, la tergiversación de los discursos y la propia historia derivaron en la excusa perfecta para mirar hacia otro lado. España fue un experimento, el ensayo de lo que estaba por llegar en toda Europa, la Segunda Guerra Mundial.

Fue fácil seguir, la maquinaria de la guerra ya estaba engrasada.

Mi madre, después de soltar toda su pena, de dejarla tirada por los rincones de aquella casa que no se podía llamar casa, y de llorar todo lo que necesitó para vaciarse y empezar de nuevo, se adueñó de París.

¡Qué bonita era la ciudad del Sena!

Fuimos acogidas con cariño gracias, quizá, al prestigio de papá o, a lo mejor, al carácter afable que tenía mamá. No lo sé, qué más da, puede que tener algo de dinero también nos ayudara al principio. Todo es más sencillo con dinero. O que nuestro guía, el que nos acompañó y protegió desde Barcelona, nuestro particular ángel de la guarda, Casademon, nos presentara a la gente apropiada para empezar una nueva vida, Alcover, un actor español importante en aquella época y su mujer Colonna, también actriz de la Comédie-Française. Su hija, Marianne, fue una de mis primeras amigas. Creo que sin ellos nunca habría llegado a ser actriz, ni, muy probablemente, tampoco feliz.

«Feliz», ¡qué extraña suena esa palabra en boca de una exiliada!, pero lo fui, sí, feliz. Pese a todo, la guerra que continuaba tras la frontera, las noticias tristes que llegaban o no llegaban nunca, aprendí a mantenerme al margen y seguir viviendo. Respirando.

No habían transcurrido ni dos años del conflicto armado en España cuando el gobernador civil, José María de Arellano, intentó borrarnos de la historia. Se quedaron nuestra casa, la vaciaron sin pudor alguno, quemaron todos los libros de la biblioteca de papá junto al mar; aquellas joyas literarias tuvieron que llorar tinta durante días. Y no recuerdo quién nos hizo llegar un recorte de periódico a París que nos dolió en el alma:

> Siendo indigno de figurar en el registro oficial de nacimientos que se lleva en el juzgado municipal instituido para seres humanos y no para alimañas el nombre de Santiago Casares Quiroga, someto a su consideración la procedencia de que se cursen las órdenes oportunas [...] y se haga desaparecer [...]. También en el acta del Colegio de Abogados, deberá procederse, asimismo, a borrarlo en forma que las generaciones futuras no encuentren más vestigio suyo que su ficha antropométrica de forajido.

Tuvimos que reinventarnos. Buscar un lugar, encontrar algo, un sentido que probase que todavía existíamos, que éramos reales y no indignas alimañas ni malvadas forajidas como pretendían hacer creer a nuestra gente.

¡Cuántas calumnias por un ideario! ¡Cuántas mentiras e insultos!

Papá pasó de héroe a villano, así, de la noche a la mañana, sin más, esa fue la particular aportación franquista a nuestra familia, su regalo envenenado, y así se cantó en aquel célebre estribillo de los primeros años de la posguerra: «Galicia lo dio todo para salvar a España: el caudillo, Francisco Franco; la víctima, Calvo Sotelo; el asesino, Casares Quiroga...».

De mi padre se dijo de todo, incluso algunos de sus propios compañeros lo criticaron y le dieron de lado, le enjuiciaron antes de tiempo; decían de él que era un cobarde, un oportunista, que tenía mal carácter. Puede que fuera verdad, no lo sé. Solo puedo hablar del padre, de lo que yo sentía por él, de los valores que me enseñó y de lo mucho que lo quería. Y puedo asegurar que peleó con pasión por lo que creía, que se opuso frontalmente al fascismo y que valoró la amistad por encima de todo. Quizá por eso, por esa amistad leal con Manuel Azaña, que siempre fue mucho más allá de las ideas y el compromiso, aguantó lo indecible, se mantuvo a su lado incluso en los momentos más complicados y aceptó estar al frente de cargos que nunca quiso ni pidió.

«¡Quién se lo hubiera negado! —me confesó una vez—. Es un hombre extraordinario, enemigo de exhibiciones, noble hasta decir basta, capaz de tocarte el corazón con una sola palabra. Recuerdo un discurso suyo en el que dijo algo que me llegó al alma: "Y cuando yo desaparezca de la política, como he entrado en ella inesperadamente y sin ruido, lo que más me satisfará será decir a mi propia conciencia, aunque no lo diga nadie, que he contribuido a hacer de España un pueblo mejor...". Le hubiera seguido a cualquier parte, María, a cualquiera. Manuel era la definición de lo que para mí era ser un buen político, era un hombre al servicio del pueblo, la libertad y la justicia; a veces, me pongo a pensar en aquellos días en el Gobierno y de verdad que no entiendo cuál fue nuestro delito, por qué tanto odio, ¿acaso desear que España fuese culta, respetable o mínimamente moderna pudo tomarse como tal?».

Por eso, más tarde, cuando todo se torció y papá tuvo que dimitir, guardó silencio sobre su salida de la presidencia del Consejo de Ministros. Nunca quiso hablar de todo aquello ni rebatir a ninguno de aquellos que maldecían y manchaban su nombre y nuestro apellido; tampoco quiso escribir sus memorias. Su silencio fue una constante en su vida, fue su orgullo, y también el mío. Sé que tuvo sus motivos, quizá el más sincero fuera que no quería perjudicar a mi hermana Esther y a su propia nieta, que estaban retenidas en su domicilio de La Coruña por los nacionales. Recuerdo que años antes, por las calles de nuestra ciudad, y siendo yo solo una niña, cuando fue liberado de aquel encierro injusto tras la sublevación en Jaca, fue recibido por cientos de personas por las calles que vitoreaban su nombre. Fue entonces cuando escuché a papá decirle muy bajito a mi madre algo que no he podido olvidar nunca: «Míralos, Gloria. Dentro de dos años me tirarán naranjas».

Y así ocurrió. Sus «naranjas» fueron el olvido. Y antes de que ese momento llegase, el desprestigio, las mentiras, una tras otra, lo destrozaron.

La primera naranja podrida que le lanzaron a la cara fue que había tenido algo que ver con el secuestro y asesinato de Calvo Sotelo. ¡Cómo pudieron decir algo así! ¡Maldigo a todos los que le hicieron tanto daño en aquel momento! Que fueran agrios adversarios políticos, que estuvieran en las antípodas ideológicas, que el encendido discurso de uno y otro o la crítica fueran elevados en las Cortes, porque ambos eran muy beligerantes con la palabra y no se caían nada bien, ¿les dio algún derecho a los vivos para lanzar aquellas acusaciones tan viles sin ninguna prueba? Sé que su muerte causó una gran consternación en España, también en casa escuchábamos incrédulas la noticia, y mi propio padre iba y venía por el pasillo consternado, se frotaba las sienes con desesperación, desbordado por los acontecimientos y el clima de hostilidad al que aquel asesinato estaba llevando a la República; estaba tan triste que no encontró otro camino que asumir las responsabilidades de algo que no había hecho y puso su dimisión encima de la mesa de su querido amigo Azaña, quien, cariacontecido, tomó la decisión de no aceptarla, no al menos en aquel momento. «Sé que debo cambiar el gobierno —dijo—. Lo sustituiré. Pero hay que esperar. Si aceptara la dimisión que me ha presentado Casares, sería tanto como entregar su honor a la maledicencia que lo acusa».

La aceptaría más tarde, aunque ya los ánimos estaban demasiado caldeados y nadie lo entendió; no era momento de dimisiones en plena sublevación y puede que aquella medida que tomó fuera otra de las muchas erróneas de aquellos días de locos que desembocaron en nuestra Guerra Civil.

Hubo otras, sin duda, tan equivocadas, cuando menos, como su dimisión. Una de ellas y por la que siempre se lamentaría mi padre fue que, aun sabiendo que había movimiento en los cuarteles, aun siendo conscientes de que había cierta conspiración militar en marcha por parte de unos pocos y el peligro de una insurrección, incluso aun siendo conocedor de que serían apoyados si triunfaba el plan por Alemania e Italia, optó por mantener la calma, por esperar hasta el último momento; quería sofocar el golpe de Estado como lo habían hecho en el treinta y dos con el general Sanjurjo y pensó que si aguardaba a que se produjera saldrían a la luz los militares desleales. Y entonces actuaría, y sería lo más duro que le dejaran. Pecó de confiado, ese fue su gran resbalón, confiaba en que el Ejército en su mayoría sería fiel a la República.

Se equivocó. Se equivocaron todos. Porque tanto en esta como en otras decisiones que se tomaron aquellos días, acertadas o no, una de ellas fue su negativa a armar al pueblo; Azaña y él se dieron la mano. «Yo no puedo dar órdenes de que se arme al pueblo. Es muy sencillo eso de repartir armas. [...] pero ¿a quiénes van a ir a parar esas armas? ¿Qué uso se va a hacer de ellas? [...] El Gobierno cuenta con medios para dominar la sublevación, sin necesidad de hacer locuras ni de que arda el país». Esas fueron las palabras de mi padre. Ambos pensaron que podrían sofocar aquella rebelión con facilidad, pero se les fue de las manos, fue mucho mayor de lo que nunca hubieran imaginado. No es cierto, como se ha contado tantas veces a lo largo de la historia, difamando su memoria, que se fuera a dormir tan tranquilo cuando recibieron la noticia de la insurrección militar al finalizar la tarde del día diecisiete de julio en Marruecos. Todo lo contrario. No, mi padre no se fue a la cama ni durmió durante días a pierna suelta; primero, por la tensión del momento; después, por su propia tristeza. Y esto podría jurarlo si no me hubieran enseñado de niña que hacerlo estaba muy feo. Mamá y yo estábamos con él en el Ministerio de Guerra cuando estalló todo. Después, esa larga noche, a mí me llevaron a casa de una familia amiga, la de Amalita. Mi madre se quedó con papá. Yo estaba muerta de miedo porque me habían alejado de ellos para protegerme, pero me sentía más desvalida que nunca. Papá estuvo toda la noche reunido con Azaña. No estuvieron solos, claro, allí también hubo militares, y entre todos organizaron un plan urgente para contrarrestar el alzamiento. Azaña se lamentaba: «¿Por qué? —repetía una y otra vez—. ¿Por qué les cuesta tanto respetar la honradez de los hombres que gobiernan, a los representantes por legitimidad de sus leyes, que tienen pleno y absoluto derecho?, ¿por qué siempre tenemos que estar combatiendo contra los mismos y sus anticuadas ideas? ¡Es que no van a ser posibles nunca la paz y la concordia entre españoles!».

Las informaciones que les llegaban decían que la insurrección no se había quedado solo en Marruecos, sino que avanzaba por todos los cuarteles de la península. Esas horas fueron de infarto. Había que ser rápidos, había que atajar el conflicto, había que ser tajantes, duros. Papá estaba histérico. Hubo detenciones de varios generales, así como de jefes y oficiales; se escribió un comunicado apaciguador que pretendía dar a entender al pueblo que el peligro había pasado, al menos lo peor, que todo estaba bajo control, pero no era cierto. ¡Claro que no! Papá, desbordado ante los acontecimientos, decidió entonces que no había otra solución que entregarle al pueblo el poder. Y fue así como el propio dieciocho de julio, en Madrid, se constituyeron las primeras milicias ciudadanas en contra de la opinión del propio Azaña. Se sacaron armas de los depósitos de los Cuerpos de Seguridad y la Guardia Civil, unos cinco mil fusiles, y se entregaron ordenadamente a aquellos que deseaban participar en la defensa de la República. Y fue precisamente en este pésimo momento, y no en otro, cuando a Azaña, hombre de paz ante todo, se le ocurrió la brillante idea de aceptar la dimisión que papá le había puesto sobre la mesa días atrás y formar un nuevo gobierno para apaciguar los ánimos caldeados. Mi padre no daba crédito a lo que escuchaba. No era el momento. Aquella decisión lo mató; sin embargo, no podía culparlo. ¿Cómo hacerlo? Azaña era su amigo, ellos habían sido un equipo, un buen equipo, se entendían, compartían los mismos ideales y cuando el destierro los reunió en París años más tarde siguieron juntos, su amistad fue incuestionable hasta el final. Pero aquel día, quizá solo en aquel preciso momento, pensaron de manera diversa. Azaña intentaba preservar por encima de todo la concordia, la paz, evitar un derramamiento de sangre innecesario, y eso lo honraba, claro que sí, pero llegaba muy tarde. Cualquier avenencia estaba fuera de lugar. Era un intento a la desesperada por calmar algo que ya había comenzado, que estaba rodando sin remedio, arrastrándolos a todos. Cambiar de estrategia, de fuerza, dirigirse hacia un gobierno más sosegado, insistir en la idea de no armar a la ciudadanía, fue desacertado, mostró debilidad ante un pueblo firme que ya invadía las calles de Madrid con pistolas y fusiles para sofocar cualquier ataque a la República. El enfrentamiento estaba servido. Enfurecidos, pensaron que mi padre había sido un endeble, que había dimitido porque no había soportado la presión, y lo machacaron por su silencio. Humillado, papá se encerró en casa y en su habitación. Después, como cualquier miliciano más, se marchó a luchar, fusil en mano, a la sierra de Guadarrama. Puede que lo hiciera para redimirse, pero dicen los que lo vieron llegar y luchar que buscaba, de alguna manera, la muerte, luchaba como un autómata. Si papá hubiera hablado entonces, ¿qué habría dicho? ¿Acaso hubiera podido convencer a alguien sin apuñalar a su querido amigo Azaña?

No, y por eso calló y lo hizo toda la vida. «¡Para qué hablar! —me decía a mí cuando le preguntaba por sus razones—. ¡Para qué justificarme! Hace tiempo que me condenaron, que soy la diana de todos los males de la República. No me importa. En realidad, solo me importáis tú, tu hermana Esther y esa nieta que no puedo ver; no quiero que tomes partido, no quiero perjudicaros, ni que reniegues nunca nunca de lo que más amo en el mundo: España, Galicia y la República. ¡Prométemelo, María!».

Se lo prometí. ¡Lo quería tanto...! Le dije que seguiríamos en pie, que siempre estaríamos orgullosos de existir.

Erraron todos; la historia no solo no nos borró del mapa ni de los registros como ellos hubieran querido, sino que, durante años, gracias a mis escenarios, el público hablaría del apellido Casares, y esa fue mi pequeña venganza por tantos dolor y humillaciones, ser querida, solo eso y poder despreciarlos cuando el embajador de España en París me propuso volver a casa para convertirme en la nueva voz del teatro español.

Ni loca hubiera vuelto.

Cuando conseguimos recuperar a papá, vencido, débil, apagado y más enfermo que nunca de tuberculosis al finalizar la Guerra Civil, volvió la otra, la Segunda, la fascista, la del miedo y los hornos crematorios, la de los ojos de hielo y el antisemitismo, el símbolo de las arañas en cada rincón de cada país que fueron conquistando, y, de nuevo, papá se marchó solo. Esta vez fue a Londres, eso ya te lo he contado. Se llevó su miedo y nos dejó el nuestro, el legítimo, el huérfano, esa falta de horizonte y verdad. De tanto en tanto venían a buscarle a casa los alemanes. Improvisábamos mentiras, sobre todo yo, ponía en práctica mi lado más teatral; mi madre se bloqueaba al ver los uniformes y nunca fue capaz de aprender más de cuatro palabras en francés. En aquellos momentos críticos, incluso cuando escondíamos a amigos judíos, mi querida Nina entre ellos, me di cuenta de que cualquier miedo se podía vencer con la suficiente mímica. Era liberador interpretar. ¡Y emocionante!

Papá volvió de Londres, al terminar la guerra, convertido en un anciano. Seguía muy enfermo. Su tuberculosis se había agravado. Se instaló en casa, en la pequeña habitación del fondo del pasillo, y, poco a poco, fue volviendo a sus hábitos, a la lectura, a la reflexión. Hablaba de política solo con sus allegados más íntimos. Apenas salía de casa, salvo para visitar a algún amigo o ir a las librerías y las bibliotecas; las fuerzas no le alcanzaban para más. Tuvieron que pasar días para que me habituase a él y él, a nosotras, a mi madre y a mí, a la vida bohemia de entradas y salidas al teatro y al ruido de las visitas. ¡Qué poco le gustaba todo mi mundo, su frivolidad, y qué lejano estaba de mi madre! Éramos unos desconocidos conviviendo bajo el mismo techo.

Sin embargo, me gustaba mirarle, imaginarle unos años atrás.

Si alguien me hubiera hablado del futuro o si lo hubiera podido adivinar de alguna manera y yo cambiarlo, diría que habría elegido mil y una veces volver a mi Galicia natal, al anonimato, a aquella biblioteca santuario en la calle Panaderas, a la niña burguesa que fui, Vitoliña, a mi padre callado, concentrado, extasiado casi, con sus manos abiertas pasando las páginas de un libro tesoro recién comprado; a lo que me enseñaba, al mar, a los paseos por la playa, a los juegos inocentes, a las causas justas que defendía porque creía en la sencillez de la gente, en el pueblo, en su bondad, en eliminar las barreras sociales y proporcionar algo de dignidad al trabajador; verlo aparecer en el juzgado debía de ser cada día todo un espectáculo. ¡Cuánto me entristece habérmelo perdido! No es lo mismo que te lo cuenten, ni siquiera se parece un poco. Una vez incluso me dijeron que había hecho un alegato a un vinatero en verso. ¿Te lo imaginas, Dadé? Aún recuerdo los versos, decían algo así: «Acusan al bodeguero, / mi cliente virtuoso, / de componer con esmero / vino aguado milagroso. / Es práctica muy cristiana / y se ha de glorificar / ofrendar bebida sana / a quien se acerque al altar. / Por tan excelsa razón / ruego que sea clemente / con mi piadoso cliente / y le dé la absolución».

¿Qué pensarían de él, unos y otros, al verlo llegar al juzgado con aquel aire excéntrico de señorito rico, republicano y liberal, con su capa de cachemira y sombrero y zapatos ingleses incluidos? ¿Especularían que estaba loco?, porque no he conocido un hombre más cuerdo en toda mi vida, más cabal. En *petit comité*, cuántas veces nos confesaría que, si por él hubiera sido, habría armado al pueblo en las primeras horas de la insurrección del treinta y seis, y así los sublevados hubieran sido aplastados desde el principio: «¿Se levantó Sevilla? ¡Que arrasen Sevilla!», gritaba enfadado. También lo haría después, muchos años después, ya en París, cuando se encontraba con su querido amigo Juan Negrín, el presidente de la Segunda República durante la Guerra Civil, y discutían acaloradamente por aquellos fatídicos días y por las pésimas decisiones que tomaron. Negrín...; otro día te contaré cosas de Juan. Te hubiera gustado conocerlo. Camus lo adoraba. Bueno, ya sabes que adoraba todo lo que tenía que ver con España y la izquierda. Se implicaba en nuestra causa como ninguno.

Recuerdo aquella frase suya que me llegó al corazón: «Fue en España donde mi generación aprendió que uno puede tener razón y ser derrotado, que la fuerza puede destruir el alma, y que, a veces, el coraje no tiene recompensa».

¡Ninguna recompensa! Qué iluso el que piense lo contrario.

¿Y qué me dices de Sergio Andión, ese viejo amigo y compañero de papá cargado de ideales republicanos? ¡Cómo me gustaba escucharle también!: «Encarnaba mi sentido del deber, mi fidelidad a la vieja España desarraigada imposible de trasplantar, el eslabón que me unía a una sociedad ya caduca, de la que poseía él aún la dignidad, la probidad, el liberalismo y una forma de bondad».

Tuve mucha suerte, entre los dos consiguieron mantener vivo el recuerdo de papá, su legado político. Aunque no solo fueron ellos. Una vez, en una entrevista, me preguntaron:

—¿Qué fue para ti Sergio Andión?

Y yo no dudé al responder ni un instante:

—La amistad y la fidelidad personificadas.

—¿Y Juan Negrín?

—Otro gran amigo de los tiempos difíciles.

—¿Y Manuel Azaña?

—La dignidad de la República.

—¿Tu padre?

—El pilar de mi vida.

—¿Y Camus?

—El hombre, la búsqueda apasionada, casi loca, de una verdad.

Creo que se quedaron conformes con las respuestas. Yo, al menos, lo hice. Ese día dormí tranquila.

Sí, ya sé lo que estás pensando, ahora me dirás que, si hubiera elegido la vida de antes, nada de lo que te cuento habría sucedido, no te habría conocido después, mi amor, tampoco a Camus; a lo mejor, ni siquiera hubiera interpretado un solo papel en toda mi vida ni me habría subido a un escenario o alcanzado la fama, y te diría: «¡Tienes razón, Dadé!». No lo habría hecho. ¿Y qué? Al final, ¡mírame!, estoy sola, lejos de ti, lejos de Camus, lejos de Galicia, sola, y moriré más sola en esta casa enorme y vieja a la que ya no viene nadie.

En realidad, ¿para qué volver atrás? ¿Por qué pensar en elegir otra vida cuando ya es imposible? Qué estúpida idea es esta de remover el ayer y desvirtuarlo, pero, ay, ¡qué necesaria!; querido mío, siento que nada ha muerto dentro de mí, que todavía me brotan mariposas en el estómago, ideas alocadas de viajes, ciudades y hoteles, sentimientos en la piel. El pasado sigue ahí, palpitando. Y yo continúo atrapada en vosotros dos más que nunca. Eso me mantiene viva y acompañada.

La Vergne obra el milagro.

Hablaros todos los días es mi propia terapia de duelo, un duelo que no quiero que se pase nunca porque es la única manera que he encontrado de reteneros.

Me estoy muriendo. Sí, no te escandalices tanto, Dadé, tenía que ocurrir; de hecho, está ocurriendo, lo sé. Lo noto. No será mañana ni la semana que viene, pero... El médico me manda pruebas y más pruebas y cada día me da más pereza seguir su baile de pastillas de todos los colores.

Además, ¡qué me importa! Estoy deseando volver a veros. Estoy preparada para interpretar el último guion.

¡Siguiente acto!

Airas

Bajo los focos

Espero el milagro renovado de tu presencia.
Espero. Me impaciento.

María Casares a Camus,
Correspondance

Quien hubiera conocido a María en su infancia, incluso en su adolescencia, no hubiera imaginado nunca que su futuro sería un escenario tras otro, una obra tras otra, un personaje tras otro hurgando, sin piedad alguna, en sus entrañas. Nadie hubiera dicho que de mayor conservaría la misma alma soñadora de su infancia, que solo su Atlántico tendría el poder de calmarla y que sus palabras vivirían a la intemperie, libres, rompedoras, lloviendo siempre fuera de su boca, siempre de ciudad en ciudad, siempre de teatro en teatro.

María había aprendido a amar sus rutinas; de hecho, las necesitaba para sentirse segura: la lectura de los guiones que iban llegando siempre con prisas, mirarse despacio en el espejo grande del salón, transformarse, ser otra mujer sin llegar a serlo, volver a ella y no perderse, hablar con sus muertos cuando llegaron, al amanecer, a mediodía, todas las horas del día, interpretar. Ninguna obra hacía mella en su carácter, en la perfección con la que emprendía esas nuevas vidas; inventaba para ellas, modificaba los guiones, los hacía suyos, y esa facilidad que tenía, esa rara habilidad, la hacía especial, una actriz nacida para volar. Hubo una vez que Simone de Beauvoir, en aquellas veladas interminables y bohemias donde coincidían y se hablaba de filosofía, arte o literatura, donde cada uno sacaba su artillería pesada, sus mejores frases, el pensamiento más lúcido sobre la existencia y donde se debatía con pasión con la esperanza de cambiar algo o a alguien, una posición, una manera de enfrentar la vida, por mínima que fuera, dijo algo de ella que resultó casi halagador si no fuera porque luego añadió un pero: «¡Es muy bella!, pero su risa me irrita bastante, demasiado estridente. ¿Qué hará para tener los dientes tan blancos?».

María no recuerda que aquello ocurriera de verdad, tampoco que su belleza fuese tema de conversación en ningún círculo bohemio ni que pudiera generar celos entre las mujeres que estaban allí presentes; piensa que a la gente siempre le ha gustado inventar, exagerar, el boca a boca es un arte muy barroco, como lo es embaucar o buscar enemistades y envidias que no existieron jamás. Sin embargo, María tampoco puede asegurar lo contrario, porque sabe que, a veces, desconectaba y repasaba mentalmente sus diálogos teatrales cuando estaba rodeada de gente. Le gustaba mantenerse al margen en aquellas tertulias, erguida como si fuera una estatua, mirando sonriente a los allí congregados e imaginar su vida lejos de aquellos salones, apartados de sus minutos de gloria y lucidez. En ocasiones, la imagen era devastadora.

Hubo momentos buenos, pensamientos que la marcaron. Uno de ellos lo pronunció Simone: «Que nada nos defina, que nada nos sujete, que la libertad sea nuestra única sustan-

cia». Y esa frase se convirtió en un mantra del que María ya no se desprendería nunca. Lo necesitaba para seguir respirando, lo repetía constantemente. Había veces que esa libertad de la que tanto hacía gala le pesaba como si sujetara plomo entre los brazos, sí, sucedía, y le producía un vértigo atroz y tantas ganas de llorar que se refugiaba en su casa y se metía en la cama tapada de los pies a la cabeza hasta que remitía esa mala sensación. A veces pasaban días. Esas crisis siempre coincidían con momentos de aislamiento; le mordía la falta de amor, de un cuerpo caliente al que acudir, la ausencia de un abrazo constante, un beso, la explosión de un orgasmo en la piel; y cuando le sucedían la angustia de María era indescriptible. Para sujetarla, finalizados el llanto, las alucinaciones, la sed y esa falta y deseos de vivir que le entraban tan de repente, y sin venir a cuento, María encendía un cigarrillo y, mientras lo apuraba hasta el final, ya tenía otro preparado en la mano. El humo obraba milagros en ella. Y el teatro. También comer compulsivamente o ayunar durante muchas horas seguidas. Todo lo extremo. María era así. Se subía al escenario con la esperanza de dejar de ser María. Y la transformación lo conseguía. El maquillaje, los ropajes, recitar…

Recitar era una de las grandes certezas de su vida, un ancla a la que aferrarse, como leer libros de poesía o escribir cartas a Camus todos los días. En ellas le hablaba de su nada, su cotidianidad: la noche, el amanecer, el sol del mediodía que le producía un ardor inesperado en la piel, un deseo íntimo de él, un deseo que terminaba en ella, a veces en otros, pero que volvía siempre puntual, siempre a su rostro, a sus manos; le confesaba sus inseguridades, ¡tenía tantas…!, propias, ajenas; sentirlo lejos era una de ellas, o saberlo enfermo con otro brote en los pulmones; abrigar que quizá estaba en la cama con otra mujer que no era ella, celos, sí, estúpidos celos sin sentido ni propiedad, o imaginarlo absorto en aquellas palabras nobles que escribía y ante las cuales ella no tenía cabida ni lugar, o quizá sí lo tenía, un lugar, en su corazón, o un espacio en el teatro, más tarde. Con Camus nunca se podía saber nada con convencimiento, como mucho existía la posibilidad de acercarse a él a través de un amor apasionado, o de alguna de sus teorías filosóficas, y hacerlas tuyas, ideas a las que María se sujetaba con firmeza para no caer, ideas que eran un salvavidas para ella, como «el abrazo del absurdo», ese del que siempre hablaba su amado, ese del que era musa y señora, ese que consistía en disfrutar del sinsentido de la vida. Pero para María la vida sí tenía sentido, junto a él lo tenía, subida a un escenario lo tenía, fumando lo tenía, recordando Galicia lo tenía. Respirar ya era otra cosa. Era tan difícil hacerlo cuando él no estaba...

«Mi querido amor, acabo de recibir una carta muy dulce que llega justo a tiempo. Tú me liberas de la amargura —le decía en sus cartas—. Mi amor, mi confidente, ¡qué descanso es poder contarte lo que siento! Soñé con una vida contigo y te juro que me cuesta renunciar a ella. Espero el milagro renovado de tu presencia. Espero. Me impaciento. Todo arde, alma, cuerpo, arriba, abajo, corazón, carne. Espérame durante esa ausencia, deposito en tus manos mi persona, nuestro amor, con la más ciega de las confianzas. Te amo como se ama el mar».

El mar, amar así, como se ama el mar, era para María todo. Su azul, sus olas. La eternidad. No hay nada que haga más fuerte y segura a una mujer que sentir que es amada. Y María sentía todo aquel amor de Camus a través de sus palabras. Cuando recibía alguna carta, que era muy a menudo, su mundo entero se paralizaba, se sentía revivir, invencible mecida entre sus frases: «Mi pequeña María, intento reconstruirte en la distancia. Pocos seres poseen tu resplandor y tu verdad. Tengo ganas de volver a París. Hay una felicidad lista para nosotros dos si extendemos la mano hacia ella. He decidido que estaremos unidos para siempre».

—Hemos llegado. Es esa de ahí al fondo —dice el cartero del pueblo de Alloue, que ha acompañado a Airas hasta la casa de María Casares.

—¿Esa? ¡Madre mía, pero si es enorme! No me la esperaba así. Muchas gracias por acompañarme. Creo que no la habría encontrado sin su ayuda. Parece el lugar perfecto para retirarse o para escapar de la fama, ¿no cree?

—Desde luego, aunque no creo que fuera lo que ella buscaba. En el pueblo siempre nos preguntamos si no se sentirá demasiado sola en este lugar ahora que su marido ya no está. Bueno, no es que esté sola del todo, ya me entiende. Suelen acompañarla siempre dos o tres personas que la ayudan, pero no es lo mismo.

—Si mi abuela estuviera aquí, le diría que a veces los lugares sin nadie están muy poblados.

—¿Por espíritus, dice?

—Sí, ella les tiene fe. Dice que los muertos siguen presentes en los lugares en los que vivieron.

—Puede que su abuela tenga razón. María va mucho al cementerio. Limpia con mimo la tumba de Dadé y le lleva flores silvestres casi todos los días. Se pasa horas junto a su lápida y en el lago.

—¿Antes venía mucha gente por aquí?

—Siempre había alguien, actores ruidosos, amigos. A Dadé le visitaba mucho su familia, sus hijos.

—Bueno, no quisiera entretenerle más, de nuevo le agradezco su ayuda.

—Ha sido un placer. Y si necesita cualquier cosa no dude en buscarme, puedo incluso alojarle en casa para que descanse, tengo espacio de sobra y me encanta la compañía. Mis hijos se marcharon a la ciudad, bueno, ya sabe, no quieren trabajar en el campo, y dicen que este lugar está muerto. No los culpo, tienen razón, aunque a mí me gusta esta tranquilidad, ¿sabe?, no la cambiaría por nada. En fin, que vivo a la entrada del pueblo, por si acaso.

—Muchas gracias, es usted muy amable. Pero voy a ver primero si...

—Claro, claro, vaya, la casa de María es muy grande, seguro que puede hacerle un hueco en algún lugar. Mucha suerte con la entrevista, María no es una mujer fácil.

—Ya me han avisado de que tiene mucho carácter.

—¡Carácter, dice! Ja, ja, ja. ¡Carácter!

—No me asuste.

—No, no, no se preocupe, estaba bromeando. Pero ha merecido la pena, ¡la cara que ha puesto ha sido un poema! María es encantadora, ya lo verá.

—¡Hasta pronto, y gracias de nuevo!

—*Au revoir!*

Caminaba despacio con la única intención de calmarme y respirar profundo antes de llegar. No entendía por qué estaba en ese estado, por qué conocer a María me producía tanta inquietud.

El sendero, coronado de árboles verdes y frondosos que me hacían de techo, y los campos de alrededor que se perdían en pastos obraron un milagro. Las manos dejaron de temblarme, aunque el corazón seguía algo desbocado cuando me acerqué al timbre. No funcionaba. «¡Joder!», dije murmurando. Decidí entonces llamar con los nudillos dos veces seguidas. La puerta sonó rotunda. Me sobresaltó. Me dieron ganas de dar la vuelta, aún estaba a tiempo, de correr y perderme por la Charente francesa, tenía suficiente información para montar un artículo, no necesitaba aquella entrevista ni la intromisión en la vida privada de María. Volví a respirar hondo y me alejé un poco para coger algo de perspectiva. Me sobrepuse a la tentación de huir. Metí las manos en los bolsillos y cerré los ojos un instante, buscando algo de paz. ¿A qué le tenía tanto miedo? No lo entendía. Cuando abrí los ojos de nuevo, la vi. María se acercaba por el jardín. Venía hacía mí. Agitaba la mano, saludándome. Parecía contenta. Eso me animó. Noté que me emocionaba, que las lágrimas me velaban su imagen y se volvía, de pronto, borrosa. Pensé, por un momento, que no iba a ser capaz de articular palabra. Hay momentos inmóviles que resultan casi poéticos, inquietantes, si no fuera por lo ridículo de la situación. Yo estaba ahí, clavado en el suelo, convertido en una estatua, mirándola embobado, sin tocarla, sin hablarle. Ella se reía de mí, y su sonrisa era preciosa. No me lo esperaba.

¡Qué difícil es retener un instante!

La mujer risueña que tenía delante no era mayor, no; de hecho, no tenía ninguna edad. Era un paréntesis en el tiempo. Me conmovió. Llevaba un pantalón vaquero y una camisa blanca de hombre por fuera. Iba descalza. Sus pies estaban mojados. Me pareció delicada, frágil incluso. Me pareció perfecta.

Por mi mente pasó una escena fugaz, la imaginé haciendo el amor con Camus, se movían despacio, como las olas del Mediterráneo al besar la costa, él encima, sobre ella; de pronto se giraban, ella tomaba las riendas, se hacía con el movimiento, rápido, muy rápido, convulso, explosivo, como el agua del Atlántico. No sé por qué lo hice, por qué pensé en aquello, no pudo ser más inoportuno, me notaba la entrepierna dura. Me sonrojé hasta la coronilla.

Me hubiera gustado decir algo ingenioso, algo divertido, pero no me salió nada, y me refugié en mi nombre gallego:

—¡Airas! Encantado.

María
Ganas de ti

Nada es más hermoso, más soberbio y más tierno que el deseo que tengo de ti.

CAMUS a MARÍA

Espero el milagro siempre renovado de tu presencia.

MARÍA a CAMUS, *Correspondance*

Mi querido Camus:

«Te deseo, amor, de la mañana a la noche. No se me pasa. Nunca he estado así, ni sentido así, incluso me da un poco de vergüenza».

Hay sentimientos que se escriben que no admiten comparación alguna. Son catedrales, merecerían estar en un lugar especial dedicado al amor, a la devoción de un ser por el otro.

¡Benditos años los que pasamos juntos!

Basta respirar para que el tiempo pase, pero los recuerdos no pasan, no se olvidan, son puntuales, llegan a mediodía, se vienen conmigo paseando hasta el lago, me hacen compañía. Estás aquí, justamente aquí, a mi lado. Tu voz suena en mis oídos, y yo me dejo llevar como si navegara por un río de aguas tranquilas verdiazuladas. Es una deriva que me hace feliz. Como leer de tanto en tanto tus cartas. Es curioso lo que me ocurre, un extraño azar, cada vez que caigo en la tentación de releerte, en esa nostalgia casi enfermiza de lo que fui para ti, muero un poco y revivo al mismo tiempo. Y al terminar escondo tus palabras, siempre en un lugar distinto de la casa para no encontrarte enseguida. Sin embargo, no sé cómo, cada cierto tiempo, vuelves a mí. Y yo a ti.

Volvemos a nuestro lecho incendiado.

No se puede vivir renunciando al amor, ni siquiera si ese amor ya no existe, intentarlo me producía un cansancio infinito. Prefiero lo que tenemos ahora, estos mediodías al sol junto al lago.

Leerte y leerme al mismo tiempo, amarnos de nuevo a través de las frases, de lo que se nos quedó entre los renglones.

¡Éramos tan genuinos...!

¿Y si hiciera un guion, amor?, ¿una obra de teatro de nuestras cartas? Creo que sería capaz de reproducir todas mis palabras aunque no pueda leerlas. Lo titularía *Guerra y paz,* como la novela de León Tolstói, tú serías la guerra y yo la paz en el primer acto. En el segundo invertiríamos los roles. Éramos así, ¿lo recuerdas, mi vida?, volcánicos, intensos, apasionados, insoportables, divertidos, y muchas veces destructivos. ¡Qué gozo! Así sí merecía la pena vivir; exagerábamos las emociones, las llevábamos al límite, todo el jugo a la vida en nuestras manos, en nuestros cuerpos entrelazados, en cada orgasmo.

Esta calma en la que existo desde hace años, desde que murió Dadé o incluso antes, cuando ya vivíamos juntos, cuando compramos esta casa tan grande, tan innecesaria, me adormece los sentidos; te diré que, a veces, lo más interesante que me sucede durante todo el día puede ser que se me cuele uno de esos ratones de campo pequeñitos y ágiles en casa, o una lagartija; perseguirlos me da la vida. Otras se me cuelan avispas ruidosas con malas intenciones mientras cocino, y esas sí que me hacen salir corriendo de casa hasta el jardín gritando, ¡les tengo pánico! ¿Te lo puedes creer? ¿Me imaginas? ¡Sí, sí, tú ríete, ríete!, que no me importa, me gusta hacerte feliz, imaginarte contento es otra forma de felicidad a la que soy adicta.

Mi querido Camus, eras esa inteligencia ante la cual una no tenía más remedio que rendirse; estar contigo me hacía inteligente o, al menos, parecerlo. Ahora ya ni parezco ni soy.

¿Quién soy?, eso me pregunto a todas las horas del día. Una sombra, esa es la respuesta más cuerda que puedo darme siendo sincera conmigo misma. Una mujer encerrada en un cuerpo que desconozco, con una mirada que ya no es felina, ni diva, ni sensual, que ya no sabe cómo se hace eso de ser apasionada o gustar, y si lo hace ni siquiera se da cuenta; que se corta el pelo a trasquilones en el cuarto de baño porque odia ir a la peluquería y esos malditos reposacabezas donde me dejo el cuello y la cabeza; que no se maquilla salvo para salir a escena, y entonces me recargo tanto que me vale por cien días, qué digo, mil; que va vestida con una ropa casi de abuela o de hombre, siempre dos tallas más grandes que yo; que nada me apriete. Esa soy yo. Una mujer que tiene la manía de no olvidar, de pensar siempre con las emociones en el estómago, me sirven de alimento; una mujer que lo mezcla todo, lo bueno, lo malo, el presente, lo remoto, del futuro mejor no hablar, ya no queda tiempo, o quizá sí. La existencia es caprichosa.

He vivido con ira y con ternura, buscando, siempre buscando, siempre alerta, siempre en movimiento, siempre apresurada. ¡Maldita urgencia la mía! Me bullía dentro la vida, me quemaban las entrañas, tú lo sabes, me has leído, pero hay sentimientos que nunca te pude explicar, extrañas ideas sin lógica alguna, dobleces de una, del alma, que me hacían andar a ciegas, como si estuviera ebria; aún lo hacen.

Ya no tengo pájaros en la mirada. Se fueron volando hace mucho tiempo. Huyeron como tú, estrellándose contra los árboles. Sé que te gustaban. También a mí: los pájaros, los árboles, nosotros.

«Renacer, deberías renacer». ¿Qué te parece? Eso me dicen nuestros amigos últimamente cuando vienen a verme a La Vergne, que para renacer debo dejarte atrás, olvidarme de ti, de Dadé, borrarlo todo, dejar la mente en blanco y comenzar de nuevo. Y yo los miro como si estuvieran todos locos de remate. ¿Te lo puedes creer? Me piden que deje de pensar en ti, que deje de venir a verte siempre a mediodía, que no seas más mi azul, mi Mediterráneo, ni tampoco yo tu Finisterre, que no te cuente mis cosas, el día a día, lo que nos hizo únicos. No, no puedo hacerlo. Mi vida sin estos momentos no tendría ningún sentido. Pero no trato de explicárselo, tampoco de defenderme, ¡para qué!, ¿serviría de algo? Asiento y me quedo inmóvil, asumo lo irreal, lo que sé que nunca va a pasar. Y ellos se van contentos pensando en sus verbos «renacer» y «convencer».

En ciertos momentos el sentido de la amistad es una carga pesada, es triste no poder confiarles que existes de verdad, que te hablo todas las horas del día aunque no pueda verte. Pero dejemos estas angustias lejos, no las necesitamos ninguno de los dos. Tengo algo que contarte. ¿Sabes, amor? ¿Recuerdas que me fui a París a recibir el Gran Premio Nacional de Teatro? Fue una velada maravillosa, de esas que jamás se olvidan, emotiva, conmovedora, volaban las palabras, los elogios y las sonrisas, y hubo un momento, antes de mi discurso de agradecimiento final, en el que un periodista, un muchacho español, me entregó un ramo de flores. Te juro, Camus, que cuando se me acercó me quedé muda ante su visión y me entró una timidez como hacía tiempo que no sentía. Eras tú, sí, tú, mi adorado amor. El mismo cuerpo, los mismos ojos, la misma piel de la que yo me enamoré aquel 1944. Casi me desmayo allí mismo. Me faltaba el aire. El corazón me latía con tanta fuerza que no sé cómo no pudieron oírlo todos los allí congregados. Quizá lo hicieran. Fue una aparición. Se me secó la boca, sentía humo en la garganta y por un instante pasaron por mi mente tantos momentos de amor compartido que intenté acariciarle el pelo, tu pelo, acercarme y darle dos besos, besarte, agradecerle sus flores, agradecerte que hubieras vuelto a mí, pero mis gestos, mis palabras y todo lo que sentía se quedaron flotando, inmóviles, torpes, perdidos en los recuerdos.

Hubo un largo silencio sobre el escenario mientras lo miraba.

No sé si el público se dio cuenta de la emoción que probé, ni siquiera si el muchacho español la notó. Creo que le decepcioné un poco, al menos eso me pareció leer en sus ojos, pero no podría asegurarlo, los míos estaban empañados por la impresión.

Cuando llegué a casa, al poner las flores en agua, encontré una nota envuelta en un sobre pequeño entre las hojas. La leí con avidez. La firmaba él, el mismo chico del escenario, tu doble. Ponía que se llamaba Airas. ¡Vaya nombre extraño!, fue lo primero que pensé. Después, que tendría una historia detrás. Decía, en la carta, que quería venir a verme, que estaba escribiendo un artículo sobre mí, sobre el premio, sobre mi carrera de actriz.

¡Estoy en una nube, mi adorado Camus! ¡Muy nerviosa! ¿Te das cuenta? ¡Va a venir a verme! ¡Voy a verte de nuevo!

Estos días, mientras espero que en cualquier momento aparezca por el jardín, me he probado todas las prendas del armario. He ido a la peluquería, me han arreglado los trasquilones y las cejas, me han teñido el pelo y he vuelto a sentir la necesidad de gustar, de mirarme en los espejos y en cada escaparate al pasar. Quiero volver a ser feliz junto con alguien especial.

¡Soy una ingenua, lo sé! Solo es un chiquillo en busca de información, un pupilo, como lo fui yo cuando empecé; podría ser, si me apuras, incluso nuestro hijo. ¿Te imaginas que lo fuera? No, no, mejor no hacerlo, no quiero siquiera pensar en ello, sería incestuoso. Mejor imaginarte joven, imaginarme joven. ¡Ay!

Puede que, si me cae bien, lo adopte un tiempo. A lo mejor le apetece pasar las navidades conmigo. Esta casa es un velatorio lleno de fantasmas y recuerdos.

Sí, sí, vale, es verdad, lo reconozco, me gustan los fantasmas. Y los recuerdos. Pero sobre todo tú.

Airas

El encuentro

> ¿Dónde estoy? ¿Adónde voy? ¿Qué hago?
> ¿Quién soy?
>
> María Casares, *Residente privilegiada*

María volvía del teatro, de cada actuación o ensayo, agotada; había aprendido, sin que nadie se lo dijera, que en el escenario había que ser exigente con una misma, había que darlo todo, serlo todo, llenar cada rincón con la voz, con los gestos, con el cuerpo entero, para que el público se emocionara hasta la lágrima.

«El drama hay que vivirlo —decía—. Hay que actuar como si se fuera a morir mañana, con la misma pasión». Pero toda aquella voluntad que ponía, aquel perfeccionismo del que hacía gala frente a sus compañeros de reparto, aquella fuerza salvaje de la naturaleza que emanaba cuando actuaba, la dejaba exhausta, sin fuerzas ni para coger un libro, probar un solo bocado o charlar un rato con el que estuviera en casa; siempre había alguien, su hogar no tenía puerta, era un lugar de entrada y difícil salida, un río inagotable, un

amparo para todas las almas perdidas del mundo, sobre todo si esas almas perdidas del mundo eran españolas y republicanas, actores o enamorados, si eran amigos, si eran familiares lejanos, si eran... María no tenía energía para ellos, ni para su madre, siempre encantadora; ni para sus veladas bohemias regadas con champán francés; ni para abrir la boca o recitar una sola frase más, como le imploraba que hiciera; ni para las complicadas disertaciones de su padre sobre tal o cual obra; ni para las ideas, odiaba la política; ni para los rencores que, a veces, acompañaban a Camus; su enemistad con Sartre y, por añadidura, con Beauvoir le trajo no pocos quebraderos de cabeza. Cuando llegaba a casa, María solo quería dormir, desconectar, besaba a todos los presentes, se acomodaba vestida en el sofá, se tapaba con una manta las piernas y sonreía mientras se dormía casi sin pestañear apoyada en su mano derecha. Había cierta belleza en su debilidad nocturna, en su cansancio extremo, tenía un halo vulnerable que la hacía irresistible.

Cuando despertaba nunca estaba donde recordaba que se había dormido. Aparecía en su cama, desnuda. Abría los ojos y escuchaba el silencio. Todos dormían. Incluso las palomas de la terraza dormían. Su maquillaje estaba corrido sobre la cara, esparcido en la almohada; no le importaba. Nunca preguntaba quién era el alma cándida que la arrastraba a su habitación ni quién la desnudaba con mimo, tampoco quién la envolvía entre las sábanas o le bajaba la persiana; lo imaginaba.

Su madre era el sostén de su vida.

Por el día, María era una mujer indomable, orgullosa, fiera, una leona en escena, una trabajadora nata, una mujer exiliada, así se sentía ella, desubicada, una mujer que nunca olvidaba de dónde venía ni quién era, pero que agradecía el privilegio de ser adoptada por Francia, encumbrada, y, como ella misma decía, no quería regalos, no quería migajas ni ha-

lagos, no quería nada de nadie, solo lo que ella se hubiera ganado con el esfuerzo al final de su brazo.

La noche, sin embargo, la devolvía a la infancia, una niña mimada, a su madre, a la seguridad de sentirse querida entre las sombras.

María adoraba a su madre; por ella era capaz de abandonarse, de dejar de existir, de apaciguar su ánimo más exaltado. Era su gran apoyo. En cuanto entraba en casa, María volvía a ser pequeña, dependiente. Llevaba el dinero, sí, ella era el único sustento de la familia, un dinero que no sobraba pese a la fama y el trabajo continuo, esa es la verdad, pero su madre era la que organizaba qué hacer con él, cómo distribuirlo, dónde gastarlo. No le faltaban las ganas de vivir ni los bailes aquí y allá, tampoco los amantes. Gustaba a los hombres. La agasajaban. Y ella se dejaba querer incluso sin tener ningún conocimiento del francés; cuatro palabras mal pronunciadas y una sonrisa encantadora eran suficientes para enamorarlos. «La fidelidad está sobrevalorada, María —le decía—. Es un invento de la Iglesia y de los hombres para recluir el cuerpo de las mujeres, para encerrarlo y dominarlo, no lo olvides; se ama con el corazón, querida, se ama con la cabeza, y ninguno de ellos debe de ser maniatado. ¿Qué importa que un hombre u otro retocen en tu cama si eso te hace feliz?».

Cuando María se hacía preguntas sobre su vida, siempre terminaban en su madre. Ella le enseñó a ser libre, a amar con el corazón. Lo tenía enorme.

—¡Bienvenido, Airas! Te esperaba.

—María, perdóneme, estoy tan emocionado que no me salen ni las palabras.

Nos sonreímos.

—Pues tendrás que sobreponerte, muchacho, ¿no has venido a hacerme una entrevista?

—Entonces, ¿leyó mi carta? No estaba seguro de que…

—Claro que la leí, y fue muy entrañable encontrármela entre las flores, y algo bastante inesperado, si te soy sincera. ¿Sabes?, tuviste mucha suerte, jamás me traigo a casa los ramos que me regalan, suelo dejarlos en los camerinos metidos en agua o incluso regalarlos a la gente que me ha atendido; a veces, a la salida del teatro, reparto las flores entre los admiradores que me esperan pacientes, y es mi forma de agradecerles todo su cariño, pero, en esta ocasión, las flores significaron mucho para mí. Por eso las guardé.

—Imagino que no se recibe un premio así todos los días. Mi madre también guarda las flores especiales que le regalan, las mete entre las páginas de los libros y, cuando se secan, si ha quedado una bonita figura, hace unos cuadros muy chulos que luego regala.

—Una amiga mía también hacía lo mismo que tu madre. Creo que tengo un cuadro suyo por alguna parte, a ver si lo encuentro y te lo enseño. Pero te equivocas en algo, no fue el premio lo que hizo especial aquella noche. Guardé las flores por ti.

—¿Por mí?

—Sí, por ti.

—Pensé que no se había ni fijado en quién le daba el ramo.

—Pues ya ves que no. Me fijé, claro que me fijé. Y me impactaste; ya sabía que un periodista español sería el encargado de entregarme un *bouquet*, y me hacía mucha ilusión agradecérselo en mi lengua madre; nunca ha sido lo mismo decir *merci* que gracias para mí, no suena igual, no tiene sentimiento, pero cuando apareciste en el escenario me quedé de piedra, ¿no me lo notaste?

—Sí, algo noté, pero creí que era indiferencia o quizá timidez. Había leído que…

—No, no, no fue nada de eso, fuiste tú. Nunca he sido una mujer fría y mucho menos indiferente con nada. Es que te pareces tanto a alguien que conocí hace mucho tiempo, alguien a quien amé con toda el alma, que me sobrecogió mirarte. Hablarte. Me sobrecoge todavía. ¡Dios mío!, eres como una aparición.

—¿Se refiere a Albert Camus?

—Mi querido Camus, sí, de él te hablo. Ya te lo habían dicho, ¿verdad?

—Sí, alguna vez, mi madre sobre todo.

—Seguro que lo admira mucho.

—¡Quién no lo haría!

—Solo un tonto no lo haría, es verdad. Sus letras han llegado muy lejos. Me siento orgullosa de todo lo que ha logrado incluso sin estar, sin escribir más. Era un genio, Airas. Su ficción se alimentaba de todas sus contradicciones, ¡tenía tantas! Yo misma era una de ellas. Su filosofía de vida me enamoraba.

—Y usted lo enamoraba a él.

—Sí. Nos queríamos.

—En admiración usted tampoco se queda corta.

—Te agradezco que lo digas, pero no es necesario que me dores la píldora; Camus y yo no somos comparables. Y jamás fuimos competencia. Nunca peleamos por nada parecido. Sus éxitos eran los míos y los míos, los suyos, lo compartíamos todo. Nuestro amor era auténtico, compañero, generoso.

—Ojalá alguna vez yo encuentre un amor así.

—Seguro que lo harás, muchacho. Si yo fuera más joven, no sé si podría resistirme a esa mirada tuya. En el cuarenta y cuatro no pude hacerlo.

—Pues no se resista, al menos durante el rato que dure esta entrevista. ¿Se imagina que Camus hubiera vuelto solo por un momento para estar con usted?

—Lo último que haría sería ofrecerle un café, ja, ja, ja. Por cierto, ¿un café, Airas?

—¡Cómo negarse! Por supuesto. Encantado.

—¡Estoy muy contenta de que estés aquí! No sabes lo que me emociona poder hablar con alguien de mi tierra. Tu acento suena a ángeles, a océano, pero, por favor, si quieres que nos llevemos bien, deja ya de tratarme de usted.

—¡Perdón! No me había dado ni cuenta, María.

—No te preocupes, me pasa con demasiada frecuencia últimamente. Hacerse mayor es lo que tiene, en el momento en el que te tratan de usted y te dan premios por toda tu carrera, ya sabes que tu vida está en la cuenta atrás.

—¿Cuenta atrás? Eso es imposible.

—Pero podría serlo, muchacho.

—Todavía te quedan muchos escenarios. Muchos premios por recibir, muchas entrevistas como esta, incluso mejores.

—Sinceramente, espero que no. Detesto las entrevistas y más hablar de mi vida privada con alguien a quien no conozco de nada y a quien, en realidad, no le importo lo más mínimo. No soporto esa falsa corriente de intimidad que se crea entre dos personas en la que solo una de las partes es sincera y la otra tiene como objetivo conseguirlo, hacer que se desnude para luego vendérselo al resto del mundo.

—¿Y, entonces, por qué…?

—Ya lo sabes, Airas, y si no lo sabes deberías.

—¡No entiendo!

—Ay, muchacho, ¡qué inocente es la juventud! Eso es lo que más me gusta de ella. Nadie se mete, de pronto, el pasado en el bolsillo, así sin más, nadie puede invitarlo a casa y ofrecerle un café. Hace falta un lugar seguro y yo lo tengo.

—¿Cuánto tiempo hace que vives en este lugar?

—Demasiado. A veces pienso que me pierdo muchas cosas viviendo tan apartada del mundo, pero otras lo bendigo. Me da mucha paz.

—¿Y no te sientes muy sola?

—Ellos viven conmigo.

—¿Ellos?

—Camus y Dadé, los grandes amores de mi vida. Están aquí, conmigo. Nunca quisieron irse, ¿sabes? La soledad tiene mucho que ver con las personas que amaste. Mi soledad es ahora nuestra defensa, un santuario donde viven todos nuestros recuerdos, todos los caminos que nos trajeron hasta aquí. No te asustarán los espíritus, ¿verdad, muchacho?

—No sé qué decirte; si no los veo y están callados...

—Ja, ja, ja, puedes estar tranquilo. La que no callo soy yo.

—Entonces, ¿es con ellos con quienes hablas?

—¿Y quién dice que lo hago?

—Bueno, ya sabes, la gente de los pueblos murmura cosas. Antes me acompañó el cartero y me contó...

—Imagino que soy su entretenimiento, ¡qué le vamos a hacer! Es lo que somos los que venimos de fuera, incluido tú ahora mismo, pero no me importa, aun así son buena gente y yo les tengo mucho mucho cariño. Además, tienen razón, ¡para qué negarlo! Mi monólogo es incesante. Algunos ponen la radio o la televisión para no sentirse solos; yo hablo con ellos.

—¿Y me dejarías contarlo en mi artículo?

—Claro que sí, conversar con tus amores no es un delito que yo sepa, ¿no? Escribe lo que tú quieras, Airas, eres libre y tienes mi bendición, será una bonita forma de completar mi biografía antes de irme.

—Por cierto, me ha encantado.

—¿Mi biografía? ¿La has leído?

—Sí, quería saber más de ti antes de venir.

—¡Buen chico! Ya veo que has hecho los deberes. Creo que la escribí demasiado pronto y muchas veces me he arrepentido de ello. Sacrifiqué la belleza por la libertad.

—¿Libertad?

—Sí, ahora sentiría más, mucho más. Me dejaría llevar por lo que fuimos.

—¿Contarías más cosas sobre tu vida, quieres decir?

—No, me liberaría. No buscaría las palabras adecuadas ni las más bonitas como hice entonces. Tampoco intentaría complacer a nadie, dejaría que me fluyera solo la emoción y contaría lo que sentí por Camus sin tabúes, lo que supuso el teatro en mi vida, la Guerra Civil, el exilio, este lugar. No sé, todo.

—Comprendo.

—Ahora mismo lo veo todo mucho más claro. Además, mis palabras ya no pueden hacerle daño a nadie.

—¿Te refieres a tu marido?

—En parte; no es que negara mis emociones entonces, no es eso, pero, en cierta manera, las controlé, me quedé en la superficie de lo que sentía. Quería que los críticos me elogiaran, que dijeran que era tan buena escribiendo como actuando, que Camus se sintiera orgulloso de mí allí donde estuviera.

—Hasta cierto punto es normal lo que hiciste.

—Puede ser, pero me ha bastado un poquito de incomunicación para darme cuenta de mi error. Tenía que haber escrito como actúo en el teatro, dándome al máximo. «O lo eres todo o mejor no seas nada», eso me decía Camus.

—Algo extremo, ¿no crees?

—No, nosotros éramos así; lo fuimos siempre. Desnudarse es lo único que perdura con el tiempo.

—A mí me ha parecido muy íntimo y personal.

—¿Personal? ¿Cómo sabes si detrás de una actriz, que ha hecho del arte y la interpretación su vida entera, no existe una impostora? Te recuerdo que en lo mío soy una maestra.

—Eso es verdad.

—Hay que desconfiar de la literatura, Airas, cuestionarla. Es una ilusión.

—Pero, si desconfío de la literatura, ¿cómo podría saber cuándo una biografía dice la verdad o cuándo miente?

—No lo sabes. No puedes saberlo. Pero aun así merece la pena leer, ¿no crees?

—Desde luego.

—Solo el que escribe conoce su propia verdad, y a veces ni eso, los artistas también nos engañamos, jugamos con las palabras, con las emociones en las palabras, las hacemos grandes o minúsculas, hoy digo una cosa, mañana pienso la contraria, es lícito, ¿por qué no? ¿Acaso no sucede todo el tiempo en la vida real? ¿No cambiamos de opinión constantemente? ¿No nos levantamos y vemos las cosas desde otro prisma cuando estamos preocupados?

—Sí, puede ser.

—Y no te olvides de lo que el lector siente cuando lee, ese es otro cantar, un imperio distinto.

—Uno muy importante.

—El más importante, diría yo; es el único que hace posible que la obra perdure.

—La anhelada eternidad del autor.

—Exactamente.

—Ya lo entiendo.

—Me alegro, porque no es nada fácil, créeme. Yo no lo he comprendido hasta hace bien poco, así que tú debes de ser más listo que yo.

—No lo creo.

—Bien, Airas, ¿cuánto tiempo tenemos para esa entrevista?

—Todo el que tú quieras dedicarme.

—¿Hablamos de horas o de días?

—Hablamos de lo que necesites.

—En ese caso, muchacho, si has venido a conocerme, a escribir sobre mí, ¿te gustaría pasar las navidades conmigo?

—¿Cómo?

—Si me vas a robar la soledad que tanto me gusta, ofréceme, al menos, algo a cambio.

—¿Y qué te puedo dar yo que tú no tengas?

—Algo de compañía.

—¿Quieres decir que me quede aquí, contigo, en La Vergne?

—¿Se te ocurre un lugar mejor para conocerme que mi casa?

—¿Lo dices en serio, María?

—No suelo bromear con estas cosas, querido. Me has caído bien y eso no me sucede a menudo, y mucho menos de inicio.

—Será un honor.

—¿Cuál es la fecha de entrega del artículo?

—Después de Navidad.

—Entonces, ¡perfecto!

—No quisiera molestar.

—Y no lo harás. Esta casa es muy grande, hay sitio de sobra para los dos. Además, me hace mucha ilusión hablar en español y escucharte. ¡Ay, querido, tu acento es como volver a casa! ¡Qué morriña de tierra y gente! ¡Echo tanto de menos el Atlántico! Tengo a Galicia muy dentro del corazón.

—Nunca has vuelto, ¿verdad?

—No.

—Pero hace tiempo que podrías...

—Sí, podría haberlo hecho; realmente me gustaría hacerlo, pasear de nuevo por sus calles, por la playa, acercarme a la calle Panaderas, mirar por las ventanas que me vieron asomarme de niña, volver al pueblo de Montrove, a aquella casa de los veranos, al campo, pero no, un día decidí que no volvería nunca más y lo he cumplido.

—No lo entiendo.

—Me gusta ser fiel a mis promesas.

—Pero ¿allí tienes...?

—Nada, allí no me queda nada, solo una infancia lejana y recuerdos memorables que nunca olvidaré. Los tengo bien grabados. Son un tesoro para mí. Pero el después es doloroso, demasiado triste. Siento mucho odio todavía.

—Pero todo aquello ya pasó, la gente lo ha olvidado ya.

—Me alegro por ellos, yo no puedo olvidar.

—Te admiran.

—No estoy segura de que sea así, pero no es suficiente. He decidido apartar de mi vida lo que me produce dolor, y mi tierra está ahí, entre ese dolor insoportable.

—¿Y si te vinieras conmigo? Podría hacerte de guía.

—Aún no te has instalado y ya quieres irte.

—No, claro que no, no quería decir...

—Bromeaba. Imagino que todo estará muy cambiado.

—Sí, la ciudad ha crecido mucho, al menos eso dice mi abuela, que ya nada es lo que era. Incluso los pueblos costeros han perdido su encanto pesquero.

—El progreso es lo que tiene. Pero no, Airas, gracias. Aquel ya no es mi lugar y prefiero recordarlo como fue, es más entrañable para mí, más familiar. No he olvidado nada, ¿sabes?, mi memoria está muy viva todavía.

—¿Cuándo fue la última vez que estuviste?

—Tenía trece años, ese fue mi último verano. El siguiente, aunque lo teníamos todo preparado para irnos, ya no pudo ser.

—¿Fue el verano del treinta y seis?

—Sí. A veces reconciliarnos con la historia resulta imposible, Airas, es un choque emocional demasiado duro de afrontar. No perderse es importante también. Y esta es mi manera de hacerlo, de vencer ante los mentirosos que se inventan en los libros lo que no hicieron u ocultan lo que hicieron. Puede parecer lo contrario, que os he negado, que os he abandonado, que no os quiero ni ver, pero, no, no es verdad, os guardo muy profundo, en el centro mismo del corazón.

—Me vas a hacer llorar.

—Pues hazlo, llora, mejor sacar las emociones que retenerlas. Hace mucho tiempo que lo aprendí, para vencer a los demonios hay que soltar. ¡Libera mucho llorar!

—Hay quienes lo consideran un signo de debilidad.

—Tonterías. Llorar es una necesidad vital. Y algo muy natural. Anda que no habré llorado yo.

—¿Por eso el teatro?

—Puede ser. Siendo otra es más fácil sentirse a salvo.

—¿Y la política?

—Cuando mi padre murió, no volví a hablar de política con nadie, no, al menos, con la seriedad con la que lo hacía con él.

—¿Ni siquiera con Camus?

—Bueno, solo lo hacía con él. Camus era muy insistente, pero intentaba evitarlo.

—¿Por qué?

—¿No te lo imaginas, Airas?

—Me cuesta hacerlo.

—La guerra de España había acabado con dos millones de personas, y su baile de muertos seguiría sumado unos cuantos años más. Desde París ya no se oía el «¡No pasarán!» que a mí tanto me estremecía. Habían pasado. Habían vencido. La República era historia. Mi padre y los suyos eran historia. Nosotras éramos historia. ¿De qué teníamos que hablar?

—No sé lo que sentiría yo ahora mismo ni cómo cambiaría mi vida si en España estallara una guerra civil así otra vez.

—No me extraña, a mí me costó intentar olvidarlo.

—¿Y cómo os llegaban las noticias?

—No lo sé, pero mi madre se enteraba de todo. De todas formas, nuestra casa se convirtió, en muy poco tiempo, en un lugar de paso, una especie de parada para tomar fuerzas, recibir un abrazo y un plato caliente. Nosotras los escuchábamos hablar. Supimos por ellos que los Pirineos estaban bloqueados, que una oleada de gente, en su mayoría de izquierdas, soldados y familias enteras, intentaban pasar la frontera. También decían que había intelectuales, poetas, artistas, políticos, ya sabes, la élite más progresista, pero, en el fondo, ricos o pobres, listos o sin educación, todos querían lo mismo, escapar de las represalias.

—¿Y quién no lo querría? Era eso o la cárcel.

—Era la cárcel o morir, Airas, de ahí la angustia de todos por llegar cuanto antes al sur de Francia.

—Tuvo que sobrecoger, la situación.

—Fue dramático. Cuando nos enteramos de que habían fusilado a Lorca, no podíamos creerlo. ¿Y qué me dices del Miguel Hernández que murió de tisis en prisión? ¿O Machado?

—Pero Machado murió de tuberculosis al llegar a Collioure, ¿no?

—O de pena. ¡Quién lo sabe! Lo que está claro es que era finales de enero, haría un frío del demonio, eso seguro. Y si a todo esto le unes el hambre, el miedo, el poco dinero que debían de tener, porque ya llevaban huyendo un tiempo, o simplemente la incertidumbre de lo que iba a pasar después, todo pudo influir. ¿Sabías que su madre dijo llorando cuando falleció que no quería vivir ni un solo día sin Antonio, y que acompañó a su hijo tan solo tres días después?

—No lo sabía. ¡Qué historia más triste!

—Sí, mucho. En realidad, cuando pienso en todo aquello, no se puede decir que yo viviera la guerra civil española, solo estuve en Madrid unos meses, al inicio, fue tímida mi experiencia. No presencié ningún caos. No pasé hambre ni un solo día. No tuve la visión de los que huían.

—Pero viviste el exilio.

—Eso sí, el exilio me tocó de lleno, aún lo sigo viviendo, aunque ahora mismo solo sea una elección personal. Creo que ese fue el motivo de que me alejase tanto de la política. No me interesaba nada su deriva, ni lo que fuimos, y mucho menos el presente-futuro, aunque nunca llegué a desvincularme del todo. Era imposible, como dejar de amar un bosque si has crecido en él. Camus tampoco me dejaba, ni los refugiados españoles que, de tanto en tanto, me contactaban para que asistiera a sus reuniones o a los homenajes que hacían en honor de la República. En el fondo, aunque protestaba, me gustaba hacerlo, era la única manera que tenía de estar más cerca de mi padre y sus ideales. No eran tan diferentes a los míos, no creas; no lo parece, pero te aseguro que las ideas unen a la gente.

—¿Te refieres a Camus y a ti?

—Sí. Recuerdo que apenas nos conocimos se celebró una gala en beneficio de los exiliados. Me pidieron que recitara unos poemas en español, y, al principio, fui reticente, creo que incluso me negué a hacerlo, puede ser, no me acuerdo muy bien, pero de lo que sí estoy segura es de que hasta aquel momento había permanecido al margen de todo, ajena al conflicto, ajena incluso a mi lengua madre; no quería posicionarme por puro instinto de supervivencia. España me dolía. Mi padre me dolía.

—Y Camus te animó.

—Tú lo has dicho. Estábamos en pleno enamoramiento, ¿cómo iba a decirle que no? Por Camus habría recorrido el desierto sin agua.

—¿Y qué fue lo que leíste?

—Elegí unos versos de Rubén Darío y otros de Machado. No sé por qué no fueron de Lorca o de Miguel Hernández, Alberti, Valle-Inclán... Tenía muchos poetas en el corazón. Lloré con ellos. Por ellos. No pude evitarlo.

—Tuvo que ser muy emotivo.

—Sí, lo fue. Al terminar me conmovieron algunos abrazos. La gente se me acercaba, me hablaban de mi padre, me hablaban de España. Todos tenían historias que contar. En aquella velada estuvieron acompañándonos Sartre y Simone de Beauvoir, los recuerdo muy bien, aún conservaban esa bonita amistad que después murió.

—¿Y por qué lo hizo?

—Precisamente por la dichosa política. Decían que Camus no se posicionaba, que no era claro. ¡Valiente estupidez! No he conocido un hombre más firme en toda mi vida. Su ideario era inamovible.

—Bueno, tu padre no se quedaba atrás.

—Sí, sí, es verdad, ni Azaña ni tantos otros. La política une, pero también puede dividir, Airas. Es muy hostil. Revienta las relaciones más íntimas.

—Y, sin embargo, no podemos prescindir de ella.

—¿Cómo era aquella cita de Aristóteles? «El hombre es un animal más político que las abejas o que cualquier otro animal gregario. Como solemos decir, la naturaleza no hace nada en vano».

—¡Qué buena es esa frase! Voy a escribirla, espera.

—En realidad, Airas, todo es una cuestión de lenguaje y necesidad, ¿verdad? Poner en común la vida misma, compartirla. Yo he llevado conmigo esa nostalgia de eterna exiliada siempre bien pegada al costado. Sin embargo, echar raíces ha sido mi anhelo más profundo desde que tuve que marcharme.

—¿Y volver no?

—Claro que sí, pero no quería hacerlo de cualquier manera.

—No te entiendo.

—No estaba preparada para perdonar, porque no se había reparado lo dañado. Nos embargaron todos nuestros bienes, Airas. Nos lo quitaron todo. Además, para España, yo era una extranjera, una francesa con éxito, y no quería que me vieran así. Buscaba algo de reconocimiento, una suerte de perdón…

—Que todavía no ha llegado, ¿verdad?

—No. No lo ha hecho y sinceramente ya no creo que lo haga. Por eso pienso que volver sería como renunciar a una parte de mí misma.

—Ahora comprendo.

—Mi rencor es legítimo, Airas. A veces me acuerdo de Azaña, ¡qué bueno era aquel hombre! En casa siempre envidiamos su capacidad de perdonar. Él amaba España por encima de cualquier ofensa. Voy a leerte algo que le escribió a mi padre:

> Veo en los sucesos de España un insulto, una rebelión contra la inteligencia, un tal desate de lo zoológico y del primitivismo incivil, que las bases de racionalidad se estremecen. En este conflicto, mi juicio me llevaría a la repulsa, a volverme de espaldas a todo cuanto la razón condena. No puedo hacerlo. Mi duelo de español se sobrepone a todo. Esta servidumbre voluntaria me ha de acompañar siempre, y nunca podré ser un desarraigado. Siento como propias todas las cosas españolas, y aun las más detestables hay que conllevarlas, como una enfermedad penosa. Pero eso no me impide conocer la enfermedad de la que uno se muere, o más exactamente de la que nos hemos muerto.

—¡Madre mía! «Mi duelo de español se sobrepone a todo», ¡qué intenso!

—Sí, lo era, y un hombre leal. Pero dejemos la política para otro momento, ¿te parece? Me cansa. Dime, Airas, imagino que todo el mundo te hace esta pregunta cuando te conoce, pero me tiene intrigada, ¿qué significa tu nombre? No lo había oído nunca. ¿Es gallego?

—Sí, muy gallego, y aunque ahora sea raro oírlo, porque debemos ser cuatro y el de la guitarra los que nos llamamos así, antes no, era muy popular en la Edad Media. A mis padres no les encantaba, pero mi abuela insistió. Decía que le hacía ilusión pensar que mis raíces se hundían en el prelatino: en el valle, la raíz *-ar* y en el río su propio final, *anas*.

—¡Qué interesante! Creo que me caería bien tu abuela.

—Y seguro que tú a ella.

—Pero mira qué horas son, no me había dado cuenta de lo tarde que es, el tiempo me ha volado charlando contigo y ni siquiera te he invitado a entrar en casa. ¿Has comido ya?

—Todavía no.

—Preparo algo rápido y mientras te instalas, ¿te parece?

—Sí, muchas gracias.

—No me las des, estoy feliz de que estés aquí y creo que nos vamos a llevar fenomenal. Significa mucho para mí. Es como reconciliarme con un pedacito de mi pasado, uno que fue importante, que estuvo lleno de instantes que me gustaría recuperar. ¿No te pasa? ¿No tienes la sensación de que nos conocemos desde siempre?

—Sí, pero para mí es fácil, llevo semanas preparando este viaje, leyendo cosas sobre ti.

—A esto se le llama empezar con buen pie. Se dice así, ¿verdad?

—Sí, justo así.

—Cada día olvido más mi lengua madre y sus giros. Todas esas frases hechas que les escuchaba a mis padres las estoy perdiendo. Te confieso que, a veces, cuando estoy muchos días sin hablar con nadie en español, me parece casi una desconocida. Me queda grande. Muy grande.

Contemplaba a María, su manera de expresarse, de gesticular mucho con las manos, su felicidad, me tenía hechizado. Estaba tan tranquila, tan confiada, y yo, con el corazón a cien por hora, la seguía hacia su casa inquieto, nervioso, pensando en que no sabía si iba a encajar en su intimidad, si iba a saber hacerlo, si la molestaría. Me daba miedo decepcionarla, decir algo inapropiado, ponerla triste. Nadie debería acercarse a un mito si no sabe cómo hacerlo.

Al atravesar el dintel de la puerta de la entrada sentí que todos los colores del otoño se me echaban encima y me envolvían como una manta cálida de invierno. Era acogedora. En aquella casa se podía respirar.

Fue entonces, en aquel preciso momento, cuando me di cuenta de dos cosas; de que allí, en La Vergne, era imposible que algo saliera mal y de que María estaba recitando muy bajito unos versos en francés: «Mon Dieu, mon Dieu, la vie est là / simple et tranquille. / Cette paisible rumeur-là / vient de la ville. / Qu'as-tu fait, ô toi que voilà / pleurant sans cesse. / Dis, qu'as-tu fait, toi que voilà / de ta jeunesse?».

—¿Es un poema?

—Sí, de Paul Verlaine. Me gusta memorizar fragmentos, lo hago a menudo, me sirve de entrenamiento para el teatro. Verlaine dice: «¡Dios mío, Dios mío! La vida, / simple, tranquila. / Y este rumor que llega de la ciudad. / ¿Qué has hecho? / ¿Por qué lloras sin cesar? / Di, ¿qué has hecho de tu juventud?».

—Precioso.

—Bueno, solo es mi propia interpretación del texto, no sé si será muy correcta, la verdad. Para mí, el francés necesita amor, tengo que sentirlo primero para entenderlo.

—¿Sentirlo? ¿Y cómo se siente una lengua?

—Enamorándote, muchacho, enamorándote, de una francesa, quiero decir, o de un francés, o de los dos, qué más da. «Vivre l'amour!». Si te enamoras, Francia entera se rendirá a tus pies, y comprenderás la belleza que encierra esta lengua. Es muy seductora, aunque también odiosa y difícil. Afrancesar la vibrante «r» española a mí me costó una vida. O el movimiento de los labios para transformar la «b» en «v», uf, era agotador. Luego estaban las consonantes nasales, las «es» abiertas, cerradas, mudas, las excepciones, las excepciones dentro de las excepciones, la «s» final, que no se pronunciaba y por eso jamás decían bien mi apellido, Casares, y por eso tuve que añadirle una «e» con acento al final, rompiendo todas nuestras reglas gramaticales.

—Para mí lo peor es la conversación en un murmullo, apenas puedo escucharlos.

—Sí, como seas algo duro de oído, estás perdido.

—Y si no lo eres, también, ja, ja, ja.

María se unió a mi risa.

—Bueno, ahora en serio, ¿qué te parece tu habitación? ¿Te gusta?

—Es perfecta, María. Muchas gracias. No esperaba tanto.

—Pues te dejo instalándote. Nos vemos en un rato.

La vi alejarse, atravesar el dintel y perderse por el pasillo. Oía sus pasos y los míos deseaban seguirla. Estar con ella. Saber más, todo. No perderla nunca de vista.

Imaginé que mi noche iba a ser larga, ansiosa de la mañana siguiente, de lo desconocido que podía ofrecerme; tenía un apetito voraz.

María
En algún lugar

> Desde que ha abierto los ojos esta mañana, busca su nombre. [...] Registró sus cajones, sus papeles, sus cartas, para reanudar el hilo de su historia.
>
> MARÍA CASARES, *Residente privilegiada*

Buenos días, Dadé.

No te creerás quién vino ayer a conocerme; lo he alojado en casa sin pensármelo demasiado, espero no arrepentirme, el muchacho, sí, aquel que me entregó el ramo de flores cuando me dieron el premio de teatro; como te lo digo, ese muchacho; es español, gallego, de mi tierra querida, con su acento bien marcado, ¡me enamora oírlo! Y eso que es tímido y habla muy poco, bueno, poco en comparación conmigo. Ya, ya sé que eso es algo muy fácil, como si te oyera, ¡ja, ja, ja! Es periodista, trabaja en Madrid y está haciendo un artículo sobre mí para una revista semanal. ¡Si a nosotros nos hubieran dado tantas oportunidades...! Estos jóvenes lo tienen todo y ni siquiera se dan cuenta de lo afortunados que son. Dice que me admira, ¡que me admira!, que su editora también lo hace, que por eso le dio el encargo, menudo verbo, «admirar», es grandioso, da hasta vértigo. ¿Te lo puedes creer, Dadé? Dice que su editora me vio actuar en Aviñón y que se le saltaron las lágrimas de emoción. ¿Hay algo más emocionante, en el ocaso de la vida, que escuchar algo así?

Inspirar a otra gente, ese siempre ha sido mi mayor deseo, el más íntimo y lo que envidié de Camus toda la vida. ¡La envidia! Dicen que es mala, pero yo no lo veo así, para mí es algo natural; sí, no te escandalices tanto, nunca me he sentido mal por ella, me hacía mejorar. Aún lo hace. Envidiar, admirar, ¿qué diferencia hay?

Camus conquistaba a sus lectores, jóvenes y mayores, con las palabras; conquistaba a otros escritores, a políticos, todos se rendían ante él; su obra era parafraseada, imitada, difundida, comprada, otros personajes se convertían en escritores siguiendo su ejemplo. Era emocionante. Y yo quería lo mismo para mí. Lo mismo, sí. ¿Te resulta raro que te lo reconozca ahora? En algún momento tenía que ser. Aunque estoy segura de que lo sabías y esperabas esta confesión.

Siempre me han gustado las escenas dramáticas.

La ambición ha sido mi gran pecado, no me importa admitirlo, pero también mi mayor virtud. Todos los anhelos comienzan así, por una envidia, esa ambición que te molesta o te hace cosquillas, una idea algo descabellada de ser como…, de llegar tan lejos que…, de inspirar a…; en el fondo, tan solo es una alegoría, transcender para perdurar, ser un instante luminoso en la vida de alguien, amada, ser un futuro, quedarse para siempre en el corazón de los hombres, en definitiva. Ego y eternidad. ¿Creías que yo no lo padecía? Pues te equivocabas, mi querido Dadé, la codicia de eternidad me recorre por las venas como la sangre, con la misma naturalidad, sobre todo cuando actúo en el teatro y miro a mi público al finalizar la función. Allí, de pie, delante de ellos, entusiastas de lo vivido, pienso, reafirmándome: «¡Sí, me recordarán!». Y después, ya en casa, en la cama, lejos del teatro, las luces y toda su gloria ficticia, me pregunto, llena de dudas: «¿De verdad lo harán?».

Te seré sincera, aún más si cabe: a veces, me obligo a no pensar en ello, intento distanciarme. No se puede vivir esperando siempre, deseando, con el corazón en vilo, pensando en lo que seré cuando muera, en el recuerdo que quedará de mí: ¿escribirá alguien mi vida?, ¿se meterá en mi piel?, ¿en mis sentimientos?, ¿me imitarán las actrices más jóvenes?, ¿me citarán como ejemplo?, ¿pondrán a algún teatro mi nombre?, ¿a alguna calle?, y los premios, ¿convocarán alguno en mi honor?

Existir en gerundio es solo para los vivos y yo hace tiempo que he comenzado a morir. Eso siento. Suena teatral, pero no lo es. El mundo que tenía, que tengo todavía, se está desvaneciendo poco a poco. Y yo estoy muy cansada. Quiero estar con vosotros. O no...

Dadé, este chico, de algún modo extraño, me ha hecho renacer la ilusión de seguir adelante. Atravesar el espejo, transformarme, seguir actuando. Expectación y vértigo al mismo tiempo se parecen a la felicidad, como la risa floja y los anhelos. Si él me admira, todavía hay esperanza.

Hay tan poca gente capaz de hacerte sentir una emoción, de renovarte por dentro, de hacerte brillar... Me siento como una niña grande, aquella niña grande que comenzó a actuar en el cuarenta y dos, aquella niña que lo tenía todo, incluso el amor en las manos.

¡Bienvenida seas, Finisterre! Me hace feliz que estés de vuelta.

Este chico me ha robado el corazón, y eso que solo llevamos un día juntos. Un día, un día, ¡parece una vida entera!

¡Si fuera más joven...! Si fuera más joven, le cantaría bajito y al oído *Somewhere* en español, ¿la recuerdas, mi amor?

Antes me pasaba horas tarareándola, me encantaba su letra traducida al español:

Hay un lugar para nosotros
en alguna parte, un lugar para nosotros.
La paz y la tranquilidad y el aire libre
nos esperan
en alguna parte.

Hay un tiempo para nosotros.
Algún día…, un tiempo para nosotros.
Tiempo juntos, con tiempo de sobra.
Tiempo para aprender…
Tiempo para cuidarnos…

Algún día, en algún lugar,
vamos a encontrar una nueva manera de vivir…
Vamos a encontrar una manera de perdonar…
En alguna parte

Hay un lugar para nosotros.
Un tiempo y un lugar para nosotros.

Toma mi mano…, estamos a mitad de camino.
Toma mi mano.
Yo te llevaré.
De alguna manera…
Algún día… en algún lugar…

Yo podría enseñarle todo, sí, todo. ¡No te rías! ¡Mira que eres malpensado! Me refería al oficio, al arte del teatro, aunque el otro, bueno, tampoco estaría mal, no te creas, ¿por qué no? Nunca encontrará una amante más vieja, con más experiencia ni más apasionada. ¡Echo tanto de menos hacer el amor, Dadé!

¿Estoy diciendo locuras? ¿No estarás celoso? Sí, sí, vale, es cierto, solo es un crío, ya paro. No me hagas sentirme mal ni miserable; pero es que se parece tanto a mi Camus cuando era joven, cuando me enamoré perdidamente de él..., es su viva imagen, Dadé, el amor de mi vida aquí, en la habitación de al lado, encerrado en otro cuerpo y encima hablando español. Y para colmo su acento es gallego, ¿no te parece un sueño?, ¿un regalo del destino?, ¿de Navidad? ¡Es demasiado, es demasiado! Me estalla el corazón cuando lo tengo cerca. Me sudan las manos. ¿Nunca has sentido que te rompes por dentro, que te fallan al mismo tiempo las fuerzas y la cordura?

Ese amanecer está algo enrarecido, ¿no crees?

Mejor no pensemos más en ello, tienes razón, siempre aciertas conmigo, mi querido compañero. Puedo actuar de madre, de mecenas, puedo enseñarle, darle consejos e información, que es lo que ha venido a buscar, al fin y al cabo, y decirle adiós después, sin peso, sin tragedias; en realidad solo quiere conocer mi historia. Lucir su nombre y apellidos al inicio del artículo.

Podría decirle para que se fuera pronto que mi vida se resume en cinco palabras: mar, exilio, teatro, amor y soledad.

Da igual a quién se parezca Airas. Da igual lo que trastoque mi vida estos días o lo que palpite mi corazón mientras le tenga cerca. Da igual que mi cuerpo desee otro cuerpo, el suyo, por ejemplo, a mí nunca me han importado las edades ni el género, solo el sentimiento. Lo que somos.

Todo pasa por algo. Hace años que lo acepto. Si ha de ser, será.

¡Adoro las frases lapidarias! Esas que llenan los libros pesados de filosofía. Pero no quiero decepcionarle. ¡Tiene tantas ilusiones y tanta fe en mí, en que soy especial...! Es emocionante ser ese yo inspirador para variar, ese yo que recibe toda la admiración del mundo, de su pequeño mundo.

Gracias, amor mío, estas confidencias contigo me encantan. Ordenan lo que siento. Me despiertan. La vida sigue abriéndose ante mí, en ocasiones, como una perfecta desconocida. Aún tengo que tomar aliento por las cosas más insignificantes, aún lloro con los detalles más inesperados, aún me emociono sin venir a cuento.

Aún respiro.

Me gusta respirar. Y saber que todavía tengo tiempo.

El tiempo es infinito cuando se ama.

Airas
Actrices

¿Cuándo está un gesto consumado?

María Casares

Parafraseando a Mark Twain, hay cinco clases de actrices: las malas, las regulares, las buenas, las grandes y Sarah Bernhardt.

María Casares fue su digna sucesora. El destino quiso que fuera así. Mientras a Sarah se le apagaba la luz en París, la misma ciudad que vería, diecinueve años después, deslumbrar a María, Casares venía al mundo en una ciudad bañada por el mar y las tempestades, La Coruña.

Soberbia, dirían de ella algunos críticos, emoción en estado puro, una salvaje sobre el escenario, una pantera, la furia. Fascinante, concluía el público. Demasiado intensa. Todos esos adjetivos y muchos más hablaban de lo que era María al pisar los tablones, el arte hecho teatro, la ilusión poética, debilidad y fuerza al mismo tiempo, un abrazo largo, un juego.

Sí, un juego, ¿no ha sido siempre el oficio del teatro un engaño?

Una mujer sale al escenario. Respira muy hondo, como si al hacerlo pudiera deshacer los nudos de su estómago o convertirse, de pronto, en otra. Se ha vestido para la ocasión, eso ayuda. Está perfecta. Lo sabe. Se lo ha dicho el espejo antes de salir. El espejo no miente, no puede hacerlo. Su camerino está rebosante de flores y admiración. Se sabe especial. Es especial.

En la sala, las luces se apagan para el resto del mundo. Ella se coloca frente a un público, su público, que no puede ver porque lo ciega la luz, aunque tampoco le hace falta, sabe que está, lo ha visto antes de salir, detrás de los cortinones; la sala está llena, esas caras anónimas que vienen todas las noches, distintas en cada función, en realidad, buscan lo mismo, la intimidad de una noche que los conmueva, alejarse por un momento de su vida gris, sentir emociones, intriga, soñar con su personaje. Siente todas las miradas juntas sobre la piel. Suda, no puede evitarlo, y piensa que el rostro le estará brillando pese al maquillaje. Se maldice. Y, para ahuyentar la timidez y comenzar con seguridad el primer acto, pronuncia una sola palabra, siempre distinta, una palabra comodín, que quedará en suspensión y vibrando en las paredes y los pasillos, en los huecos de las sillas, entre la multitud del teatro por unos instantes. Nadie puede oírla. Solo aúlla en su cabeza, y marca el tono, el ritmo, marca la provocación. Su papel está estudiado a conciencia, no tiene nada que ver con ella ni su vida, es un papel que la descubre siendo otra, que la ata y le fascina, otras veces le repugna.

Así es el teatro, un juego de hábiles identidades. Un juego de ilusiones y secretos.

Los focos se van moviendo, iluminan a otros personajes, hacen sombras, dan respiros, crean intimidades y susurros, embellecen los actos y los minutos, ofrecen un cuadro de vida que termina con dramatismo cuando cae el telón casi a plomo y llegan los aplausos. La sonoridad frente al silencio. El aclamo frente a la reflexión de la obra, de lo dicho. Para María es un momento angustioso. Le falta el aire. Fuerza una sonrisa.

El espectáculo debe continuar.

—¡Buenos días, Airas! ¿Has descansado bien?

—Demasiado bien, madre mía, no me habría levantado. Hacía mucho tiempo que no dormía tan a gusto. Ni siquiera me había dado cuenta de que estaba tan cansado. ¡Qué silencio hay en este lugar!

—Sí, es lo que más me gusta de vivir aquí, la paz.

—Claro, supongo que la vida del teatro es agotadora.

—Caótica, Airas, es una existencia caótica.

—Imagino que es como tener una doble vida.

—Algo parecido, solo que tu doble es distinto en cada función.

—No sé cómo consigues aprenderte todos esos guiones y personajes.

—Ya sabes, es el artista y su impostura. Estamos destinados a ocultar una parte de nosotros mismos, la más íntima. Es mejor que no te conozca nadie. ¿A quién le importa lo cotidiano? ¿No lo ves algo vulgar?

—No, me parece bastante atractivo.

—El público te adora por lo que ve en el escenario, por lo que le haces sentir. Esa es toda la verdad. Solo importa eso, la fuerza de tus palabras, los gestos, el drama en escena.

—Yo creo que te equivocas, importan muchas más cosas. La gente adora a las actrices por lo que imagina de ellas; todo ese glamour que hay detrás de la fama o la riqueza que piensan que tienen, o los amantes, por ejemplo. Cuanto más excéntrico es un artista, cuantos más excesos tiene, más atrae. Son vidas fascinantes.

—Eso no es arte, es morbo, Airas.

—Llámalo como quieras, triunfa igual.

—No me interesa ese tipo de éxito, está basado en la banalidad.

—Pero no me negarás que es una realidad.

—¿A quién pueden importarle las miserias personales de uno?

—A los que intentan huir de las suyas propias.

—El teatro es otra cosa, Airas, no papel cuché. Es reinvención y espectáculo, una manera de transformarse, de ser y no ser. Nada tiene que ver con el lujo. Y menos con la exposición una vez que ha caído el telón. Lo que sucede dentro del teatro se queda allí. Nunca debería salir.

—«Ser o no ser, esa es la cuestión», me encanta esa frase de Shakespeare.

—Puede que sea la única que nos defina a los actores. Por cierto, ¿quieres desayunar?

—Me muero de hambre.

—Pues tendremos que ponerle remedio.

—Muchas gracias, María, sobre todo por tu confianza y por permitirme formar parte de tu vida durante estos días. Si te soy sincero, no esperaba tanta generosidad. Estoy desbordado y algo perdido. No sé ni por dónde empezar.

—¿La entrevista?

—Sí.

—Pensé que ya habíamos comenzado. Quizá, entonces, lo más acertado sería por el principio; aunque me quede muy lejana esa estación, la recuerdo bien. Es fácil recuperar los instantes más brillantes de tu vida, los más dichosos. He descubierto que últimamente distorsiono la realidad a mi interés cuando la cuento, soy peligrosa, rescato lo que me hizo feliz y desecho los agujeros negros. ¡Tengo muchos!

—Eso nos pasa a todos, quedarnos con lo bueno, me refiero.

—Puede ser; a veces pienso que, si dejo entrar de nuevo a la tristeza en mi vida, me ocurrirá algo terrible y desaparecerán el jardín y mis paseos con Dadé al punto de la mañana, puede que se seque el lago desde el que me confío, siempre a mediodía, con mi querido Camus, o quizá el cielo cambie de color, se mude o se vuelva una masa gris. Odio el gris. No tiene alma ni corazón.

—A mí tampoco me gusta.

—¿Cómo es posible que a dos gallegos no nos guste el gris? ¡Será por cielos!

—¡Será!

—Imagino que estos desvaríos que tengo le suceden a todo el mundo cuando se va haciendo mayor.

—Tú no eres mayor, María.

—Te agradezco el cumplido, *chéri*, pero deberías ponerte gafas, muchacho. ¡Claro que soy mayor, muy mayor! Al menos si me comparo contigo. Podría ser la mejor amiga de tu abuela.

—A mí no me lo parece, como mucho la de mi madre.

—¿Qué edad tienes, Airas?

—Veintiséis.

—Casi con tu edad comencé yo a vivir. Bueno, antes, cinco años de nada, veinte años tenía, en el cuarenta y dos. ¡Qué tiempos! ¡Cuánta belleza! ¡Qué emocionante era vivir por aquel entonces!

—Tuvo que serlo. Lo viviste todo.

—Podría decirse que sí, ¡casi!

—¿Y qué es lo que te importa en la vida, María? Lo que te importa realmente, quiero decir.

—El teatro, el mar y el amor.

—¿Por ese orden?

—No me gusta el orden, muchacho. La libertad es una balsa a la deriva en un océano enorme.

—No nos han educado para ser libres. No, al menos, a mí.

—Y, sin embargo, lo eres. Estás aquí. Te has quedado a pasar estos días conmigo. Siempre puedes elegir, Airas.

—¿Tú lo hiciste?

—¿Elegir? ¡Claro! Siempre. El teatro fue una de mis elecciones, una inesperada, lo sé, pero me sedujo tanto como yo a él. Se podría decir que su rueda me pasó por encima y no me siento culpable de que sucediera. Tengo una teoría que es aplicable a todo lo que me importa en la vida: solo es bueno, solo es auténtico, si brota de la necesidad, si te araña las entrañas.

Nos quedamos en silencio un momento.

«A veces podemos pasarnos años sin vivir en absoluto y, de pronto, toda nuestra vida se concentra en un solo instante». ¿Tuvo un momento de lucidez Oscar Wilde cuando escribió esta frase?, me dije. Miraba el café, lo removía despacio, pensaba en sus palabras: «siempre puedes elegir». ¿No lo había hecho ya? Quise preguntarle, pero María se había perdido a través de la ventana.

Era mejor no molestarla.

Imaginé que estaba hablando con Camus.

María
Soñé una vida contigo

Eres mi equilibrio, la verdad que me alimenta.

Camus a María

Querido mío:

He faltado varios días a nuestra cita a mediodía, discúlpame, mi Mediterráneo amado, por tenerte tan abandonado desde que llegó el muchacho a La Vergne. No te olvido, lo sabes, ¿no? Pero se nos va el tiempo hablando y recordando, sobre todo a mí, soy un torrente de palabras, y ya sabes cómo son las nostalgias, consumen todas las horas del día.

El chico sabe escuchar. No acabo de acostumbrarme a llamarle por su nombre, es raro, y además no quisiera encariñarme demasiado con él, aunque va a resultar difícil, es un amor. Sabe hacer preguntas, indagar en mi vida y sus intimidades sin que me sienta incómoda por contar de más, por confiarme a un extraño. Llegará lejos. Tiene la sensibilidad necesaria. No sé si será un buen escritor, aún no he leído nada suyo, pero como periodista de investigación ya le veo futuro.

Me gustaría enseñarle tus cartas, que incluyera algunos fragmentos o algunas frases en su artículo. ¿Te parecería bien, mi amor?, ¿lo verías como exhibicionismo?, ¿te sentirías vulnerado?, ¿por qué ocultarle al mundo un amor tan puro? Nuestra correspondencia forma parte de nosotros. Fuimos de verdad, doce años de verdad. Dieciséis si contamos aquel parón por todos nuestros miedos. O mejor dicho por mis miedos y aprensiones. Que lo sepan todos de una vez. ¿Por qué no?

«María, un amor no se conquista contra el mundo, sino contra uno mismo. Somos nosotros nuestros peores enemigos», eso me decías. ¿Lo recuerdas? Yo lo intento. Tus palabras raras veces eran baladíes, tenían una hondura de gran filósofo y me acompañan ahora más que nunca; tenerlas presentes me ayuda a decidir, a verlo todo con más claridad. «No, la muerte no separa», eso también me lo dijiste una vez, cuando murieron mis padres. ¡Qué dolor más profundo! «Mezcla con la tierra misma un poco más los cuerpos que ya se habían unido hasta el alma».

El alma, el cuerpo. ¿Sigues aquí?

No te vayas todavía, amor.

Esta mañana he subrayado esta frase tuya y reconozco que he llorado al leerla: «Hay una felicidad lista para nosotros dos si extendemos la mano hacia ella». Pero tenemos que extender la mano. ¡Qué necia fui en algunos momentos de mi vida, qué infantil! Me ofrecías el mundo entero, aunque fuera compartido, lo sé, y yo me empeñaba en hacerme la digna, en quererte solo para mí.

¡Estúpida, estúpida, egoísta!

A veces, me han preguntado en alguna entrevista si hay algo en mi larga carrera de actriz de lo que me arrepienta, y siempre respondo, muy segura de mí misma, que no, que no hay nada. Pero no es cierto. ¡Claro que lamento cosas! Aunque estoy satisfecha, sé que lo he dado todo, sé que, al menos, lo he intentado. Estoy tranquila. Solo hay algo de lo que me arrepiento, algo personal que destaca sobre todo lo demás, y son los años baldíos sin ti. ¿Cuántos amores inoportunos se me acercaron? ¿Cuántos quisieron amarme? ¿A cuántos rechacé? Ninguno dejó un poso en mi alma, ninguno me tocó el corazón con las dos manos como hiciste tú. Ni siquiera recuerdo los rostros ni el aroma de su piel. ¡Mi vida! ¡Qué triste es acabar revolcándose en una cama ajena sin ningún apego! Vestirse con rapidez, con vergüenza casi, salir huyendo. ¡Qué triste alimentarte de ese deseo que dura, siendo generosos, diez minutos carnales! ¡Qué nefasta puede llegar a ser la pasión de un momento, ese goce personal!

Hubo un tiempo, vencidas ya todas aquellas ofuscaciones del compartirnos, en el que de veras creí que sería feliz para siempre, que tú me harías feliz hasta el final de mis días; fueron mis años más revolucionarios. Íbamos a envejecer juntos, ¿lo recuerdas? A pasar días de trabajo y ternura. «Cuando llegue el momento, cuando llegue el momento», eso me decías. Me repetías: «Vamos a colgar nuestra ropa en el mismo armario». ¡Qué felicidad era oírtelo decir!: «Cuando llegue el momento nos retiraremos a un bonito lugar. Cuando llegue el momento...». Y yo te creía. Tenía la certeza de que contigo podría soñar a cualquier hora del día. Incluso llegué a enfrentarme con mi padre a su regreso de Londres; no le gustaba nuestra relación, decía que no era seria, que no tenía futuro, y, sin embargo, con el paso de los meses, no le quedó más remedio que aceptarlo; se dio cuenta de que nos amábamos de verdad. Llegó incluso a conmoverse con nosotros. Me lo confesó una noche antes de fallecer. Fueron años en los que todo era posible, incluso lo imposible. Hay sentimientos que no tienen comparación, se merecen un altar. Yo te escuchaba hablar, y no sé si era por lo que decías o por cómo lo decías, me embelesabas; tus palabras me llevaban hasta el Atlántico y me imaginaba entrando en el agua, meciéndome entre las olas, edificando mi vida sobre la espuma. Ya sé que estás pensando que no parece un lugar muy fiable, todavía puedo leerte el pensamiento, pero para mí las olas eran mis raíces, Mediterráneo mío. Mis raíces, sí. No necesitaba nada más. Salía de casa sintiéndome liviana, grácil. Volaba.

El mundo nos pertenecía, el teatro a mí, la literatura a ti, la poesía parecía que me describiera. ¿Se podía pedir algo más a la vida?

¡Ojalá estuvieras aquí!

Me gustaría tomarte la mano, meter mis dedos entre tus dedos, apretarlos. Sentirme prisionera bajo tu cuerpo.

La visita de este muchacho me ha revuelto entera, ha puesto patas arriba todas mis emociones. No puedo dejar de mirarle, te veo en cada gesto que hace, te recuerdo, te añoro más si cabe todavía. Imagino cosas. No quiero dejarle ir. Y, sin embargo, no sé cuánto tiempo podré resistir sin abrazarle, sin buscar sus labios, sin pensar que los míos no han vuelto a tener veintidós y nada es indecente o escandaloso. Vivo fuera de tiempo. Fuera de mí.

Vivo deseándote en él. Dejándome llevar por el momento. Es divertido, aunque algo me dice, una vocecilla interior machacona y diaria llena de prejuicios, que no terminará bien. Y yo me rebelo contra ella y le contesto: «¡Quizá sí!, depende de mí».

Me esfuerzo; tengo que mantener el control, me digo, ser paciente, sujetar mis emociones, que no cedan, que no se tuerzan, que no se derrumben, ahora no es el momento de dar un espectáculo, y menos después de haber recibido un premio tan importante. ¡A ver si me lo van a quitar!

Bromeo. ¿A quién podría importarle lo que haga con mi vida personal?

A veces se me pasa por la cabeza la peregrina idea de que un ángel bueno me está dando una segunda oportunidad para estar contigo, para despedirme de verdad y dejarte ir de una vez por todas. No logro hacerlo. Siempre fui una egoísta, una niña mimada, lo reconozco. No dejo de pensar en el último instante que pasamos juntos, en tus labios susurrándome al oído un amor infinito. En tu última carta, que me avisaba de tu inminente llegada. En mi sonrisa, en el vestido que me compré para la ocasión, era negro con amapolas rojas, en tus palabras finales. ¿Cómo un accidente inoportuno pudo hacer pedazos tanta felicidad?

Cuando me avisaron palidecí. No supe qué decir al auricular, no supe qué hacer, no supe cómo llorar. Me quedé petrificada, en silencio, mirando mi reflejo en el espejo. Ni siquiera recuerdo quién me dio la noticia, solo tengo bien grabada la imagen de mi rostro contraído por el dolor. Estaba irreconocible. Tan fea que asustaba.

Un vacío, eso fue lo que me quedó. Un enorme vacío que me impedía ver y oír lo que sucedía a mi alrededor. Nada me interesaba. En mi cabeza se repetían una y otra vez las últimas palabras que me escribiste:

> Hasta pronto, mi preciosa.
>
> Estoy tan contento de volver a verte que río mientras te escribo...
>
> Te mando besos, te abrazo contra mí.
>
> Hasta el martes, cuando volveré a hacerlo.

Los martes nunca más volvieron a ser un día para mí. La casa, mi altanera guarida Vaugirard, como yo la llamaba, estaba llena de ti, tus huellas en cada puerta, tu risa por los rincones, nuestro amor entre las sábanas, tu cuerpo en la ducha. Cada libro era un recuerdo, una idea, incluso una discusión acalorada, nosotros éramos así, tormentas y calma; cada mueble guardaba una anécdota, como la bicicleta de la entrada, nuestra primera vez o las flores ya secas en el jarrón compradas antes de irte a pasar las navidades con tu familia. Nunca las tiré. Las conservo ya deshechas, casi convertidas en polvo dentro de los sobres de tus cartas. Quizá debería quemarlo todo, flores, cartas, y dejar de aferrarme a tu recuerdo. ¿Podría hacerlo? No lo creo.

Veinticuatro años viviendo en aquella casa de París —veinticuatro años intensos de vida urgente y precipitada, de duelos y tristezas, donde vi morir a mi madre y a mi padre, donde sentirlo todo y experimentarlo todo habían sido mi máxima— se me hicieron, de pronto, un engrudo imposible de digerir. Y quise huir. Alejarme de la gente que quería venir, con sus mejores intenciones, lo sé muy bien, a reconfortarme.

Nadie parece escuchar a los que quieren estar solos. El deseo de encierro no es de este mundo. No es cabal. No se permite.

No pude ir a tu entierro, me temblaban las piernas solo de pensar en estar delante de tu féretro e imaginar dentro tu cuerpo inerte. Estaba deshecha, ida. A ratos colocada. Sí, el sufrimiento era insoportable. No quería consolar ni ser consolada. No tenía fuerzas ni para moverme. Además, no hubiera estado bien, y eso que sé que allí no faltó ninguno de nuestros amigos, nadie del teatro, nadie del mundo literario que te quería. Y yo te quería más que ninguno de ellos. Pero no pude ir a tu entierro, no pude, joder, y eso sí que fue raro. Un fracaso. Yo era tu viuda, no la oficial, no la que figuraba en un papel ni la que se quedaría con tu herencia, tampoco la madre de tus hijos, pero era tu mujer en cuerpo y alma. En espíritu.

Fui una cobarde.

No pude ir...

¿Se habría sorprendido tu mujer al verme?, ¿me habría abrazado?, ¿gritado?, ¿echado a patadas?; ¿y tus hijos?, ¿alguna vez supieron de mi existencia cuando eran pequeños? No sé por qué pero me gustaría saberlo. Tendría que llamar a tu hija y preguntárselo directamente. Así, sin pensarlo demasiado. Lanzarme. Quitarme las dudas de la cabeza. Alguna vez hemos charlado, pero no nos une nada. O nos une todo, tú. Tu recuerdo es inmenso.

No pude ir a tu entierro, Camus, pero nadie me impidió ir al árbol que te quitó la vida. Nadie me impidió desear allí mismo que me llegara la muerte a mí también. Nadie me pudo impedir llorarte hasta quedarme seca, imaginar el impacto, revivir la escena a cámara lenta, sentir tus carnes rotas, leer en tu cuerpo dolorido, hacerlo mío, morir de tanto llorar.

Un pensamiento: ¿y si Airas no es un ángel bueno, sino uno malo, y me está poniendo a prueba? ¿Sería tan malo lanzarme a sus brazos, sentirme querida?, ¿imaginar, al cerrar los ojos, que eres tú amándome?, ¿obviar que le saco cuarenta y tantos? ¿Sería tan terrible que ocupase tu lugar una noche, dos, todo el tiempo que quisiera quedarse a mi lado? ¿Sería una falta de delicadeza? ¿Sentiría el muchacho que lo utilizo? ¿Me ocurriría algo espantoso después? ¿El cielo se me caería encima? ¿Perderíamos la magia que hemos creado juntos siempre a mediodía? ¿Te irías? No quisiera por nada del mundo perderte. Ni siquiera volver a perderme yo otra vez. Ya sufrí bastante. Ahora el teatro no podría salvarme, ni Dadé, ni todos los escenarios allende los mares. Uno se abandona demasiado cuando sufre. ¿Por qué caemos siempre en la misma trampa de intentar recrear de nuevo el amor que fue? ¿Acaso es posible que un extraño pueda ocupar un lugar tan especial? No, no, claro que no. Tendría que sacar al muchacho de mi pequeño paraíso. De mis mediodías. La Vergne era mi protección hasta hace unos días. Solo mía, y ahora la siento contaminada. Ha sido un error dejarle entrar en mi vida, compartir mis sentimientos, que me tocara el corazón. Todo amenaza con desmadrarse. Tengo miedo.

El muchacho se hace querer. Su voz me reconecta con mi tierra. Debería inventar una excusa que me permitiera huir a tiempo de hacer una locura, ¿verdad, amor?, pero ¿qué le digo?, ¿la verdad? Se asustaría de mis impulsos casi adolescentes, de lo que siento por él.

No, es mejor no confesar.

Entre nosotros, hasta ahora, todo ha fluido de manera natural, agradable, no hay vínculos ni promesas, no hay fecha de caducidad. No hay ninguna posibilidad de que se muera, como hicisteis vosotros. ¡Es muy joven!

Por las noches me acerco insomne hasta su habitación y lo miro dormir; me gustaría acariciarlo, tumbarme a su lado, colocarme en los huecos que deja libres, respirar el aire cálido que sale de su boca, y lo hago, con el pensamiento lo hago, es un momento de intimidad absoluta y perfecta. Me sienta bien, me ayuda a vencer la tristeza, a estar más cerca de ti.

¿Quién en su sano juicio hace algo así?

¡Estoy tan cansada de vivir renunciando!

Airas
De carne y hueso

> Si queréis vivir la verdad, haced teatro.
>
> ALBERT CAMUS

—¡Buenos días, María!

—¡Hola, muchacho! ¿Has descansado bien?

—Sí, en este lugar no hay lugar para el insomnio.

—No es este lugar, Airas, es la edad, que no tiene preocupaciones. Yo me desvelo cada noche, un pequeño ruido y ya soy un ave nocturna. Una muy silenciosa. Hay otra vida cuando no hay luz, y está llena de recuerdos. Cada minuto que le dedico a esos recuerdos no es tiempo perdido, es como recorrer un jardín lleno de flores distintas. Me hace feliz.

—Es precioso eso que dices.

—Lo parece, pero no, Airas, es vivir en un bucle que gira hacia atrás. Siempre retrocediendo. Siempre en el ayer.

—Me gustaría leerte algo, ¿puedo?

—Claro.

—Lo escribí anoche antes de quedarme dormido:

«Una obra de arte es buena cuando brota de la necesidad», escribió Rilke en su célebre obra Cartas a un joven poeta. *Eso mismo pensaba María cuando actuaba. El teatro era su necesidad, alimento, espíritu, ¡todo! Estaba tan cerca de la complacencia y del dolor que en ocasiones no discernía entre la realidad y la ficción.*

En mitad de los aplausos María siempre lloraba, lloraba incluso cuando reía, lloraba cuando se inclinaba, cuando se llevaba una mano al corazón agradecida, cuando salía la primera, la segunda y hasta la quinta vez, lloraba cuando un compañero la abrazaba después, o cuando le regalaban flores que acumulaba en el brazo izquierdo para seguir estrechando manos con la otra. Lloraba al volver a casa sola paseando por las calles desiertas de París.

María era un torrente de lágrimas al finalizar cada función. Ella sabía que conectaba con su público más allá de lo natural, que entre ellos sucedía una especie de encuentro cósmico cada noche, que cuando estaba delante de su auditorio se obraba el milagro y la María Casares exiliada, pequeñita y temerosa, tímida hasta la saciedad, se convertía en una giganta de cuatro cabezas.

Esa era María. Ese era su arte, vocación, ternura, carne, hueso, vidas reinventadas, un destino, un tejido de orfebre hilado con sabiduría a través del océano de su voz.

No contaba el tiempo para ella, no miraba el reloj en los ensayos; no sumaban los años ni la experiencia vivida, acumulada; no tenía en cuenta los manuscritos ni los versos de los poetas cuyas obras se sabía de memoria, tampoco los dramaturgos que le ofrecían esta u otra maravilla literaria, tesoros en sus manos; para María, siempre había que empezar de cero. En cada función mostraba la misma ilusión que una artista novel. La misma ansiedad, el mismo temblor, las manos heladas, el corazón agitado, la frente húmeda, un rostro que, de pronto, se tornaba aniñado de puro terror. Su mirada brillan-

te cambiaba de color según el escenario y la luz de los focos. Era un enigma. Y a ella le gustaba vivir así. Sorprenderse de todo. Ser maga. Tener la posibilidad de crear un castillo con cuatro naipes y elevarlo hasta el cielo, no dejarlo caer, pelear por él, con uñas y dientes, ser guerrera, utilizar todas las armas, no dejarse vencer, hacer algo diferente con cada personaje. Crecerse. Ser una María madre. Una María que en cuanto veía que el telón subía sentía unas espantosas náuseas y un vértigo próximo al desmayo, y, sin embargo, daba un paso hacia delante, y luego daba otro, y así, sin detenerse, sin darse cuenta siquiera, llegaba al centro del mundo. Porque eso es lo que era para ella el teatro, el escenario, su centro mismo, su mundo, su equilibrio, el momento en el que notaba que tenía los pies bien asidos al suelo.

Sus raíces.

Así conseguía vencer a la oscuridad. Así ascendía, se elevaba del suelo, volaba hacia otros destinos. Así dejaba de ser María Casares y se transformaba en hombre, en mujer, en caballo o barco, en nube o paisaje, así viajaba a través de los siglos, sobrevivía al dolor, a las guerras, a todas las historias de amor con finales felices o tristísimos; vivía y moría, amaba, odiaba, mataba, era un continuo pretérito imperfecto. Shakespeare entró en ella con la fuerza de un tornado y se había quedado en sus entrañas para siempre, removiéndolas a su antojo, sus palabras eran revelaciones, de día, de noche, como la filosofía de Séneca, los versos de Calderón, de Alberti o el existencialismo de su querido Camus. Se había metido en la piel de Teresa de Ávila, de María Tudor, de Medea, de Juana de Arco, de tantas y tantas mujeres envidiables y sabias que por fuerza sentía que ya formaban parte de ella.

La idea de conmover a su público le hacía feliz.

«He encontrado en el teatro esa amistad, esa aventura colectiva que necesito y que todavía es una de las formas más generosas de no estar solo».

Se hace un gran silencio en la cocina. No me atrevo casi a respirar. De reojo veo a María, que mira por la ventana, que vuelve a perderse de nuevo.

Intento retenerla.

—¿Te ha gustado?

—Sí, perdona, Airas, mucho, es entrañable todo lo que dices. Demasiado, ¿de verdad estás hablando de mí? ¿Así me ven tus ojos?

—Sí. Para mí eres una revelación.

—Me sonrojas, Airas.

—No sé, pareces una mujer frágil y de la que te esperas, y discúlpame por lo que voy a decirte, más bien poco, y, sin embargo, en cuanto pisas el escenario, en cuanto hablas, sorprendes; tu fuerza la tienes dentro.

—Eso me han dicho siempre.

—Y luego tienes esa voz; tu voz es desgarradora, ocupa cada rincón.

—Ay, mi voz... Desde luego no pasa desapercibida, ¿verdad?

—Ni tu pasión tampoco, María, arrollas.

—¿No te parece que exageras un poco, muchacho?

—¿Cómo si no podrías explicar esas grandes ovaciones del público al finalizar tus obras? La gente se maravilla al verte, llora, tiembla, ama contigo, se mete en el papel que representas.

—Sí, y es muy especial conseguirlo; pero, no te creas, no siempre lo logro.

—Bueno, ¿y no te parece algo normal?

—Sí, sí, claro, pero me da rabia. Trabajo mucho para que no suceda...

—Hace poco leí en un artículo que eras la digna sucesora de Rachel y Sarah Bernhardt.

—¡Qué grandes fueron esas dos mujeres para el teatro!, rompedoras, libres.

—No tienes nada que envidiarles.

—¿Envidiar? No, ¡claro que no! Yo también lo he sido a mi manera. Creo que nunca he envidiado a nadie. Miento, sí lo he hecho, pero me gusta más hablar de admiración, es un concepto más amable. Son los críticos, la prensa, los profesores, incluso la gente anónima, los que hacen esas odiosas comparaciones, los que se empeñan en enfrentarnos, en buscar escándalos donde no los hay o donde nunca los hubo. Sarah, Rachel y yo vivimos tiempos distintos, pero incluso si hubiéramos coexistido estoy convencida que habríamos sido amigas.

—¿Tú crees?

—Me gusta pensar que sí, ¿por qué no? Dedicarte a una misma profesión no te convierte en una rival, ni en enemiga tampoco. ¿Sabías que Sarah tenía un retrato de Rachel en la pared? Era su ídolo. Y no me extraña, era de admirar. Con apenas trece años ya estaba actuando. Y en solo dos años representó más de treinta papeles, ¿no te parece asombroso? A los quince años ya triunfaba en París. ¡Quince años! ¿No se te pone la piel de gallina?

—Sí, totalmente.

—Cuando se sabe se sabe, Airas. El teatro es algo que se lleva dentro. Es el último refugio de los milagros.

—Y de los románticos.

—Eso también. Sobre todo ahora.

—¿Crees que ahora los actores son más románticos que antes?

—Sí, lo creo, vuestra generación anhela un imposible. Quiere brillar, pero el público se ha vuelto demasiado conformista, y lo van a tener muy difícil. El teatro ya no es lo que era. Los gustos cambian.

—¿Por qué lo dices?

—Hace unos años era un lugar de comunión, estábamos comprometidos.

—¿Políticamente, dices?

—Sí, y con la vida social y con las injusticias. Éramos unos rebeldes. Vivíamos un continuo combate con el mundo, por eso cada gira teatral se convertía en un símbolo. Además, nos gustaba experimentar, probar cosas nuevas, y eso, hoy, se está perdiendo. Ya no se pelea con la misma pasión que antes.

—¿Y de quién crees que es la culpa?

—No me gusta hablar de culpas ni de culpables, pero pienso que el público ha dejado de creer en el arte, y la razón bien podría encontrarse en nosotros mismos, actores y directores. Se ha perdido la vocación en aras de otros aspectos más banales. Vanidades del alma todos ellos. Los minutos de gloria son enemigos del arte dramático.

—Puede ser. Cada generación tiene sus propios monstruos.

—También tiene estrellas que saben brillar, pero hay que trabajarlas bien, muchacho. Hay que ser tenaz, en este oficio no hay regalos.

»Te voy a contar una anécdota muy divertida, que me acaba de venir a la cabeza, de la gran Rachel. Decían de la reina de la tragedia, las malas lenguas de aquella época, claro, hablamos de mediados del siglo XIX, y de la Francia de la mesura y la razón, que Rachel era muy ambiciosa y bastante promiscua, rasgos imperdonables a pesar de que la actriz conmoviera en el escenario a unos y otros, el público la aplaudiera hasta hacerse daño y le tiraran decenas de ramos de flores a los pies al finalizar cada función. Pues bien, el caso es que uno de sus admiradores, el príncipe de Joinville, hijo de Luis Felipe, le mandó una tarjeta con el siguiente mensaje: «¿Dónde? ¿Cuándo? ¿Cuánto?», a lo que ella respondió: «En su casa. Esta noche. Gratis».

—¡Qué bueno! ¿Y qué pasó?

—Que estuvieron juntos siete años.

—Original manera de comenzar una relación.

—Desde luego, bastante teatral. Pero volviendo a lo que has escrito antes, Airas, hay algo que me ha llamado la atención. ¿Por qué hablas de mí en pasado?

Me quedé pensando, releyendo el último fragmento escrito. María tenía razón, era como si hablara de alguien que ya no estuviera.

—No me había dado cuenta. Tendré que cambiarlo.

—Deberías, todavía estoy aquí, y muy viva diría yo, me queda mucho teatro por daros.

—Me alegra oírlo.

—Y a mí confesarlo, Airas. Dices que has venido a conocerme, ¿no es cierto?

—Desde luego.

—Entonces, no deberías quedarte solo con esta María tímida, alejada de los focos, no te llevará donde quieres. Si de verdad anhelas saber quién soy, no te puedes conformar con esta entrevista, deberías seguirme.

—¿Seguirte? ¿Me estás diciendo que te acompañe de gira?

—¿Y por qué no?

—El artículo tiene fecha de entrega.

—¿Para cuándo?

—Debe estar listo después de Navidad.

—Muy justo. ¿Y no puedes retrasarlo? El verdadero arte de una actriz no se aprende hablando con ella un día, dos, tres a lo sumo, no, la esencia auténtica ha de vivirse en el propio teatro, entre bastidores, mirando cómo actúa una compañía entera, cómo ensaya, cómo siente el espectador.

—¡Me encantaría, María! Sería un honor. Tendría que llamar a mi editora y pedirle tiempo extra. Aunque no creo que funcione.

—Quizá puedas convencerla, merecería la pena.

—Estoy seguro, pero el motivo de este viaje era tu premio. Y si la noticia saliera mucho tiempo después ya no tendría sentido.

—Claro, se me había olvidado, ¡el premio! No te preocupes, Airas, lo entiendo perfectamente.

—Pero aún tenemos tiempo, María. ¿No tienes ninguna actuación en Navidad?

—Sí, dentro de unos días.

—¡Genial! ¿Podré acompañarte?

—Claro que sí. Te reservaré un sitio en primera fila. Y cruzaré los dedos para que mi público me sea fiel, como siempre. Me gusta contemplar la sala llena, ¿sabes? Son manías. Si hay espacios libres me desanimo bastante. Toda esa gente que viene a verme me da la vida, sin ellos me volvería invisible, una sombra hablando con otras sombras por el jardín, al alba, junto al lago. Ay, «toda mi vida se quedará corta para amarlo».

—¿A Camus?

—Sí, a él.

—¿Sabía Dadé lo que sentías por Camus?

—¡Claro que sí! Lo supo siempre y lo respetó, algo así no se puede ocultar ni siquiera intentando ser la mejor actriz del mundo. Cuando Camus murió, me hice una firme promesa, jamás volvería a amar a nadie igual, no de aquella manera tan vulnerable y ciega, no, nadie me haría daño otra vez.

—Pero Camus no te lastimó adrede, que muriera fue un accidente.

—Lo sé, lo sé, pero dolió igual que si me hubiera dejado por otra mujer. Bueno, quizá un poco menos, pero me dejó muy rota y llena de melancolía. Mi madre hubiera sabido cuidarme, pero tampoco estaba.

—Por eso el teatro.

—Por eso el teatro. Es la profesión más bella del mundo y también la que mejor disimula una depresión. A ningún personaje lo relacionaban conmigo, y eso me permitía desahogarme, gritar, romperme en público, llorar si lo necesitaba, ¿no era acaso una actriz trágica?

—¿Qué edad tenías cuando falleció?

—Treinta y ocho. No te voy a mentir, no fue nada fácil volver a empezar con esa edad. Confiar en otros hombres. Amar de nuevo. ¡Se me hacía un mundo todo!

—Tuvisteis un amor perfecto.

—En eso te equivocas. Camus y yo fuimos imperfectos en todo, pero...

—¿Y Dadé?

—¡Ay, Dadé, mi querido Dadé! Durante años me dejé querer. Cuidar. Nosotros nunca nos mentimos. ¿Sabías que fui yo quien le pidió que se casara conmigo? Pues sí, no pongas esa cara de sorpresa, que tampoco fue para tanto. ¿Acaso no puede una mujer pedirle la mano al hombre con el que convive? Si te soy sincera, tu cara me ha recordado a la suya. Ja, ja, ja, ¡qué susto se llevó el pobre! Nos reímos durante meses de aquel momento. Fue muy cómico.

—¿Y cómo se lo pediste?

—Le dije: «¿Me das tu mano?», y él me miró sin entender, me tendió la mano y se quedó inmóvil, esperando a ver qué hacía. Y yo repetí la pregunta: «¿Me das tu mano?». Entonces lo entendió. Sonó ridículo, casi fuera de lugar, pero aceptó con una sonrisa. Y yo lo miré feliz y lo abracé con fuerza durante mucho rato. Tuvimos una ceremonia íntima.

—¿Por qué quisiste casarte?

—Para ser una ciudadana francesa de derecho. Me di cuenta de que lo era de corazón durante la gira que hice a la muerte de Franco. España ya no me pertenecía, eso sentí, ni sus calles, ni sus paisajes ni sus gentes. Había sido fiel a una quimera durante décadas. Cuarenta años de exilio y allí estaba yo, delante de mis compatriotas sintiéndome como una mujer extranjera. Lo era en todos los sentidos, incluso en el habla. Ni siquiera la obra de Alberti en mis labios representada me hizo amar aquel triste y ansiado reencuentro. Nuestra obra fue un acto de reconciliación nacional, el preludio del fin de una era. Sí, lo fue. Yo volví antes que

Alberti, recité sus versos, pero no pude quedarme, como hizo él.

—¿Y qué recuerdas de aquella noche de estreno?

—Dos cosas: al público en pie en el teatro Reina Victoria y las palabras de Alberti que leí al comenzar. Me conmovieron: «Esta noche, aunque lejano de España, sobre el mar llega a vosotros mi mano. Y en la palma la canción abierta, que llevo siempre a España en el corazón».

»A veces, muchacho, sucede que la vida y la muerte se llegan a tocar, se mecen juntas. Eso me sucedió a mí. Yo aposté por la vida, por seguir viviéndola pese a todas mis ausencias, y este destierro que me duele en las entrañas cada día. Soy heredera del exilio, no tengo lengua ni mar, pero no me hace falta ya, tengo La Vergne, mi pequeña Galicia, y eso se lo debo a Dadé. La vida me ha hecho fuerte, «salvaje» como me decía cariñosamente Camus. No en vano soy «la reina de Aviñón». ¿Te imaginas, una republicana convencida siendo reina de algún lugar? ¡Si mi padre levantara la cabeza…! La vida me ha regalado tanto, Airas, que tengo que devolvérselo de alguna manera.

—¿No te duele no haber vuelto a Galicia?

—¿Para qué voy a volver? Allí solo hay una tierra tan hermosa como ajena. Ya no tengo nada. No me queda nadie, una amiga de la infancia a la que no he vuelto a ver y mis recuerdos. En el último viaje que hice a España, en el setenta y siete, mientras viajaba en tren por las tierras rubias de Castilla y León lloré como una niña pequeña. Y, mientras me caían en el regazo aquellas lágrimas que no sabía cómo frenar ni qué las provocaba, lo entendí todo. Lloraba porque mi corazón me hablaba. Decía muy alto: no. Y lo repetía: no, no, no. No, no debía volver. Estaba en lo cierto la voz. Quería calmar mi nostalgia, la morriña de toda una vida lejos de Galicia, pero la melancolía no se iba a borrar al mirar una casa que ya no era la mía, al acercarme al mar de mi infancia, al pasear por una ciudad desconocida por completo; la melancolía seguiría en mí, no se iría nunca, era tan ancha como las tierras castellanas que veía desde el tren, una inmensa llanura. Era una mujer desplazada, lo sería siempre, eso nada ni nadie podía cambiarlo.

—¡Qué triste!

—Las raíces viven dentro de uno, Airas. Se mueven contigo. Te acompañan toda la vida hasta la muerte. Son tu fragilidad. Tu fortaleza. Además, los lugares en los que nacemos siempre están ahí, en el corazón, en la memoria, en cada paso que das. Ningún lugar vuelve a ser el mismo cuando te exilias. Solo el recuerdo permanece. Quizá esa sea la verdadera patria, la memoria de uno.

—Algunos dicen que es la infancia.

—Otros hablan del teatro, yo misma lo he dicho con frecuencia cuando me han preguntado, la literatura, el arte, el amor, cada uno siente a su manera. Hace su propio camino. Pero no te voy a negar que tomar aquella decisión me rompió el alma. Me convencí a mí misma de que era lo mejor al regresar a París. Había construido una esperanza con mentiras. Había idealizado a la María Casares gallega, española e hija de un hombre y una mujer orgullosos de serlo hasta el día de su muerte, pero yo, en realidad, ¿quién era?, ¿qué me quedaba?, ¿deseaba seguir siendo española? Dudé.

—Y cuando Franco murió, ¿qué sentiste?

—Fue raro, al principio me quedé paralizada. No estaba conmocionada ni nada de eso, tampoco alegre, no, solo me quedé muy quieta, respirando hondo. Después fui despacio hasta la cocina y me serví una copa de champán frío. El primer sorbo se lo dediqué a mi padre. El segundo a mi madre, el tercero a la tía Candidita, el siguiente a Camus, y el último a mi hermana Esther y nuestra enorme distancia azul. Pensé en cómo España comenzaría a ser libre, ¿sabría hacerlo? Tenían que inventarse otro mundo, recuperar el pulso de la vida.

También pensé en la otra gente, gente anónima, los exiliados que, como yo, no habían vuelto todavía y esperaban ese momento con fervor. ¿Regresarían? ¿Y yo? ¿Lo haría? La cabeza me daba vueltas, volví sobre mis pasos, a la guerra, a los poetas muertos, a Machado, no sé por qué pensé más en él, pero la boca se me llenó con los últimos versos que le encontraron en el bolsillo de su chaqueta: «Estos días azules y este sol de la infancia». ¡Qué grande era Machado!

—Sí, lo era.

—¿Y qué me dices de aquellos que escribió Miguel Hernández? «Como un sendero me iré… y no acabaré de irme». Eso me gustaría hacer a mí, irme sin irme. A lo mejor es posible.

—¿Y por qué no?

—¿Has escrito más cosas, Airas?

—¿Sobre ti?

—¡Claro!

—Sí.

—Me gustaría leerlas. ¿Me las dejarás?

—Por supuesto.

—¿Sabes? Hace tiempo que le doy vueltas a escribir un último guion y despedirme con él.

—¿Un guion de teatro?

—Y de mi vida un poco, también. ¿Me ayudarías a hacerlo?

—¡Me encantaría!

—Te confieso que envejecer no me ha traído nada bueno, tengo mil achaques, dolores aquí y allá, una batería de pastillas ordenadas por colores en cajitas, visitas a esos médicos que no saben nada y, lo peor, que no se molestan en saber tampoco, pero hay algo maravilloso que tiene hacerse mayor, y es que estoy de vuelta de todo y he comenzado a aprender a desaprender. No me mires así que no me he fumado nada, aunque no me importaría, ja, ja, ja. ¡Quién dice que los mayores seamos superiores a los jóvenes! Eso es una solemne estupidez. Estos días contigo he sido más feliz de lo que había sido en muchos años. Le has devuelto a esta mujer triste algo que creía muerto, una insospechada esperanza. Ansia de más, de todo, del universo entero si hace falta, y siento una especie de urgencia otra vez, un apetito incontrolable que no sé nombrar, que no puedo describirte, pero que me hace cosquillas aquí, justo en el centro del estómago. No encuentro la palabra, hace días que la busco, pero sé que no es anhelo de juventud, que no son mis recuerdos volviendo más a mi boca si cabe de lo que ya lo hacen cada día, creo que simplemente quiero vivir, joder, vivir a tope, ¡me queda tanto por dar...!

—María, pero ¿te parece poco todo lo que has dado?

—Nunca es suficiente. He pasado muchos días de mi vida plana, sin ninguna emoción más allá de hablarles a ellos, a Dadé, a Camus, siempre con el deseo de gira en la voz y en la gira, de volver a casa pronto, cuanto antes, porque sentía que los abandonaba. Me recargaba de ayeres, y mi dicha era lo que compartimos una vez, y me doy cuenta de lo inútil que es, que ha sido, no tiene sentido, Airas, así no se puede vivir. Ahora lo comprendo.

—¿El qué?

—Es el milagro del amor, ni más ni menos. ¡Estoy enamorada!

—¿Enamorada?

—Sí, Airas, enamorada de ti.

Y, de pronto, me besó en los labios.

María
¿No soñamos siempre?

Quiero a pocas personas; por lo demás,
me avergüenzo de mi indiferencia.

Albert Camus

¡Buenos días, Dadé querido!

Esta mañana estoy algo confundida. Ayer besé al muchacho. Sí, sí, como lo oyes, le besé en los labios; ya no pude resistirme más. Lo tenía delante y me miraba con esa cara tan perfecta, con ese rostro cincelado llegado del pasado para confundirme, que no me lo pensé dos veces. ¿Acaso no soñamos siempre?

Yo llevo haciéndolo días, soñar que nos amamos, que somos el uno para el otro. Contra toda realidad, contra todo olvido, me lo repito, nuestra historia es necesaria para ambos. Puede sonar a excusa, pero no.

No. Estamos desbordados por completo. Él por mí. Yo por él. Ay, Dadé, ¡qué locura más grande y qué bonita!

¿Qué pensarías si estuvieras aquí? ¿Me dirías que soy una vieja verde y chocha, una asaltacunas? Si tú lo piensas, lo harán también los demás. Y a decir verdad eso me preocupa, no por mí, que ya sabes que vivo de vuelta de todo y de todos, sino por él, por el muchacho, ¡es tan joven, tan inocente...! No tiene ni idea del mundo de víboras en el que se mete. Sin embargo, me niego a no sentir, a no dejarme llevar, a no ser feliz un poco. ¿Por qué a los hombres mayores se les permite reinventarse sin censura alguna, conquistar a hijas, carne tersa, sin arrugas, vampirizarse con ellas, chuparles la sangre, la mocedad y el candor, cuando no la virginidad, y a nosotras se nos mira tan mal? ¿No hacemos lo mismo? ¿Por qué yo debo sentir algún pudor? ¡Es muy tierno lo que ve Airas en mí! ¡Me emociona!

Sí, Dadé, estoy enamorada, ¿no es extraordinario? El amor, como el teatro, todo lo puede. ¿Recuerdas cuando declamaba el viaje a Ítaca de Constantino Cavafis? ¡Cómo me emocionaban sus versos!

Hoy recuerdo algunos de ellos más que nunca:

Cuando emprendas tu viaje a Ítaca pide que el camino sea largo,
lleno de aventuras, lleno de experiencias.
No temas a los lestrigones ni a los cíclopes ni al colérico Poseidón,
seres tales jamás hallarás en tu camino,
si tu pensar es elevado, si selecta es la emoción que toca tu espíritu y tu cuerpo.
[...] Ten siempre a Ítaca en tu mente.
Llegar allí es tu destino.
Mas no apresures nunca el viaje.
Mejor que dure muchos años [...].

¿Durará años esto que siento o será solo cuestión de días? Da igual, no importa, prefiero no pensar en el tiempo, que sea lo que tenga que ser. Reconócelo, ¿no es emocionante?

Me estoy poniendo demasiado sentimental, ¿resulto cursi? No quisiera, pero ahora no quiero hablar de naufragios ni de equivocaciones presentes o futuras. ¡Déjame disfrutarlo, amor mío! Además, solo ha sido un beso, uno largo, apasionado, correspondido, sobre todo eso; no me atreví a más por no asustarle, aunque hubiera querido llevarle a mi cama, invitarle a pasar la noche conmigo, hacerle el amor y despertarme acompañada de su rostro, de Camus. ¿Será novel en las artes amatorias? Si fuera así, tampoco me importaría, puedo enseñarle cosas, sobre todo a tocar, hacer disfrutar a una mujer no es un juego de niños. Otras me lo agradecerán después. A todos los hombres imberbes que comienzan su vida sexual les debería enseñar una mujer experimentada, sabia en palabras y gestos. Los orgasmos son el paraíso en la tierra. Y todo el mundo sabe que para conquistar el paraíso hay que convertirse en guerrero y contar con armas que sepan tocar el espíritu y el cuerpo al mismo tiempo.

Estoy impaciente, Dadé. Nerviosa. Mis sentimientos son algo confusos, excesivos. Necesito verlo, mirarle a los ojos en silencio y saber que no ha cambiado nada entre nosotros desde anoche. Si los baja avergonzado, sabré que me he equivocado, que nunca debí besarlo; será el momento de reconocer mi error, la debilidad, el arrebato de este ser libre que soy. ¡Qué sinvivir son los impulsos del corazón! Imagino la escena, la anticipo antes de que se despierte, me desdoblo en dos finales posibles. Siempre he sentido cierta debilidad por lo insostenible. Me quedo con la opción de que me quiere. ¿Te sorprende? Me gusto más cuando se me ilumina el semblante. Adoro la fuerza que me da el amor, ese libre albedrío del cuerpo, la felicidad extrema entre las sábanas, gozar. Sí, ya sé lo que estás pensando, soy una trágica, representaría mejor el papel de despechada y rota, pero ¿no lo he hecho ya muchas veces? Me apetece cambiar, y, qué quieres que te diga, Dadé, no siempre lo que haces mejor es lo que necesitas.

Y ahora, más que nunca, necesito amor. AMOR, en mayúsculas. Amor joven y vital, amor sin expectativas, amor sin futuro ni dramas. Vivir con tanta fuerza como para morir de tanta vida. ¿No lo decía Machado? «En paz con los hombres y en guerra con mis entrañas». ¡Eso quiero!

¡Mira, Dadé, ya va a amanecer! ¡Qué cielo! Es una hoguera, una tentación. ¿No será una señal?

Mejor no me respondas.

Me gustan nuestros pequeños monólogos al alba. Bueno, los míos. Me dan mucha paz. La gente debería probar a confesarse con uno mismo. O a confesarse con los amores de su vida, quizá eso sea más natural. No vernos, no tocarnos, no respondernos, y, sin embargo, estar, sentirnos, consolarnos, abrazarnos, eso es para mí la eternidad, el amor que queda atrapado muy dentro.

Tú lo estás.

Ayer le hablé al muchacho de cuando te pedí matrimonio. ¡Qué momento! Si vieras la cara que puso… ¡Fue un poema, como la tuya de antaño! A mí nunca me pareció algo tan raro, la verdad. Yo solo quise sentir que, por fin, pertenecía a algún lugar. Y tú fuiste el único hombre que, después de mi padre, me dio su apellido, el único que me prestó y compartió el cariño de sus propios familiares, que iban y venían y me decían al encontrarse conmigo en el jardín: «A ver a Dadé»; y así todo quedaba claro, sí, siempre supe que eras tú la única razón de aquellas visitas a La Vergne, venían por ti, a verte a ti, porque tú eras alegre y divertido y sabías cantar, entonabas tu propia vida y ellos te seguían fieles, como las aves que siguen a su guía y emigran a lugares cálidos en invierno. Me quedó muy claro cuando te marchaste, y sentí en el alma que dejaran de venir. Lo entendí, no creas, era muy triste pasear por esta casa y no verte, no oírte reír. ¡Mi duende! Tus hijos me hicieron el regalo más generoso que he recibido nunca, esta casa; esta morada que eres tú y Camus y yo, un trío de sentimientos puros, un desafío al amor. Una casa teatro. Nunca les estaré suficientemente agradecida. Tampoco a ti por convencerme, por traerme a verla desde París, por soportar mis quejas continuas, mi inconformismo, por comprarla a medias conmigo, por enseñarme el río, el lago; tú lo sabías, Dadé, sí, claro que lo sabías, lo sé, en el azul del lago iba a reposar mi corazón roto por Camus. Sería mi Mediterráneo. Mi manera de envejecer juntos, contigo, con él, a plena luz del mediodía.

«Quien está vivo y no puede con la vida —escribió Kafka, en sus *Diarios*, allá por el año 1921— necesita una mano que aparte un tanto la desesperación que le infunde su destino». Eso me dijiste mientras lloraba en silencio mirando el lago, ¿lo recuerdas?

Tú fuiste esa mano. Esa luz en el escenario constante, tierna, segura, que me sostuvo para seguir recitando, para no morirme allí mismo de pena delante de todo el auditorio, cuando me enteré de la muerte de Camus. No sé cómo pude actuar, cómo me salieron las palabras.

Todavía hoy me lo pregunto.

Lo que sucedió aquella tarde en el teatro fue una mezcla de sorpresa y agradecimiento infinito. Estabas ahí, no hacía falta más.

Dicen que enloquecí, que actuaba mi piel, mis huesos, mi voz, pero no mi alma. Puede que tuvieran razón. Sí, la tienen. Imagino que tú también lo pensabas.

Mi querido Dadé, siempre fuiste mi sombra de la guarda. Digo bien, sombra, sí, amor, de ángel tenías bastante poco. Nunca me importó. ¿Quién quiere vivir con ángeles? Son un mortal aburrimiento. Contigo la vida era esa ambición que cala, ese frenesí. Tu actividad favorita era cambiar de actividad. Eso te definía. Me decías que la inocencia era el blanco para un disparo. Y un tiro, dos pájaros. ¡Qué loco! Te gustaba escandalizarme y que las historias que tanto leías hablaran de ruinas y esperanza. Yo era una de tus historias favoritas.

Un día te pregunté, cuando escribía aquel libro que hablaba de mí y me desnudaba por partes: «¿Serías capaz de matar?», y tú me respondiste sin dudarlo: «Naturalmente». Aquello me sorprendió tanto que te miré dos veces. «¿Y qué te detiene?». «El miedo a la Guardia Civil».

Nunca se conoce bien a la gente con la que convives.

Fuimos felices, compartíamos un terreno que nos era familiar, el campo, las lecturas y el teatro. Siempre el teatro. Juntos en el teatro, ese fue nuestro talismán. Ese y las zonas oscuras. Teníamos una convivencia perfectamente organizada, llena de matices y sin engaños. Eso fue lo mejor. Contigo no tenía que fingir, ni ocultar mi amor por Camus, ni mi dolor por su pérdida, tampoco la tristeza que me producía España, o la orfandad de mis padres, y, poco a poco, el sufrimiento del alma fue cediendo, se hizo maleable, sosegado, se acomodó a mi piel, a la preciosa La Vergne, y comencé a entenderme; dejé de llenar cada momento del día con pensamientos negativos y sin ser del todo consciente albergué la primera esperanza, después fueron dos, tres, y entonces perdí la cuenta y un día, al levantarme, mientras contemplábamos uno de aquellos amaneceres infinitos que nos enamoraban y nos arrastraban somnolientos de la cama al jardín, como hago ahora, lo supe, ¡era feliz!

Tú me hacías feliz.

A veces me vienen a la memoria conversaciones que tuvimos: «¿Cuál sería la mirada que desearías encontrar junto a ti?». Y tu respuesta me definió un segundo después: «La de alguien que me necesite».

Yo te necesitaba, Dadé. Te necesité para salir del hoyo cuando murió Camus, y te sigo necesitando ahora. «¿Crees tú que coincidimos los dos en alguna parte?». «En el fondo del pozo».

Son curiosas las cosas que suceden en la vida y la gente con la que te cruzas, la que se queda para siempre incluso sin estar y la que no, la que pasa de puntillas por tu existencia.

La vida tiene esos chocantes mecanismos de defensa. Te protege. Te hace sufrir. Te lleva al límite de lo imposible. Sujeta las riendas, suelta, aprieta, ahoga, vuelve a soltar.

¿Recuerdas lo contenta que me puse cuando me ofrecieron aquella gira de teatro por España a la muerte de Franco? No me lo podía creer. ¡Volvía a casa de la mano de Rafael Alberti, otro querido exiliado más! ¡Eternos exiliados ambos! Yo en Francia, él, mi querido amigo, en Italia.

Su obra me apasionaba. Hacía años me había hecho llegar unas palabras que me hicieron sentir muy especial:

> Mucha alegría y orgullo hemos sentido los españoles desterrados por estas tierras al enterarnos de que es usted una de las grandes figuras trágicas del teatro francés. Enterado yo, además, de que su deseo sería hacer también algún día obras en nuestro idioma, le mando por el poeta Arturo Serrano Plaja esa última mía, creyendo que su lectura pueda interesarle.
>
> ¡Qué felicidad para los que escribimos teatro soñar que usted podría ser la grande y nueva intérprete de nuestra vieja escena clásica y de la que ahora surgiera alrededor suyo!

Así que cuando leí aquello que me escribió antes de la obra se me encogió el alma:

> La pena inmensa de los años de pérdida, del desarraigo y del peregrinar para nosotros, españoles del exilio, y la inmensa alegría de comprobar una vez más que el dolor y en tierras lejanas puede surgir una flor maravillosa y trágica, que aun en otra lengua se alimentó siempre con la savia de su pueblo. Esa eres tú, María; tu presencia en la escena española será como un fuerte viento purificador.

«¿Podía haber algo más emocionante que sus palabras?», te dije dando pequeños brincos de alegría por la casa, enamorada del momento. Me sentía una niña mimada con zapatos nuevos. Y tú asentías, mirándome sin grandes euforias, callado. ¡Tu aparente apatía me irritaba! Llegué incluso a enfadarme contigo, a no hablarte durante días. Me marché a París, a mi atalaya de la rue Vaugirard, a mi atalaya del sexto piso abandonada a su suerte desde que La Vergne nos había arrastrado a esa vida íntima y escondida que llevábamos, y al entrar sentí toda la paz de mis ancestros, la encantadora sencillez de aquellos lugares que te han marcado de por vida, que han sido escenarios de lujo de todo lo bueno y lo malo, también; pensaba que estabas celoso, que tenías un miedo terrible de que no volviera nunca más a tu lado, y tenías razón, querido Dadé, conmigo todo era posible, lo reconozco. Más adelante comprendí muchas cosas. Tratabas de protegerme.

Volver podía ser otro desengaño más.

Y así fue.

Estuve cuarenta años esperando retornar a mi tierra, siendo devota de cada ideal compartido con mis padres. Para mí, lejos de cualquier otro sentimiento, se convirtió en una necesidad; buscar mi identidad en el paisaje, darle algún sentido a la vida que llevaba, a mis crisis existenciales de refugiada, de mujer sin tierra, sin padres, sin marido, sin hijos, sin familia. Había pensado tantas veces en cómo sería la vuelta, en la emoción que sentiría al atravesar la frontera, al pisar mi tierra, mi España querida... ¿Me pararía? ¿Tocaría el suelo con la mano? ¿Notaría algo diferente?, ¿más calor?, ¿una ternura inesperada? ¿Volvería en tren, en coche, en avión, acompañada, sola, como turista, como actriz, exigiendo responsabilidades, anónima, famosa, trabajando?

Al final dio igual el cómo, incluso dio igual el pensamiento o lo soñado; cuando lo hice supe, casi al instante, que en España ya no estaba mi lugar.

Mi propia guerra interior había terminado.

Airas
Siempre... nos quedará París

> Pero ¿qué es la felicidad sino el simple acuerdo entre un ser y la existencia que lleva?
>
> Albert Camus

María se miraba al espejo antes de salir al escenario, y lo hacía como si estuviera asomada a una ventana, parecía que no fuera ella el rostro que observaba. Se recorría con las manos danzando con los dedos sobre la piel y se entretenía en cada detalle de su cara, de sus rasgos felinos, de su delgadez extrema; su feminidad le atraía.

Era hermosa la mujer desconocida del espejo bajo aquella máscara de maquillaje espeso. Enigmática. Parecía tan real, tan segura de sí misma, que asustaba.

A María no le importaba dejarse dominar por ella. Hacerse a un lado para que brillase la actriz; al fin y al cabo, era a la impostora a quien venían a ver todos. Y María la protegía con su vida. Era mejor que nadie indagase demasiado en su propia piel, en sus emociones. Mejor que nadie supiera de sus debilidades y miedos, de su batir de corazón por los nervios, de la inseguridad titánica que sentía antes de actuar. Prefería seguir así, irresistible, gigante, única.

¡Quién podía pedirle razones al océano!

—¡Precioso! ¡Gracias, Airas!

—¿Por qué?

—Por verme así.

—Eso es solo mérito tuyo.

—Tu texto me ha recordado un poema de Luis Cernuda que me encanta. Empieza así: «El mar es un olvido, / una canción, un labio; / el mar es un amante».

—Esos versos te describen. Quizá los escribió pensando en ti.

—Más bien sería al revés, yo los leí y me adueñé de ellos. De todas formas, nunca me he parado a pensar demasiado en lo que el mundo piensa cuando me mira, cuando me ve actuar. Tampoco en que desprenda esa sensualidad que describes. Me sonroja escucharte. Puede que el duelo continuo me haya conferido cierto halo romántico, pero no es sensualidad como tal, es algo más parecido a la nostalgia, a un vacío que me impide separarme de mis recuerdos. ¿Por qué a los hombres les gustan las mujeres algo tristes?

—Quizá porque parecen vulnerables, o eso creen.

—Sí, eso creen ellos.

La contemplé un instante sin rubor. Ni siquiera se dio cuenta. María se había vuelto a quedar perdida en la ventana. Tenía la mirada extraviada. ¿Estaría pensando en Camus?

La luz que entraba por su pelo filtraba su sombra sobre la pared como si fueran las ramas de un árbol. Y supe, en aquel momento, que nunca me parecería más bella que así, despeinada, recién levantada, sin ningún maquillaje, sin ninguna palabra, melancólica como era, nunca podría perdonarme no amarla.

La deseaba.

La deseaba en cuerpo y alma. La deseaba incluso con su pena. Y, al mismo tiempo, estaba paralizado de terror, sentía que lo que estaba a punto de hacer no se parecía a nada que hubiera probado antes con nadie; mi corazón me pedía a gritos, sin demora, tocarla, hacerle el amor, pasar cada minuto de aquellos desconcertantes días de Navidad con ella en la cama. Olvidarnos del mundo, del teatro, del artículo, de la negativa de la editora a demorar su publicación, a que no volviera a Madrid a ocupar mi puesto, olvidarnos de todo y, por encima de ese todo, de que nos llevábamos más de treinta años. Nunca había sentido algo así por una mujer, pero ya no había vuelta atrás. Tenía que lanzarme. Continuar el beso que ella me dio. Dejar que fluyera el sentimiento con naturalidad. ¿Me aceptaría? ¿Tendría que prometerle primero que no pensaba enamorarme de ella? ¿Podría mentirle? Los dos sabíamos que lo nuestro solo podía ser algo temporal, de paso, una relación fugaz condenada a morir, y, aun así, ¡quería estar con ella!

Suspiré.

Entonces María se levantó y la pared se quedó desnuda de sus sombras. Me sentí desvalido, sin saber hacia dónde mirar.

Ella se acercó hasta mí, me acarició la nuca y dijo:

—¿Hoy no vas a preguntarme nada, Airas?

—¿Por qué me besaste?

Al terminar de pronunciar la frase supe lo estúpido que había sido al ponerla en mi boca.

María se quedó callada un momento, su mano se había quedado muy quieta, como dudosa de qué hacer.

—¿De verdad te lo tengo que decir?

La abracé con fuerza y me acerqué hasta su boca ansioso. La quería, o quizá no, pero sí la deseaba. La besé de nuevo, aguantando a duras penas el placer de más, el placer de beberme cada rincón de su cuerpo, de retener el sabor de su piel para siempre en mi boca, de penetrarla. No sabía cómo hacerlo. Estreché su delicado pecho contra el mío, toqué su sexo, lo abrí con los dedos, estaba húmedo, me noté la urgencia del mío. María se quitó la bata, que cayó al suelo con suavidad. Yo me deshice de todas mis barreras con torpeza. Y piel con piel nos miramos de nuevo.

—¿Estás seguro, Airas?

No había estado tan seguro de nada en toda mi vida. Volví a abrazarla. Elevé sus caderas y me acoplé a ella jadeando. Entonces sucedió, vivimos uno de esos momentos prodigiosos en los que uno no es capaz de explicar cómo es posible sentir tanta felicidad.

—Me quedaría a vivir dentro de ti siempre —dije al terminar.

María se echó a reír.

—Es mejor que busques otro siempre, muchacho, el mío tiene los días contados.

Al decir estas palabras noté que su mirada se ensombrecía, que me hacía muy pequeñito ante sus ojos; sentí su miedo, sentí el mío, ¿cómo iba a continuar nuestra historia?

—¿Y si yo digo que no, que te quiero a ti, solo a ti?

—Yo te respondería que no se puede construir un futuro con fantasmas.

—Tú no eres ningún fantasma, María.

—Quizá no, pero lo parezco. Y algunas cosas no se me dan nada bien, por ejemplo, esta.

—¿Cuál, hacer el amor?

—Hablar después del sexo. Prefiero fumar, es más inofensivo.

Se levantó y se fue hacia la puerta. Me dolió quedarme huérfano de afecto, entumecido, porque quería retenerla y no sabía cómo.

—Te veo luego, muchacho —dijo.

Y me quedé allí, en el suelo, abandonado como un perro sin dueño. ¡Muchacho!, eso era yo para ella, solo un muchacho. Alguien sin nombre. Vi cómo recogía su bata del suelo, cómo se encendía un cigarrillo mientras salía, cómo la llama del mechero la deslumbraba, cómo su rostro se entristecía aún más, cómo el humo la rodeaba, y comprendí, en aquel preciso momento, que María nunca sería mía, que no me lo permitiría, que no lo había sido ni siquiera penetrándola unos minutos antes.

María era inalcanzable, de otro mundo, y yo no estaba preparado para ella. El alma nunca llega a ser un territorio conocido.

María
Mon cher amour

¡Nadie, nadie me ha querido nunca así! Pero ¿de qué servirá?

MARÍA CASARES a CAMUS

Mi querido amor, Mediterráneo de mi corazón, hoy me siento más perdida que nunca, por eso he venido antes a verte. Necesitaba hablar contigo. No sé qué debo hacer ahora. He soportado tantos embates en esta vida que no quiero romperme más.

Ayer me dejé llevar por la mirada del muchacho, ¡había tanta pasión en ella que no pude resistirme a ser amada! Sí, lo que oyes. Lo abracé con una fuerza sobrehumana. Te imaginé en él por un momento, volviendo de un viaje, aquel último que me robaste, y no lo pensé demasiado. ¿Por qué debía de hacerlo?, me preguntaba mientras lo besaba; ¿por qué no podía ir solo hacia el amor, llenarme de él, de su abrazo carnal, voluptuoso, excesivo, casi violento, cogerlo con las manos y sorberlo hasta dejarlo sin aliento? ¡Qué plenitud! ¡Qué reencuentro! El pecho me brincaba, mi piel estaba en llamas.

¡Menudo fuego! ¡Qué furia más salvaje! Ya sabes tú lo que me ha gustado siempre el sexo. Y el muchacho tenía esa extraña y delirante voracidad que yo siempre he deseado en los hombres. Estuve muy cerca de perder el norte.

Me faltó el silencio.

Si hubiera callado…, pero al terminar, agitada, satisfecha e iniciando el reposo del guerrero a su lado, rememorando los instantes recién vividos, la oleada de sangre sobre mi rostro, el creciente deseo de más entre mis piernas, la tentación de volver a excitarlo, me dijo: «Me quedaría a vivir dentro de ti siempre».

¡Valiente estupidez la suya! ¡Qué sinsentido de frase dicha así, sin pensarla siquiera! ¿Por qué se le ocurriría hablar al muchacho? Todo iba de maravilla entre jadeos. ¡Cómo pudo cometer esa torpeza! El pecado máximo de nombrarle la eternidad a una mujer mayor, cansada ya de vivir, de esperar, y más después del amor físico, después del anhelo de más, de tener el día y todas sus horas postrados a nuestros pies.

Fue como pedirme matrimonio a mi edad con la rodilla clavada en el suelo, o que rezáramos el rosario juntos en la iglesia cogiditos de la mano; no, después de cabalgar, no te pueden hacer eso, al menos, eso pienso yo. Puede que exagere, Camus, pero es que no soporto la frivolidad de esos idealistas y menos sus palabras manidas de amor eterno, ¡qué cursis resultan! Me suenan todas a hueco, a patada en el estómago, a puro teatro.

¡Teatros a mí!

¿Quién necesita promesas a estas alturas de la vida? ¡Pero si me quedan dos telediarios! ¿No se habrá dado cuenta este muchacho? ¡Es odioso el lenguaje, incapaz, torpe, una burda pantomima para seguir follando! ¿Por qué habrá pensado que quería oír algo así? Nunca he buscado promesas en ningún hombre, ni siquiera en ti, y tampoco busco mentiras ni excusas; hubiera seguido haciendo el amor con el muchacho hasta que el cuerpo nos hubiera dicho basta, yo también le deseaba. ¡No hay orgasmos gratuitos! Pero no quiero que sea así, no, así no, lo único que me provoca la estupidez humana es una huida acelerada.

Estaba equivocada, Camus, pensaba que me estaba enamorando del muchacho, que quizá aún tenía una última oportunidad de ser feliz y dejarme llevar por el presente, por el *carpe diem* al que tú y yo éramos adictos, me había conmovido su interés, su pasión hacia mí, me sentía tan halagada por su interés que estaba ciega. Sin embargo, Airas no eres tú, mi vida, nunca podrá ser tú, ni siquiera parecérsete, salvo en lo evidente, el físico. Está a años luz de nosotros, de sentir nuestra filosofía de vida, de conocerme, de encontrarse conmigo en la armonía de la intimidad y el pensamiento.

Soy exigente, tú hiciste que mi corazón lo fuera: «Se cree en Dios o se cree en el hombre, así se planteaba para mí la gran cuestión. O bien, no se cree en nada, solo en la vida y en el momento presente. Y como digna hija de mi patria, quería vivir el todo al instante aun a riesgo de la... nada».

¿Tú crees que un muchacho así puede darme ese todo y nada que éramos nosotros? No, no puede.

Cuando pienso en ti, amor mío, curioso, atento, único, enamorado de tu obra, de tu decir, de la vida, escéptico, exiliado, arrancado del suelo de la infancia como yo, de la luz de la nación, de las raíces y la familia, del mismo y, sin embargo, distinto oleaje que nos unía, me cuesta recuperar el aliento, ese que a ti te faltaba, ese que yo te habría regalado si hubiera podido de mis propios pulmones. Nos parecíamos tanto... Nos ahogábamos en las mismas penas, nos sofocábamos con las mismas alegrías: el sexo, la risa y el trabajo. Por ese orden. Pero nuestra máxima era que el trabajo no faltase. Era nuestro talismán. ¡Amábamos lo que hacíamos! ¿Te acuerdas?

Tú decías que entre los intelectuales tenías la impresión de tener que pedir perdón siempre por lo que eras, por lo que escribías y defendías, por tu origen; decías que te hacían sentir fuera de lugar, poco natural, y eso provocaba en ti una angustia enorme que yo intentaba calmar acogiéndote en mi regazo. Y a mí tu desasosiego me hacía de algún modo siniestro feliz, lo digo en el buen sentido, claro, no me malinterpretes, porque cuando estabas así, perdido, te acercabas más a mí, al teatro, a mi vida, donde simplemente eras tú, sin artificios, sin creerte mejor, sin estar a la defensiva siempre, y sentías la camaradería como un tesoro. Como lo que era y es en realidad.

Las luces en el escenario, las sombras en el público no perdonan a nadie, no hay trucos ni maquillaje, no hay disfraces ni telares que impidan que, en algo más o menos de veinte metros cuadrados, un hombre y una mujer se encuentren, se confiesen, se reconozcan, se amen. Y cuando estabas conmigo, alejado de tus escritos de hombre sabio, de los círculos tóxicos que frecuentabas, llenos de envidias, o de tu maldita enfermedad pulmonar que nos apartaba de tanto en tanto, y que parecía perseguirme, destinada a amargarme el amor y las caricias infantiles con mi padre, de mujer contigo, tu cara se iluminaba.

El teatro lo hacía posible.

El teatro que tan bien definíamos entre las sábanas, destino de todos los hombres, de las pasiones más encendidas y las más extremas. El teatro en el que cabían todos los odios, amores, ambiciones, tristezas del alma, duelos, enredos, lo incorrecto y la verdad, el entendimiento y el encuentro.

«El arte hay que llorarlo», me decías; sí, Camus, y ese arte era el teatro, el corazón hecho palabras, un cansancio feliz cada día del año.

¿Recuerdas cuando me confesaste que querías tener tu propio teatro para dar rienda suelta a tus conceptos, para adaptar, dirigir y actuar incluso? ¡Qué feliz me hiciste! ¡Era tu ilusión, pero se convirtió en la mía también!

Ser artistas las veinticuatro horas del día, ¡qué gozo más grande, qué privilegio! Amarnos en cualquier lugar, en cualquier momento, sin excusas, llevar una vida bohemia, plena, sin someternos al capricho de ningún director.

Hubiéramos sido felices. Quizá por eso, porque sabía todo lo bueno que estaba por venir, casi podía tocarlo con las manos, me dolió tanto tu muerte inesperada. Estabas a punto de conseguir ese teatro experimental que soñabas, solo faltaba definir las condiciones administrativas, la última reunión...

¡La última!

Mañana es cuatro de enero. Ojalá no existiera este día en el calendario.

Mañana volveré a morir sin tu abrazo.

¿Por qué tendré ese empeño de no dejarte atrás? El duelo me puede todavía, treinta años después, me revuelve entera, me produce náuseas, no sé cómo afrontarlo. Me quedo en la cama todo el día, tapada, sin ganas de vivir.

¡Qué poco amable ha sido conmigo la pena, y con cada uno de los hombres que se me han acercado después de ti, después de Dadé! No tiene compasión. Me asusta, me mantiene alerta, en guardia, no me deja relajarme en busca de cualquier indicio para evitar otra pérdida. No quiero más. He tenido suficientes en la vida. Y solo espero a la mía como colofón. Esa no la sentiré ya, estaré muerta. Me consuela saberlo. Que sufran los demás para variar, aunque no creo que lo hagan demasiado, las actrices somos fácilmente sustituibles, efímeras, tanto como las flores del almendro que se estrenan antes de rozar los primeros días de la primavera. ¿Quién se acuerda ahora de Sarah Bernhardt? ¿Quién le rinde algún homenaje? ¿Quién propone su nombre para cualquier teatro, calle, sala de cine? ¿Y de mí, quién lo hará cuando todos los que me adoraron, los que llenaron mis teatros, los que todavía me traen flores a casa, a los camerinos, hayan muerto?

Guardo con celo en el corazón algunas de las críticas más impactantes que me han hecho. Me las llevaré a la tumba.

Claude Roy dijo de mí a propósito del estreno de *Le voyage de Thesée*: «Esa voz que siempre parece que se va a quebrar, a romperse de emoción, ese cuerpo que actúa, tiembla, vibra, y siempre tan armonioso, tan puro… Una gran actriz de tragedia».

Me hizo llorar de emoción. Y Philippe Hériat, en *Federigo*: «¿Qué decir de la señorita María Casares, que esta vez alcanza una especie de perfección? Lo tiene todo: una belleza llena de estilo, la gracia en el menor gesto, el encanto, un busto adorable; tiene, por encima de todo, el ardor, la poesía, la convicción y, cuando quiere, la variedad…».

Cuando una lee estas cosas, tiembla de pies a cabeza. Reza e incluso sin creer en nada le salen del alma las oraciones.

¿Pasaré a la historia del teatro?, me pregunto a veces. Muchas veces. Imagino los titulares:

> «Me gustaría mucho que la muerte me presentase como una senda y tener la plena posibilidad de viajar por ella con toda conciencia».
>
> María Casares ha muerto.
>
> La actriz española, eternamente exiliada, que recitaba en francés y llevaba sus obras por todo el mundo representando a su país de adopción, Francia, y a España siempre en el corazón, descanse en paz.

¿Dirán algo así? Sería bonito, aunque no lo creo, la prensa siempre alude a los hombres con cierto renombre que te han acompañado en la vida. Piensan que así te harán brillar, que resultarás más interesante al auditorio.

Puede que tengan razón.

¿Hubiera sido la misma mujer privilegiada sin la figura de mi padre y su apellido? Y sin ti, Mediterráneo mío, ¿habría llegado a convertirme en esta balada infinita de amor que soy ahora? No puedo olvidarme de Dadé, mi última mano, mi sonrisa, el que con nada me regaló la luna; ¿me habría repuesto de ese capazo de penas que llevaba siempre cosido en el costado sin su cariño? Él me dijo un día, así, sin venir a cuento, zarandeándome todo el cuerpo y el alma, que la muerte no tenía remedio, pero que yo estaba viva. ¡Viva!, repitió, y después lo gritó tres veces más y yo me puse colorada como un tomate. Me dio mucha vergüenza, me pareció exagerado y vulgar, pero al día siguiente pisé la calle con otras ganas. Soporté tu ausencia de otra manera. Me guardé las lágrimas dentro. Todas ellas, y seguí actuando.

Era eso lo que tú querías, ¿verdad, mi amor?

Airas

Cuatro de enero

Tanto amor, tanta exigencia, tanto orgullo para nosotros dos no puede ser sano.

MARÍA CASARES

Hay lugares que coleccionan recuerdos en las paredes. Cada butaca, cada metro cuadrado del escenario, cada telón que cae y sube, cada camerino y pasillos, guardan una historia. Palabras desnudas que por sí solas no dicen nada, pero que, entregadas a su público, con nombre y apellidos en letras de neón, alimentan el corazón y la memoria de los que lo vieron, lloraron o rieron, pero también de los que salieron ese día a darlo todo al tablado.

Es la danza del arte dramático.

Es la danza de María.

La boca habla y se retuerce, gesticula mucho. Cuenta una historia. El público la escucha emocionado. Entre ellos, sin saberlo, se ha producido una corriente mágica, un hilo invisible que los unirá hasta que finalice la función.

Asombrados se llevarán al personaje hasta su casa, le darán cobijo, la conservarán como un tesoro en la memoria. Jamás podrán olvidar a María.

Ella será por siempre el rostro feliz del más triste de los exilios.

Recibirá elogios, elogios inesperados, como aquel que le dedicó el crítico René Jeanne en un artículo que quiso enmarcar y nunca hizo. Corría el año 1954:

> *Nunca han sido tan claramente reconocidos los servicios que recíprocamente pueden rendirse la escena y la pantalla. Y debemos felicitarnos por encontrar en el origen de este reconocimiento a María Casares, es decir, a la joven comediante que posee seguramente todo lo que es necesario para ser mañana la gran estrella del cine, como también del teatro francés.*

Resultó cierto todo lo que dijo aquel hombre, casi profético, y es que María lo había tenido todo para triunfar: belleza, espíritu de superación, tesón, talento natural, tenacidad. Sí, la tenacidad hizo de ella un ser brillante y decidido, una mujer osada que no dudó un instante en hacerse con un idioma nuevo con catorce años, en dominarlo a la perfección a base de recitarlo frente al espejo y olvidar el suyo propio. Adaptarse a la cultura francesa con rapidez, eso fue lo que hizo María con maestría, ser una más en aquel París bohemio, y, cuando el oficio de actriz tocó a su puerta de aquella manera tan casual, se acomodó a él como si siempre hubiera estado esperándola.

De hecho, la esperaba. María siempre supo que el teatro había sido su destino.

Amaba lo que hacía por encima de todo y de todos, amaba interpretar, amaba ser otras mujeres, a otros hombres, se amaba a sí misma, adoraba su yo impostor, su yo en escena, amaba ser amada. Crecerse en el escenario, alcanzar la altura de una giganta con su metro sesenta. Y con todo ese amor había construido un castillo de papeles: Deirdre des douleurs, Le voyage de Thésée, Solness le Constructeur, Federigo, La provinciale, Les noces du rétameur, Le malentendu, Les enfants du paradis, Les dames du bois de Boulogne, Les frères Karamazov, Roméo et Jeannette, Les épiphanies, L'État de siège, Le roi pecheur, Les justes, Le diable et le bon dieu, Jeanne d'Arc, Le Cid, Lady Macbeth, Marie Tudor, Léonide, Anna Petrovna Voinitzev, Phèdre, Camila Périchole, Titania, Yerma, *etc.*

Era afortunada.

A través del teatro y el cine, María había podido existir, viajar, conocer mundo. Nunca escatimaba esfuerzos ni ilusión ni mucho menos horas de trabajo; si creía en el proyecto desde el principio, entonces todo merecía la pena para ella. Preparaba a fondo sus personajes, ayudaba a sus compañeros a perfeccionar los suyos. Su vitalidad y su optimismo eran tales que hacían de ella una actriz carismática. Un diamante ya pulido.

El mundo del teatro y el arte la admiraban.

Paul Claudel, dramaturgo, ensayista y poeta, hermano de la escultora Camille, que fue la amante de Rodin, diría de ella: «Una vez más, María se me adelanta en la búsqueda, sea de su personaje, sea del sentido general de tal escena o del particular de tal detalle. En respuesta a algunas de sus preguntas me quedo callado. Más que su talento es ese gusto, esa pasión familiar y permanente por la búsqueda, lo que me sorprende en ella».

Sí, María era una mujer extraordinaria.

Una mujer que, después del cuatro de enero de 1960, desolada, dejó de ser durante un tiempo. Durante días y días recibió a los amigos de Camus en su casa, amigos que también, de alguna manera, habían sido los suyos. Recibió a desconocidos de los que nunca había oído hablar, a tan apenas conocidos que ponían cara de tristeza y le contaban anécdotas ya olvidadas. Muchos dijeron de aquellas tristes veladas que María no parecía ella. Y era cierto, no lo era.

Puede que la vida continuase en alguna parte.

—Es verdad, Airas, así fue, tal cual lo has descrito para mí la vida dejó de tener sentido durante mucho tiempo. Algunos decían que vivía al borde del suicidio, que seguía respirando, sí, actuando, sí, caminando por la calle, riendo incluso, pero que, en realidad, estaba fuera de mí, que no me reconocían.

—¿Y lo estabas?

—¿Fuera de mí? Desde luego que sí. Me costaba respirar, improvisaba lo que hacía, odiaba a todo el mundo y sobre todo a los enamorados que paseaban por la calle cogidos de la mano. Me producían náuseas, me cambiaba de acera nada más verlos. Hacía el amor con extraños y mi cuerpo estaba tan vacío de sentimientos que no lograba ni recordar sus caras cuando se marchaban al día siguiente o al rato, al terminar; no significaban nada para mí. Eran chocantes aquellos rostros anónimos a los que no tenía nada que decir y con los que no quería mantener ni la más mínima intimidad finalizado el orgasmo. Me asqueaban. Me lanzaba a la calle para huir de ellos mientras se vestían o me encerraba en el baño para no mirarlos. Sus movimientos eran tan lentos que me desesperaban. Me drogaba, eso también, bebía alcohol sin control alguno hasta caer en la inconsciencia. Era una cicatriz andante. Un cordón umbilical roto, el caos dentro del caos. Ya nada tenía sentido para mí, me había perdido por completo.

—Tuvo que ser muy duro.

—Lo fue, Airas, durísimo. Quería morirme todo el tiempo. Era algo perturbador. A veces me pregunto si la tragedia nos sobrevoló desde el principio o solo fue una miserable casualidad.

—Puede que fuera un poco las dos cosas, ¿por qué no? De cualquier manera, te hizo brillar.

—¿Brillar? No lo sé. De lo que sí estoy segura es de que, a pesar del duelo y de toda mi oscuridad, quería vivir. Pero pasó mucho tiempo hasta que recuperé la cordura. Me convertí en un «jardín de invierno». ¿Has leído algo de Neruda?

—Sí.

—¿Recuerdas este fragmento? Lo interpreté una vez y no he podido olvidarlo: «Yo soy el hombre de tantos regresos que forman un racimo traicionado, de nuevo, adiós, por un temible viaje en que voy sin llegar a parte alguna: mi única travesía es un regreso». ¿No es hermoso lo que dice?

—Mucho. Y también triste.

—Sí, pero ¿no es así la vida?

—¿Triste? No tiene por qué.

—No, no, triste no, la vida es un regreso constante a lo que te hizo feliz. Somos implacables soñadores al revés. Yo, al menos, lo soy. Tú eres muy joven todavía, Airas, seguro que aún no has experimentado el dolor de una pérdida, ¿o me equivoco?

—No, no lo haces, la verdad es que no se me ha muerto todavía nadie a quien quiera.

—Pues cuando ocurra te acordarás de mí y de esta conversación. Del verdadero amor no se regresa indemne.

—Y por lo que parece del teatro tampoco.

—¡Cómo me vas conociendo!, ¿eh? No, del teatro tampoco. Esta mañana leía una carta de Camus...

—¿Las conservas todavía?

—Sí, todas. Y no son pocas, ¿sabes? Nos gustaba escribirnos, contarnos nuestro día a día. A veces las rescato del olvido en días como hoy.

—¿Por qué en días como hoy? ¿Qué ha sucedido hoy?

—Tengo melancolías.

—¿Y no tendré algo que ver yo?

—Podría ser.

—No he venido a ponerte triste, María.

—Y no lo haces, pero el corazón no manda.

—¿Me dejarías leer vuestras cartas?

—¡Claro! Últimamente le doy muchas vueltas a qué hacer con ellas. Quizá tú podrías aconsejarme. Pienso que todo ese amor que nos tuvimos no debería quedar oculto a los ojos del mundo, y, por otra parte, siento un pudor enorme al pensar en dejar expuesta nuestra intimidad.

—Te entiendo. No es fácil casar los dos sentimientos.

—No. Nada fácil. ¿A quién podría interesarle lo que me escribió Camus o lo que yo le escribí a él?

—¿A su familia?

—Imagino que no. ¿Qué pensarían al leerlas? ¡Qué dolor de corazón más grande, madre mía! Me estremezco solo de imaginarlo.

—¿Nunca hablaste con ella?, con su mujer, me refiero, ¿o con sus hijos?

—No, con Francine, su mujer, nunca. No me atreví entonces; pero si ni siquiera fui al entierro de Camus, no tenía ningún derecho, no era mi momento, sino el suyo, y ya, después, fue demasiado tarde para consolarnos. Sé que nunca me odió, o eso me decía Camus. Sinceramente, lo dudo, aunque yo tampoco lo hice.

—¿Odiarla?

—Sí. Las dos nos complementábamos. Camus no era un hombre fácil, y creo que ella siempre me agradeció que calmase las fieras que llevaba dentro, el vértigo que le crecía, que le devoraba hasta hacerlo intratable. Pensar en ella hoy me produce mucha ternura. Muchas veces, he lamentado haberla hecho infeliz, era una buena mujer, y guapísima, por cierto, mucho más que yo, pero de alguna manera que no acierto a adivinar y sin pretenderlo siquiera le robé al amor de su vida; sé que ella llegó primero, lo tuve siempre presente y por eso la respeté. Pero no le quité nada. Y eso es algo que me consuela, que me da cierta paz cuando pienso en ello, jamás empujé a Camus a dejarla y menos a amarme. Nunca le llené la cabeza con ideas molestas ni con vínculos o convencionalismos baratos para atarlo de por vida; tampoco le pedí que fuéramos padres, y eso que lo deseaba con toda mi alma. Nosotros éramos uno, lo éramos todo, nos sentíamos seguros sin ninguna posesión. Supimos vencer nuestros miedos, los celos de sabernos con otros, la idea estúpida e insegura del amor para siempre.

—Yo no creo que sea estúpida. Tú aún lo amas, aún hablas con él siempre a mediodía.

—Lo sé, y ojalá no lo hiciera. Sufriría menos. Mis muertos son un estorbo.

—No lo dices en serio. A ti te gusta estar con ellos. Con los dos. Es tu terapia.

—Sí, tienes razón, son una isla. Querido, apenas llevas dos semanas aquí y ya me conoces mejor que yo misma, ¡dichoso muchacho! ¿No habrás estudiado también psicología y no me has dicho nada?

—No, lo prometo. Solo me gusta observar. Observarte.

—Te miro y me gustaría ser capaz de construir algo contigo, qué pena no ser más joven o que tú fueras algo más mayor. Pero así no puedo, Airas. ¡No puedo!

—Todas las relaciones necesitan su tiempo, María.

—Nosotros no tenemos ese tiempo. ¿No lo ves? Yo vivo en descuento y nunca me perdonaría haberte robado la juventud.

—Eso debería decidirlo yo, ¿no crees? Déjame cuidarte, María. ¡Quiero hacerlo! Podría volver a Madrid, presentar el artículo, arreglarlo todo con mi editora, encontrar un sustituto y regresar.

—No. Cuando te vayas es mejor que no vuelvas, querido Airas.

—Pero estoy enamorado de ti, María.

—No, no, estás diciendo tonterías.

—¿Por qué? Tampoco es algo tan raro, llevas enamorando a hombres toda tu vida, ¿de qué te sorprendes?

—Eso es distinto. Antes era otra María.

—Eres la misma mujer.

—En eso te equivocas.

—Entonces ¿lo nuestro no significa nada para ti? ¿No crees que nos ha unido el…?

—No lo digas, no quiero oír que nombras la maldita palabra «destino».

—Está bien, no la diré si no quieres escucharla, pero conocernos ha sido lo mejor que me ha sucedido en la vida.

—Tu vida es todavía una primavera, muchacho. ¡Una preciosa y joven primavera! No seré yo quien la marchite. De eso nada. Te hablaré de mí, me verás actuar, escribirás el artículo de tu vida, espero que te lo aplaudan, y después te irás. ¡Te irás!, ¿de acuerdo? Ese fue el trato desde el principio.

—Los tratos se pueden romper.

—Se pueden, pero no va a suceder. Lo siento, Airas, pero esto se nos ha ido de las manos.

—Puede que tú lo sientas, yo nunca lo voy a sentir.

María se quedó un momento ensimismada, atrapada en un lugar inexistente al que supe que jamás podría llegar. Encendió un cigarrillo y el rostro se le cubrió de humo. Humo, pensé, viéndola huir de nuevo, quiere ser humo. Sentirse humo.

María era como un paisaje, el cielo nublado de una acuarela. En su mirada llorosa había un incendio de contradicciones. El fuego tenía el color del ámbar. Y entonces lo supe, como si fuera una revelación: María sería siempre una desconocida para mí, una desconocida para todo aquel que se acercase demasiado a ella. Su intimidad era hermética. Humo. Eso era. Imposible retenerla. Conocerla. A veces, una niña asustada; otras, una fiera salvaje; a menudo, la mujer más sabia que había conocido nunca.

En realidad, a María solo se la podía inventar.

No tenía ni idea de cómo acabarían aquellos días junto a ella, pero tampoco me importaba demasiado. Si algo me estaba enseñando María era a aprovechar la vida como venía, y esa extraña provocación del porvenir se me antojaba la mejor manera de existir. Una batalla de emociones.

En ocasiones la observaba sin que ella lo percibiera y sentía todo el abismo que había formado a su alrededor. Daba bastante miedo cruzarlo, pero lo hacía. Me atrevía. Me excitaba su abandono. Meterme en él. Formar parte del mito. Descargar mi furia en ella y sentir la suya.

Luego nos envolvía la calma, la ternura, y la distancia también estaba muy presente entre los dos; volvían a sus ojos los recuerdos, sus amores, el trabajo, sus adicciones, y las mil excusas que yo ponía para alargar mi tiempo junto a ella.

Estaba atrapado. Y no podía estar equivocado, eso tenía que ser amor.

María

La Casa del Actor

> Qué sensación tan buena y profunda, esta de ir poco a poco desprendiéndose de todo y todos los que nada merecen, y poco a poco reconocer, más allá de los años y las fronteras, una familia de espíritus afines.
>
> ALBERT CAMUS

¡Buenos días, Dadé querido!

Por fin ha pasado la Navidad, ¡no sabes cómo la odio! Bueno, sí que lo sabes, vivimos unas cuantas juntos, ¿verdad, mi vida? Pero contigo fue distinto, tu familia, su bullicio, el ir y venir, hacía que olvidase, al menos un poco, la pena que sentía en esta época.

Nunca me acostumbraré a estos primeros días de enero, ni a los recuerdos tristes que se me agolpan en el corazón sin pedir permiso. ¡Qué llanto me producen, qué congoja! Me despiertan tanta rabia, tanta impotencia, que quisiera gritar para aliviarme, aunque no sirva para nada.

A veces lo hago, eso, gritar. Aquí, en La Vergne, nadie puede oírme.

¡Es una bendición!

Si pudiera borrar del calendario el cuatro y diez de enero, y, ya que estamos, por el mismo precio, también el quince y diecisiete de febrero, todos mis duelos, uno a uno, creo que sería un poco más feliz; Camus, mi madre, tú y mi padre, todas las personas a las que más quise en la vida ocuparon esos días, se fueron esos días, y cuando llegan y los miro de frente no puedo con ellos, por más que lo intento, no puedo, los odio. Son la misma muerte.

El muchacho sigue aquí, ¿sabes? No quiere irse. Todavía no, dice, pero no sé muy qué significa ese todavía no. Me ha ayudado mucho; ha conseguido sacarme sin esfuerzo de esos ataques míos de morriña navideña. Me ha hecho sentir menos sola que otras veces. Menos patética y soñadora. Nos estamos encariñando y eso me preocupa. Su fascinación por mí no es sana. ¿Cómo se ha podido enamorar de una mujer tan mayor como yo? No tiene ningún sentido. No lo entiendo. ¿Qué verá en mí? He intentado acabar con lo que hemos empezado varias veces; le he dicho, insistentemente, que entre nosotros no hay ningún compromiso, que se puede ir cuando quiera, que lo hemos pasado bien y ya está, que soy una mujer independiente, que me gusta estar sola, pero no parece oírme. Dice que quiere cuidarme, ¿te lo imaginas? Me da la risa al escucharle. Cuando pone esas palabras en sus labios jóvenes me hace sentir muy vieja, una abuela. ¿Hay algo menos pasional que la palabra «cuidar»?

El muchacho lo intenta, pero no tiene ningún futuro conmigo.

Estas noches pasadas hemos dormido juntos después de hacer el amor y ha sido raro sentir su presencia a mi lado, su abrazo caliente, oír su respiración pausada. Inquietante, como si hubieras vuelto a casa después de un largo viaje y al mirarte descubriera en ti a Camus.

Menuda paranoia tengo encima.

Me gustaría que se marchara ya, recuperar la normalidad que tenía antes de que llegara, mi propio aburrimiento incluso; echo en falta mis lecturas, las conversaciones con vosotros puntuales al alba y al mediodía, el retiro que conocía tan bien y al que me entregaba para guardar el equilibrio, porque este día a día en confidencias, pregunta va, pregunta viene, comienza a adquirir un sentido familiar que me asusta; están ganando esas pequeñas cosas que te van atando, y no las quiero, no, no, no quiero ataduras, ni consejos, tampoco que me haga el café por la mañana y me lo traiga a la cama con una flor arrancada del jardín, ¡me parece un sacrilegio!; no, no quiero que me diga que me quiere, ni que se interese por mi vida, por lo que siento, por lo que pienso, por lo que soy ahora o fui; no, no quiero hacer el amor cada noche ya, ni gozar como lo hago, ¡qué maravillosa sensación, qué cansancio más infinito tengo! Me duelen las piernas, las ingles, los brazos. Estoy mareada. No quiero pronunciar vuestro nombre cuando llego al éxtasis, pero os tengo en los labios y os retengo como puedo para que no salgan. Me cuesta mucho, el orgasmo me dura minutos. Seguramente exagero. Quizá sean varios seguidos, tres locuras del alma. ¡Se esfuerza mucho el muchacho, qué divina es la inexperiencia! No, no, no me quejo, le pondría en un altar, se lo merece. ¡Qué ganas le pone!; pero, por más que me diga y me insista, eso no es amor.

Llevo días volviendo a casa a paso muy lento cuando salgo a dar un paseo. Limito nuestros encuentros. Ya no sé qué más contarle. Me he ido inventando lo que no recuerdo bien; se lo he contado más bonito. De todas formas, ¡qué más da! ¡A quién puede importarle! Mis mentiras o aciertos son solo cosa mía. Tengo derecho a fabular. A quereros más. A ser más valiente de lo que nunca fui. Me lo he ganado.

¡Cuántas anécdotas tenía dormidas! Ahora me doy cuenta. Su visita ha abierto la caja de Pandora. Soy un diluvio.

Recorro las viejas fotografías de antaño y le cuento cosas, cada escena, cada personaje que aparece. Son pequeñas historias de vida.

Aprendí a seguir viva y no tenía demasiados motivos para hacerlo, eso le confesé una vez hablando de los días que siguieron a la muerte de Camus, estaba desorientada y frágil. Mientras le hablaba al muchacho, su mirada cambió, parecía alarmado, extrañado de que yo, la gran María Casares, la diva que él idolatra, hubiera probado alguna vez un sentimiento tan funesto. ¿Por qué la gente joven siempre piensa que exageras cuando hablas de suicidio? Yo quise morirme, le dije muy seria, asumí mi derrota y necesité que alguien volviera a enseñarme de nuevo lo hermoso que era vivir. Y entonces le hablé de ti, Dadé, de ese tiempo que vivimos rodeados de luciérnagas en el jardín.

Airas
No amanece todavía

> Una locura como esta es como intentar detener un fuego con la humedad de un beso.
>
> ALBERT CAMUS

María Casares conoció a Albert Camus el diecinueve de marzo, día del Padre, de 1944 en la casa de Michel Leiris. No deja de ser anecdótica la fecha, porque en eso se convirtió Camus para ella desde aquel día, en un padre, en un maestro, guía, amante, pareja, amigo, confidente, todo.

Camus lo era todo para María, incluso la casualidad de un encuentro. Incluso la tristeza de un final inesperado. Incluso la nada.

María tiene sombras en su rostro todavía perfilado, juvenil y rebelde, no huye del ayer, vive en él, convive con sus muertos, es una maga en el arte de interpretar papeles dispares. Es difícil seguirla. Soportar su perfección.

Nadie sabe si siente lo que siente o solo finge sentirlo.

Planifica cada obra hasta el más mínimo detalle, se deja la piel y la voz en los ensayos y fuera de ellos. No duerme, recita.

Se tiene prohibida cualquier improvisación hasta que sube el telón; entonces sí, entonces sabe que cualquier cosa puede suceder ahí arriba, fuera, a merced de los ojos del mundo, y solo entonces se deja llevar con naturalidad.

Tras la fuerza de la actuación, tras los aplausos y las flores sobre sus pies formando una alfombra multicolor, tras las felicitaciones de unos y otros, los abrazos, el cambio de vestuario, el fin del maquillaje retirado con margarina, cuando las luces se apagan y vuelve a ser ella, María, Vitoliña, Vitola, regresando a casa por las calles desiertas de París o de cualquier otra ciudad que la acoge, se sume de nuevo en sus dudas, en su timidez galopante, en lo más oscuro que tiene, el miedo a decepcionar, el miedo a vivir sola, sin nadie que la ame, el miedo al silencio.

María odia los largos silencios que aparecen cada noche y están agazapados ahí, en la inactividad, en ese tiempo en el que no pasa nada. Se le antoja eterno.

No le gustan las noches, son pozos oscuros de preguntas y nostalgias grises que, por suerte, finalizan al alba. Tiene crisis pasajeras donde llora mucho y piensa en los ángeles como si existieran. El tiempo todo lo cura, le repiten a menudo sus compañeros, sus amigos, cuando la ven aflorar la tristeza durante el día, entre dicción y dicción, mientras preparan la noche de luces y el estrellato, pero a María le puede la pena, y por eso no les hace ningún caso; hace tiempo que aprendió a dejar de creer en los vivos, a olvidarse de sus consejos baratos, sabe que todas las palabras de consuelo del mundo son mentira.

Su añoranza no ha menguado con los años. Más bien todo lo contrario. Solo el trabajo consigue apaciguarla, las estaciones, las giras, la carretera, una obra tras otra, un personaje tras otro, su público, ¡eso sí que le da vida!, se dice.

Ser actriz calma su corazón nervioso.

Es vulnerable, María. Un espíritu libre. Enérgico. Triste. Todos se pelean por su voz rota y algo masculina, por el océa-

*no que se mueve entre sus cuerdas vocales; su emoción es desmedida en el escenario y su éxito, atronador. Los teatros rebosan: ¡*LLENO*!, ¡*COMPLETO*!, rezan los carteles un par de horas después de poner a la venta las entradas de cualquiera de sus obras. Eso ayuda, deja apartadas todas sus cavilaciones entre bastidores, aguardando la ovación de su auditorio.*

Su público, fruto del amor y la suerte, quedará por siempre en la memoria del teatro.

—¿Así va a terminar?

—Dímelo tú.

—Es una opción interesante, pero falta algo.

—Me faltan muchas cosas por contar, tus méritos, por ejemplo.

—Méritos... ¿A quién le importan un puñado de premios? Son solo títulos que se llenarán de polvo en un cajón o en alguna pared olvidada. Te otorgan el máximo honor por acercarte irremediablemente a la muerte. ¡Qué honor! Ha llegado usted al límite de su vida, señorita, más allá solo hay dragones.

—No digas eso. Son muy merecidos. Has trabajado mucho.

—¡Quizá! No te digo que no.

—Además, hay personas que no mueren nunca.

—¡Eso dicen! Pero, sinceramente, me aterra pensar en la vida inmortal. Y en la muerte, también en la muerte. Es el único riesgo de esta vida. Nos ronda como los mosquitos en verano.

—Pues no lo hagas, no pienses en ella.

—Lo intento, pero no puedo evitarlo, pienso en ella constantemente. Sobre todo por la noche. ¿Tú crees que Camus y Dadé vendrán a buscarme?

—¿A La Vergne? Estoy seguro. En realidad, no creo que se hayan ido nunca.

Sonreí a María con ternura. A veces parecía una niña pequeña e insegura. ¿Quién era el «muchacho» en nuestra relación?

—Y tú, ¿seguirás pensando en mí cuando ya no esté?

—Todos los días.

—¿Me dedicarás alguna de tus obras?

—Claro, aunque para eso tendría que escribirlas primero.

—Lo harás. Tienes todo el tiempo del mundo, muchacho. Y recuerda que me debes un último guion antes de marcharte. Lo estoy esperando ansiosa. ¡Quién tuviera tu edad! ¡Quién pudiera comenzar de nuevo, volver al cuarenta y dos!

—¿Volverías al cuarenta y dos?

—Sin dudarlo.

—¿Y qué cambiarías?

—Mi implicación en la guerra.

—No entiendo. ¿Y qué hubieras hecho si solo eras una niña cuando te exiliaste?

—No me refiero a la guerra civil española, me refiero a la otra, a la que asoló Francia, Europa, el mundo entero, justo después de la nuestra, por la que pasé de puntillas, al principio, sintiendo incluso cierto regocijo.

—¿Regocijo?

—Sí, lo sentí, no me mires así, ya sé que suena odioso oírmelo decir, pero más odioso era ser, en aquel liceo, el instituto Victor-Duruy, siempre la extranjera, la que había huido de la guerra; me decían: «¡Pobrecita niña exiliada!». Pero las guerras, por desgracia, son siempre el territorio de todos en algún momento de la vida, y cuando la Segunda Guerra Mundial llegó a París yo ya tenía cierta experiencia en los estragos que podían producirle a uno las desgracias, y me sentí hasta importante. Ahora les tocaba a ellas y a su familia vivir el dolor en sus carnes, adaptarse como habíamos hecho mi madre y yo al llegar a Francia, convertirse en huéspedes de su propio país.

—Fue bastante justo lo que sentiste.

—Sí, lo sé, aunque reconocerlo en voz alta no es agradable. Nunca me ha gustado sentir resentimiento hacia nadie.

—Pero es humano.

—Ya. Fue muy dura la ocupación alemana, sobre todo para algunos franceses; sin embargo, para mí significó la oportunidad de lo que soy, y fue una suerte ese bendito inicio inesperado en el teatro, hizo que, de alguna manera, me olvidase de la guerra actuando. Podría decirte, siendo sincera, que cerré los ojos ante la barbarie y miré hacia otro lado. Tenía suficientes razones para hacerlo. Mi único objetivo era intentar pasar lo más desapercibida posible.

—¿Por qué?

—Iban a por los judíos sobre todo, a por los extranjeros, y si eran ambos casos, como la escritora Irène Némirovsky, que era rusa, ya no había ninguna duda. Nosotras éramos extranjeras, exiliadas y republicanas, contrarias al régimen fascista que imperaba en las calles de París y en media Europa. Mi madre tenía mucho miedo y me imploró una actitud responsable, me dijo: «No hagas nada, María, que pueda ponernos en evidencia y mucho menos en peligro». Y eso hice. Por ella. Aunque no siempre lo logré.

—Tu madre tuvo mucha razón.

—Puede ser, pero cuando pienso en toda aquella gente detenida en sus casas, maltratada por las calles a la vista de todos, desaparecida de pronto, como mi querida amiga Nina, de la que un día dejamos de tener noticias; cuando pienso en ello, en la desesperación silenciosa de las familias, me da mucha rabia haber sido tan cobarde.

—No creo que fuera cobardía, más bien supervivencia.

—Pero hubo quien les protegió con su propia vida. Quien lo arriesgó todo por ellos. Y eso que la mayoría de las veces ni los conocían.

—Idealistas han existido siempre.

—Camus era uno de ellos.

—Sí, algo he leído. Estaba muy comprometido.

—Era miembro de la Resistencia. Dirigía un periódico antifascista que se llamaba *Combat*. Fue él, aunque demasiado tarde ya, al final de la guerra cuando nos conocimos, quien me abrió los ojos y me hizo sentir vergüenza ajena por mi actitud. ¡Se podría haber hecho tanto...!

—No te culpes. No estabas preparada.

—Vivía en una burbuja, recitando, preparándome para ser la actriz. Había entrado en el conservatorio en el cuarenta y uno, después de presentarme tres veces al examen de ingreso, y lo había conseguido a pesar del idioma y de no ser francesa, gracias a mi profesora de dicción, Béatrix Dussane, a quien nunca estaré suficientemente agradecida. Ella me lo enseñó todo antes de comenzar. Por ella conseguí un accésit y pude representar a Berenice y a Juana de Arco, lo que llamó la atención del buen Marcel Herrand, que me ofreció un papel principal en el Théâtre des Mathurins que dirigía. La obra que representé fue *Deirdre des douleurs.*

—¿Qué edad tenías?

—Solo diecinueve años.

—Eras casi una niña.

—No, qué va, era una mujer, o puede que una niña que había vivido demasiado ya.

—¿Y te hizo feliz que Marcel Herrand se fijara en ti?

—¡Imagínate! La guerra estaba por todas partes, ocupaba cada rincón de la ciudad, llegaba hasta las puertas del teatro y de mi casa, y yo solo pensaba en actuar.

—Al menos eso te hacía pensar en otra cosa.

—No te creas, vivía rodeada de dramas. Hasta nuestra rue Vaugirard también llegaban españoles, todos ellos exiliados, todos ellos con sus historias a cuestas desde España; mi madre los acogía con cariño, les daba comida, consejo sobre dónde buscar trabajo, a quién debían dirigirse, una cama si la necesitaban, y eso que no teníamos ni sitio para nosotras mismas, pero un rincón, una manta, algo de calor, eso nunca se le negaba a nadie. Nuestra casa se convirtió en un paréntesis temporal. Era un sinvivir de emociones.

—¿Y te parece esa poca implicación en la guerra?

—No fui yo quien me involucré, tampoco quien los acogía, era mi madre, yo solo me limitaba a ser amable. Si por mí hubiera sido, no habría entrado nadie en nuestra casa. ¡Era tan triste todo lo que contaban! Cada vez que llegaba alguien se nos encogía el corazón, porque a nuestra propia tragedia personal de país se sumó lo que se comenzaba a saber con cuentagotas de la otra.

—¿La nazi?

—La misma.

—¿Y qué os contaba aquella gente?

—De todo. Decían, aunque todo eran habladurías, que en las estaciones había trenes repletos de gente hacinada y de pie, mujeres, niños y hombres, que eran escoltados hasta la frontera por los gendarmes franceses, que se les privaba de lo más elemental, el agua y la comida y un lugar digno para sentarse, que eran trasladados a campos de trabajo para el Tercer Reich, pero que, en realidad, no iban a trabajar, sino a morir. Eso decían. Y a nosotras nos costaba creerlo. ¿Cómo iban a hacer algo así?

—Parece increíble que sucediera de verdad.

—Sí. Pero en aquel momento no parecía veraz, ¿sabes? Todo era, se dice, sí, pero ¿quién lo decía? Se comenta, se rumorea, sí, pero ¿quién? No había certeza de nada. Toda la información que nos llegaba era de oídas. No había pruebas.

—Ya lo hicieron bien los alemanes, ya. Pero cuando el río suena…

—Tienes razón, y sonaba, ¡vaya si sonaba! Parecía una cascada. Pero la mayoría de nuestros conocidos, todos «extranjeros», estábamos agradecidos con Francia; había sido nuestro país de acogida, y casi nadie, salvo los que estaban amenazados, como papá y la gente del Gobierno de la República de España, pensó en huir.

—Pero vosotras sí que lo intentasteis.

—Sí, pero eso fue mucho antes, al comenzar la Segunda Guerra Mundial o, como yo siempre he dicho, al continuar nuestra Guerra Civil en Europa. Fue curioso cómo se solaparon las dos guerras. Y dramático también, sobre todo para los miles de personas que quedaron atrapadas en los campos, primero de internamiento, después de concentración. No fue nuestro caso. Mi madre y yo, cuando percibimos que la situación se volvía peligrosa para los refugiados españoles y mucho más para mi padre, recogimos la casa y lo acompañamos hasta Burdeos. La idea era embarcar hacia Inglaterra y después emigrar a América. Pero no pudo ser. Al final, después de mil trámites infructuosos, no conseguimos ni visado ni dos pasajes para nosotras, y mi padre partió solo.

»Recuerdo aquellos días muy bien, y eso que han transcurrido cincuenta años. El hotel inmundo en el que nos metimos mientras hacíamos todas aquellas gestiones que no sirvieron para nada, las bombas que caían cerca, al lado incluso...

—¿Qué dices?

—Sí, una noche una bomba impactó justo al lado del hotel y la casa afectada quedó destruida. En mi memoria ha quedado la sorpresa, el humo, el llanto de mi madre y la demora. No sé a qué esperábamos, a quién. Recuerdo a un taxista extraño que se cruzó en nuestro camino. Parecía ruso. Quizá lo era. Era mayor, un hombre alto con un bigote enorme y canoso; fue amable con nosotras aquel señor, muy solícito, caballeroso en extremo, quizá se enamoró en secreto de mi madre, no me resultaría nada raro, ¿sabes?, mi madre era preciosa. Todo el mundo se enamoraba de ella. Yo los veía reír, ser cómplices de la misma desgracia, de aquellos tiempos. No nos cobró la carrera aquel día. Y no sé cómo, una noche aparecimos en su casa, nos había invitado a cenar. Fue muy surrealista cuando se abrió la puerta. No paraba de repetirle a mi madre durante la velada: «Yo sé lo que es eso». Y ella asentía todo el tiempo, compungida ante la partida de mi padre.

—Y vosotras, ¿qué hicisteis después? Me refiero a cuando se fue tu padre.

—Bueno, nos quedamos allí, en Burdeos, primero viéndolo partir, acongojadas, sin saber muy bien qué hacer o lo que iba a pasar después. Cuando el barco desapareció, volvimos al hotel e hicimos las maletas a toda prisa. Al salir, ¿no te creerás quién había en la recepción?

—¡Déjame adivinar! El ruso.

—Sí, el mismo, ahí estaba plantado en la calle nuestro ruso taxista. Repitió mirando a mi madre muy serio: «Yo sé lo que es eso», y nos llevó a una casita que él tenía junto al mar en Lacanau-sur-Mer, muy cerca de Burdeos. Mi madre quiso pagarle, pero él solo aceptó una cantidad irrisoria, lo justo para que se cubrieran los gastos.

—¿Y por qué fuisteis allí?

—No lo sé; imagino, por decirte algo, que mi madre quería pensar con claridad en el siguiente paso que debíamos dar, pero lo cierto es que aquellos días nos sentaron de maravilla a las dos. Estuvimos cerca de un mes mirando cómo se dormía el océano, tomando el sol, durmiendo. Nunca más he visto unos atardeceres como aquellos. La playa era infinita y nuestros paseos nos ayudaron a sobreponernos. Decidimos volver a París con todo el miedo del mundo encima, una tarde mientras nos bañábamos. Era mejor volver a lo conocido, dijo mi madre, era la mejor opción, y yo estuve de acuerdo. Allí, en París, al menos sabíamos de gente que podía ayudarnos. Teníamos contactos.

—¡Claro!

—Pero el desasosiego que sentimos entonces fue muy tímido comparado con el que pasamos después en el cuarenta y dos cuando las redadas se multiplicaron por todo París. En mi memoria siempre quedará el drama de aquel mes de julio. La redada del Vél' d'Hiv, ¿la conoces?

—No, nunca he oído hablar de ella.

—Fue terrible lo que ocurrió en el Velódromo de Invierno; encerraron a miles de judíos, familias enteras, y los tuvieron allí, bajo un sol de justicia, durante cinco días completos, ¿te lo imaginas? Es muy oscura esa parte de la historia de Francia. Es la cara más amarga de este país, porque colaboraron activamente con la Alemania nazi. La administración francesa proporcionó los datos, puso los registros y la información de cada ciudadano encima de la mesa, a su disposición, para lo que quisieran hacerles, y eso los dejó indefensos del todo. Hubo policías nobles, amigos, vecinos, quizá familiares incluso, que alertaron de las redadas, del día que iban a producirse en masa, quince y dieciséis de julio, y eso les dio a algunos la oportunidad de esconderse, de huir, pero la mayoría no se enteró de nada, o puede que simplemente decidieran esperar a ver qué ocurría. ¡Quién puede saberlo! El miedo nos paraliza. Lo sé bien. Lo he sentido, es muy difícil de controlar. Además, estaban los malditos delatores, los cómplices de la policía, antisemitas declarados, había muchos en Francia, tenderos, vecinos, porteros, que denunciaban sin miramientos cualquier ruido en las casas que simulaban estar vacías; en cuanto tenían cualquier sospecha, avisaban, y la policía hacía el resto. Se les prometían quinientos francos por cabeza por su vigilancia. No dudaban a la hora de señalar incluso a inocentes. Pero lo peor de todo fue la participación de seis mil agentes de la policía francesa.

—¿Seis mil?

—Como lo oyes, las redadas se hicieron por toda Francia. Más de trece mil personas en dos días.

—Madre mía, ¡qué triste!

—Y bastante decepcionante para ellos, tenían casi veintisiete mil fichas y direcciones de las que tirar.

—Está claro que las alertas les ayudaron.

—Sí, sí, lo hicieron, al menos esos días de julio, pero las autoridades francesas y los alemanes siguieron buscándolos. No hubo tregua. Dicen que las cifras de judíos deportados durante toda la guerra alcanzaron los setenta y seis mil. Aunque ya sabes que esto de las cifras es un baile, hacia arriba y hacia abajo, depende de quién te lo cuente.

—Y la gente, me refiero a los que no eran judíos ni extranjeros, como era tu caso, ¿no decía nada?, ¿no hacía nada?, ¿no se llevaba las manos a la cabeza con lo que ocurría?

—Todo el mundo tenía mucho cuidado, había un miedo enorme a las detenciones, a la cárcel, a la deportación, a la muerte, y el miedo, querido Airas, es un egoísta de mierda, de ombligo, de sálvese quien pueda que yo voy a ser el primero. Esa es nuestra gran culpa, haber mirado hacia otro lado y rezar al mismo tiempo para que no nos tocara a ninguno de nosotros. Al principio, durante los primeros arrestos, la ciudadanía se mostraba insensible. «Nos», creo que debería incluirme. No nos atrevíamos a hablar, por si el que escuchaba pudiera ser un delator. Nadie confiaba en nadie. El mutismo era inaguantable. «No va con nosotros», oía decir. «Algo habrán hecho», remataban los más antisemitas, que no eran pocos. Francia tenía ese lado oscuro también, y profundas raíces de odio al judío.

—No lo entiendo. Su lema está en contra de todo lo que quería Hitler.

—¡Su lema! Los lemas son palabras, muchacho, quedan bien escritas todas juntas, pero no tienen por qué sentirse con el corazón. Además, el antisemitismo no se lo inventó Hitler, aunque pueda parecerlo. Es mucho más antiguo. Ya desde la Edad Media a los judíos se los perseguía por su religión, se los obligaba a convertirse, se les prohibía ejercer ciertas profesiones, se los insultaba por la calle, eran los usureros, el poder financiero, los diferentes, los raritos, el mal del mundo. Así que la guerra no trajo ninguna idea nueva bajo el sol; culpar a alguien, a los de siempre, era lo más sencillo, bastaba con sembrar la duda de su origen, eran sucios judíos, gérmenes que erradicar para evitar enfermedades, la limpieza étnica era más necesaria que nunca.

—Pero ¿quién podía creerse eso?

—Te sorprenderías. Había un ejército de sombras haciendo el trabajo sucio. Propaganda. Basar la vida en un puñado de mentiras, sospechas, que se extiendan bien, que crezcan sin freno, eso causa estragos en cualquier ciudad. Convertir a un inocente en una especie de criminal es coser y cantar. Lo fundamental es aislarle del grupo, que se sienta solo, desvalido, que tenga miedo a ser, a creer, a moverse, a pedir ayuda. Los pequeños dramas individuales y ajenos no le importan a nadie. ¿Acaso deberían?

»Yo también callaba, como los demás; no fui diferente, para qué negarlo, no era judía, pero sí extranjera, y encima republicana, hija de..., bueno, ya sabes, te lo he contado antes, para qué repetirme más. Mi profesión me exponía no solo al aplauso, también al cotilleo o a las envidias, era una diana fácil a merced de cualquier dedo acusador. Al teatro iba mucha gente, podían delatarme.

—Pero nunca sucedió.

—No, no, y, con la cantidad de españoles que estaban retenidos en los campos de concentración, me he preguntado muchas veces por qué nosotras fuimos diferentes, por qué tuvimos tanta suerte.

—¿Nunca os detuvieron ni interrogaron?

—Jamás. Mi padre estaba lejos y, aunque esa circunstancia nos marcaba de alguna manera, porque, de vez en cuando, venían por casa a buscarlo, por si acaso estaba de visita, con nosotras no se metían. De hecho, escondimos varias noches a mi amiga Nina, que era judía. Al principio, ni siquiera sabíamos que lo estábamos haciendo, que se quedara a dormir no era nada raro, habíamos compartido muchas noches como aquella, noches de risas y confidencias, pero una tarde nos lo confesó. ¡Ay!, aún recuerdo cómo temblaba al hacerlo. Nos contó que para evitar que los detuviesen a su padre se le había ocurrido no volver a casa por las noches; decía que era el momento más peligroso del día. Así que Nina siguió viniendo, se metía en mi cama y yo me iba con mi madre.

—Pero eso fue muy arriesgado.

—Ya lo creo, una locura, pero era mi mejor amiga, no podía decirle que no. Mi madre estuvo de acuerdo. «María —me dijo—, no te preocupes tanto, ¿quién, en su sano juicio, se escondería en la casa de unas refugiadas españolas señaladas? ¿No lo ves? Este lugar es perfecto para Nina. Aquí estará a salvo».

—¿Y lo estuvo?

—¿A salvo?, sí, pero eso no impidió que un día Nina ya no volviera a dormir más. La noche que desapareció nos llamó para decirnos que iban a celebrar en su propia casa el cumpleaños de su hermano. Hacía meses que no estaban todos juntos en familia y estaba muy contenta. Mi madre le dijo que no se arriesgara, que no era el momento, que los alemanes tenían ojos y oídos en todas partes, pero Nina no la escuchó, o puede que sí, pero pudieron más la familia y el reencuentro. No volvimos a verla.

—¡Pobre Nina!

—¡Pobres todos!

—¿Y no tenías miedo de actuar?

—Muchísimo; sin embargo, subir al escenario era vivir, respirar; era como si venciera en cada actuación a los dragones que nos querían comer, llevarse nuestra libertad, hacernos pequeñitos, invisibles, nada.

—Supongo que esa fue tu manera de enfrentarlos.

—Sí, pero no lo hice por valiente. Actuaba porque me gustaba hacerlo, y además me evadía de mi entorno. Hubo una vez que un alemán se quedó prendado de mí. Ahora, cuando cuento esta anécdota, me sale una sonrisa, fue divertido, pero te aseguro que en aquel momento sentí terror. El nazi debía de ostentar un cargo importante, porque junto a la cesta gigante de flores y plantas trepadoras que me envió y se adueñó de mi pequeño camerino dejó una fotografía vestido de militar y lleno de condecoraciones. Era un hombre guapo, rubio y con ojos claros. Muy alemán. Me eché a temblar al verlo. En su carta me confesaba que me idolatraba, que había asistido a todas mis representaciones, que le diera una cita, me imploraba, una oportunidad, que era un hombre bueno.

—¿Y qué hiciste?

—¡Rechazarle, claro! Pero no sabía cómo hacerlo sin ofenderle y acabar detenida en una celda para siempre. Estuve toda la noche dándole vueltas, buscando una solución. Ni mi madre ni yo dormimos de la ansiedad que sentíamos. Pensamos incluso en huir, no te digo más. Pero al día siguiente decidí coger el teléfono y llamarle. Mi madre lloraba. Al otro lado de la línea me contestó la voz de un hombre muy dulce. No me lo esperaba, la verdad. Eso me animó. Incluso pensé, por un segundo, no más, en la posibilidad descabellada de ser su amante. ¿Por qué no? ¿Qué o quién me lo podía impedir? ¿No sería más llevadera la guerra si teníamos a un nazi de nuestra parte? Pero deseché la idea enseguida al pensar en mi padre, ¡no me lo hubiera perdonado nunca! Me enfadé conmigo misma. ¿Cómo podía, siquiera, haberlo contemplado? Los alemanes eran el enemigo. Y al enemigo, todo el mundo lo sabe...

—¡Al enemigo ni agua!

—Eso es, Airas. Ya veo que conoces el dicho.

—Lo dice mucho mi abuela.

—Ya te digo, tu abuela y yo nos llevaríamos de maravilla.

—Pero, bueno, ¿qué pasó con el pretendiente enamorado?

—Le agradecí sus elogios, sus flores, incluso su urgente necesidad de conocerme, pero le aseguré que no era el mejor momento para aquel encuentro; se lo hice entender. Le hablé de que era una refugiada española en una Francia ocupada, y solo eso podía suponer un grave problema para los dos.

—¿Y qué te respondió?

—Se quedó callado unos instantes. Yo lo oí suspirar, y después, con una elegancia que me dejó descolocada, reiteró su admiración por mí y me dijo que lo comprendía muy bien y que, quizá cuando todo acabase, en otras circunstancias... No llegó a terminar la frase. Me pareció enternecedor.

—A lo mejor sí que era de los buenos.

—A lo mejor.

—¿Y cómo os despedisteis?

—Le aseguré, para dejarle conforme, que cuando la guerra acabase nos encontraríamos. Y así terminó aquel idilio platónico.

—¿Y os volvisteis a ver?

—No, no, nunca, aunque lo intentó, ¿sabes?

—¿Cuándo?

—Después de la guerra.

—¿Y aceptaste verle?

—No, no, el destrozo y la muerte que sembraron los alemanes fue tanto que, en aquel momento, solo podía odiarlos. Lo hice durante mucho tiempo. Además, mi corazón, por aquel entonces, ya estaba muy ocupado.

—¿Por Camus?

—¡Ay, Camus!

—Se te iluminan los ojos solo con nombrarle.

—Sí, lo siento. Es que...

—No te disculpes, María, y menos por seguir enamorada.

—Ya. Me alegra que no te importe.

—Un poco sí me importa, pero ¡así es la vida! Antes me estabas hablando del Velódromo de París.

—Ah, sí, es verdad, te contaba que aquellos días nos abrieron los ojos a todos. Allí estaban, a plena luz del día, miles de familias judías abandonadas a su suerte, sin agua, sin comida, a merced del calor sofocante de julio. Aquello conmovió a la ciudadanía profundamente. La noticia corría de boca en boca por todo París. La gente se acercaba a verlo y no se lo creían. Ahí estaban, era real. Sobrecogía mirarlos, pero nadie sabía qué hacer. ¿Se podía implorar caridad por aquellas personas sin parecer que estabas de su parte?, ¿sin señalarte?, ¿sin acabar como ellos, detenidos, hacinados, asesinados? ¿Qué futuro le deparaba a esa gente?, ¿trabajar hasta desaparecer en un campo del Tercer Reich? La impunidad era absoluta, la reina del lugar.

—Nadie hizo nada, claro.

—Nada, solo miramos. Toda aquella inhumanidad nos dejó paralizados, pero ninguno estaba dispuesto a terminar igual. Era un infierno.

—¿Y la Iglesia?

—Sí, ellos protestaron, pusieron el grito en el cielo públicamente, pero tampoco sirvió de mucho.

—¿Y la Resistencia?

—La Resistencia hacía su parte, claro, siempre en la clandestinidad, pero su ayuda no fue suficiente para frenar aquella barbarie nazi. Eran demasiados detenidos por todo el país, demasiados frentes que tocar. Sin embargo, cuando terminó la guerra, de repente, todo el mundo parecía que había formado parte de ella. ¡Otra mentira más!

—La manipulación histórica, eso me suena.

—Como setas en un bosque de otoño, los franceses fueron sacando pecho y una valentía que nunca habían tenido. Incluso a la policía francesa se la agasajó como «resistente», ¿te lo puedes creer? Ellos, que habían participado activamente en sembrar el miedo y que llevaron a cabo las detenciones por toda Francia. Por no hablar de que vigilaron a los prisioneros en los campos de concentración franceses y supervisaron las cargas de los trenes de ganado repletos de judíos. De pronto, sin más, eran considerados héroes, patriotas, libertadores. Una Francia herida pero digna, eso sí.

—Había que devolverle al país su esplendor.

—Y el futuro.

—Cuando conociste a Camus, ¿no te dio miedo implicarte con él y que te pillaran?

—¡Muchísimo! Pero por amor se hace cualquier cosa, Airas, y yo por Camus hubiera caminado sobre las brasas si me lo hubiera pedido, claro, así de grande era lo que sentía por él. Bueno, quizá exagero un poquito. ¡Qué dolor!

Reímos juntos.

—Ahora en serio, Airas, por Camus habría hecho cualquier cosa, esa es la pura verdad. Además, él nunca me hizo sentir mal ni una cobarde, todo lo contrario, decía que entre la justicia y su madre elegiría siempre a su madre, y ¿no era acaso lo que había hecho yo? Recuerdo un día, mientras me lamentaba por no haber hecho nada, que me dijo: «Cuando una palabra puede conducir a la eliminación despiadada de otras personas, el silencio no es una actitud negativa». ¡Qué sabio era Camus!

»Escucharlas obró el milagro de perdonarme. Siempre adoré su manera de ser, de sentir el mundo; le movía la razón, el pensamiento, la calma; para él lo que más fuerza tenía en el mundo eran las emociones, y, cuando entraban en lucha las dos, callaba. Se tomaba su tiempo para pensar. ¡Me recordaba tanto a mi padre! Igual de incomprendidos ambos. Igual de rebeldes. Con sendos corazones gigantes.

—A mí me dejó marcado una frase suya que leí una vez y me la apropié como argumento para rebelarme contra mis padres. Me pareció genial.

—¿Y cuál es?

—«¿Qué es un hombre rebelde? Un hombre que dice no. Pero negar no es renunciar: es también un hombre que dice sí desde su primer movimiento».

—¿Y qué pasó con tus padres para que tuvieras que sacar tu lado rebelde?

—Querían que estudiara Derecho. Y yo les dije, pensando en la frase de Camus: «No voy a estudiar Derecho, como queréis, prefiero el periodismo, pero tampoco renuncio a hacerlo. Voy a seguir esta vocación, a ver a dónde me lleva».

—El destino, Airas. Camus, sin saberlo, ya nos estaba uniendo y quizá también te estaba dirigiendo hacia mí. Podrías seguir sus pasos, serían buenos, nobles, seguro, era un hombre compasivo. «Ni víctimas ni verdugos», me dijo tras la liberación de París, cuando comenzaron las purgas, las injusticias y la degradación más callejera. La multitud estaba llena de odio. Camus no se apuntó a los juicios sumarios contra los hombres de Vichy. No, no pidió sus cabezas, ¿para qué?, decía, ¿acaso nos devolverá a los muertos?, ¿los años en guerra?, ¿lo padecido? «Ni víctimas ni verdugos», repetía sin parar.

—En ese ambiente, pedir algo así tuvo que resultar casi revolucionario.

—Lo fue. Resultan incómodos los hombres que perdonan rápido, son extrañamente lúcidos.

—No he conocido a nadie que sienta tanta admiración por su pareja.

—Admiración, respeto y pasión, son los tres pilares del amor.

—Pues yo comienzo a sentirlos. Me gusta contagiarme de ti, María.

—¡Ay!

—Sí, amas lo que haces, amas lo que cuentas, amas incluso a los espectros que te rondan, que no son pocos.

—¡Qué cosas dices, muchacho!, pero es verdad, no te lo voy a negar, amo intensamente. Aunque muchas veces me he preguntado ¿quién soy? No sé dónde encontrar a María entre tantos personajes.

—Eres todas ellas.

—Sí, supongo que lo soy. Incluso soy todas esas mujeres que habitan en mí sin saberlo. La vida es más amable cuando todo fluye; amar y dejar que alguien te ame, ¿no es eso lo que todos buscamos?

María
Cuando llegue el momento

El amor de orgullo tiene su grandeza, pero no tiene la certidumbre conmovedora del amor don.

CAMUS

Mi amor querido, Camus de mi corazón, se me acumulan los días y las emociones. Con todo lo que está pasando, me falta tiempo para escaparme hasta el lago a verte, pero no te olvido, mi mar en calma, mi Mediterráneo, eso nunca.

Hoy tengo muchas cosas que contarte, confidencias de esas mías que no me gusta airear y que sé que contigo están a resguardo, protegidas de tantos oídos chismosos.

Este muchacho me está ganando la batalla poco a poco. Sí, como lo oyes, me estoy enamorando. Me hace feliz. Y he decidido dejarme llevar, ¿por qué frenarme? Que dure lo que tenga que durar. Ya no me interesan los futuros.

Airas no se parece a ningún amor que haya tenido antes, ni siquiera a ti, cariño mío, aunque tantas veces te vea en él y me vaya el corazón a cien por hora. Es un chico calmado, juicioso, y sabe escuchar, ¡con lo difícil que es encontrar esa cualidad en un hombre! Vosotros sois más de hablar, de que os escuchen, de haceros los importantes. No, no te sorprendas tanto, eso es algo que no me puedes negar. Siempre te gustó deslumbrarme con las palabras, ser mi maestro, y yo te dejaba hacer. Era parte de nuestro juego de seducción: yo era la niña que te daba la mano y aprendía contigo el significado de cada palabra que tú querías mostrarme. Pero dejemos eso ahora, que ya no viene al caso.

Te contaba que el muchacho y yo hablamos mucho. Bueno, rectifico, yo hablo mucho. Me deja perderme con mi hilo desordenado de vida y casi no me interrumpe, ¡qué delicia es no tener que pelear por hablar, por decir algo, por querer tener siempre la razón! Es mi público privado y actúo solo para él. ¡Primicia! María Casares, «la gran actriz trágica», cuenta su vida, se desnuda por primera vez ante un periodista. Esto último es literal, ja, ja. Pero no te creas que me escucha como quien oye llover, no, no, el muchacho está atento a cada palabra que digo, a cada historia: la guerra, el amor, el teatro, mi familia, todo, todo le interesa, y no creo que sea solo por ese artículo que tiene que escribir. Nunca había estado con alguien tan ávido de información, todo lo quiere saber. Te confieso que, en ocasiones, me deja algo descolocada su intensidad al mirarme, no estoy acostumbrada a verme en los ojos de otro, no siempre me gusta lo que encuentro; de hecho, la mayoría de las veces no me soporto, pero su mirada es extraña, un poco inquietante, demasiado penetrante y honesta para su edad. Parece que se ha escapado de otro siglo.

Le hablo mucho de ti, ¿sabes? Sí, tú también le interesas.

Le aseguro, cuando me pregunta por mi desierto, que cuando se ha amado a alguien de verdad nunca más se está solo. Y me creo lo que le digo cuando lo pronuncio, pero no es verdad, en realidad no lo pienso en absoluto, son solo palabras bonitas que quedan bien en un discurso, palabras que buscan consolarse, palabras cierzo, aire hueco; ¡claro que me siento sola! Muy sola. A veces incluso abandonada. También le cuento cómo pusiste patas arriba mi mundo, cómo incluso dejó de importarme el teatro al conocerte. Éramos muy intensos, mi amor, ¿lo recuerdas? Qué ganas de estar siempre juntos, abrazados, haciendo el amor, la guerra, la comida, la compra, todo, todo o nada, nada, la apatía más absoluta cuando no estabas cerca.

Eras un hombre torbellino en todos los sentidos, arrollador como yo. Infieles. Gozar de otros nos hacía más libres, nos hacía más deseables. Siempre volvíamos a estar juntos. Nuestros brazos y piernas eran una morada segura, la única vida posible y con sentido.

Eras la felicidad hecha persona, Mediterráneo, el primer hombre al que amé, quizá también el último. No es justo que diga esto, ya lo sé. ¿Es lo mismo querer que amar?, me he preguntado muchas veces. Hay quienes aseguran que sí. Yo no, no, para mí no son verbos sinónimos, amar es mucho más, es una conexión cósmica, espiritual, un sentimiento que se escapa a cualquier razonamiento. No es terrenal.

Nosotros no éramos humanos.

Contigo siempre estuve desbordada. En «estado de urgencia». Tenía días en los que aceptaba ser la «otra» sin morir de vergüenza o celos, convivía con ambos sentimientos a diario, con sus altibajos; días en los que las preguntas se me agolpaban en la garganta y a punto de salir de la boca callaban al verte y sentir tu cálido y apasionado abrazo sobre la cintura; días en los que no me permitía mirar atrás, ni cuestionarme las decisiones tomadas, ni dudar un instante, ni pensar en el futuro que por elección estaba dejando morir. Sí, renunciaba a ser madre, por ti lo hacía. ¿Valía la pena?

Sí, claro que sí. Cada uno elige su camino, su manera de ahuyentar el frío, de acomodarse a él o de enfrentarlo.

Eso también se aprende o desaprende.

¿Quise a otros? Estoy segura. Sobre todo a Dadé, fui su barca a la deriva. Y él mi curandero. Un chamán de la buena suerte.

Cuidar también es otra manera de amar.

Me tortura pensar en todos aquellos amores que me llevaron al límite, a los que permití que me hicieran daño, los tengo grabados a fuego en la piel. No diré los nombres, no, no merecen ni una línea de este relato, no merecen ni que me acuerde de ellos, ¿por qué les di el poder de herirme?, ¿por qué acepté su maltrato, sus celos, el infierno?, ¿acaso no me quería? Sí, tuvo que ser eso. La falta de amor hacia una misma es un pecado mortal. Una diva que no se ama, ¡qué cosas! Tuvo que ser eso o que no quería enamorarme de alguien decente, bueno, que pudiera sustituirte sin ningún problema, darme una familia, seguridad económica, amor a raudales, todas esas menudencias, que no eran tales porque yo las anhelaba con todo el corazón, que rechazaba de plano porque suponían el fin, dejarte ir para siempre, prescindir de la posibilidad de estar contigo en nuestra pequeña habitación de la rue Vaugirard, esa que nos había visto crecer hasta el infinito en ternuras, esa que guardaba en las paredes tus palabras: «Mi luz, mi bella, mi negra, Finisterre de mi corazón, mi adorada», tantas y tantas palabras tiernas de amor. ¿Cómo no ibas a ser mi centro, mi todo, mi hermoso príncipe, y yo tu reina sin corona? La reina de la tragedia, ¿no me llamaba así la prensa? Pues una trágica no podía vivir de otra manera.

Dijiste que tendríamos que retirarnos a un sitio bonito y pasar, por fin, los días juntos, ¿lo recuerdas? Colgar la ropa en el mismo armario.

Este sitio es perfecto. Te hubiera gustado.

Hace unos días leí algunas de tus cartas al muchacho, creo que ya te lo había dicho, pero no que algunos fragmentos me los sé de memoria, y en vez de leer los recitaba mirándolo a los ojos. Le impresionaron tus palabras. Tu querer. El sentimiento que expresaba, según él, mi cuerpo al recitarte. Fue un momento muy emotivo, importante. No me imaginaba que le fueran a gustar. Lleva días inmerso en ellas. Tus cartas le llevan a preguntarme más y más cosas. Es insaciable, pero me encanta que lo sea. Me transportan a lugares en los que estuvimos hace mucho tiempo o no estuvimos porque estábamos separados por una gira, un libro, un premio, la familia, etc. Parecíamos almas perdidas añorándonos. Almas reencontradas.

Me ha sorprendido que, como a ti, al muchacho le interesen tanto las ideas. ¡Con lo joven que es! Llevo pasando por la política de puntillas toda la vida, y no consigo desprenderme de su halo de tristeza ni de los múltiples apellidos que me acompañan desde que dejé España: desplazada, republicana, «residente privilegiada», ¿roja? Este me lo dicen menos, pero lo piensan, estoy segura.

Me ha gustado hablarle de mi padre. ¡Estaba muy atento a lo que le contaba! Me ha emocionado. Nombrarle me ha llevado hasta Juan Negrín y tantos exiliados que pasaron por nuestra casa de París. Parecíamos una pensión, tendríamos que haberla llamado Los Desplazados.

Te acuerdas de Juan, ¿verdad? ¿De aquellas tardes que pasábamos escuchando sus historias, de lo que te enfadaban la situación de España y las injusticias que había, que habíamos vivido? Como mi padre antes, fue uno más de los incomprendidos de la República. Otra figura más vapuleada por la historia, vilipendiada sin descanso en los libros durante años por la incompetencia de algunos historiadores, que nunca dejaron de estar del lado de «los vencedores». ¿Se puede llamar historiador al que sesga la historia por ideologías?, ¿al que no se molesta en investigar y hacer su trabajo? Eso decías tú, siempre empeñado en mostrarnos tu apoyo, en hacerlo público, en escribirlo a los cuatro vientos para que todos supieran de él. ¿Por qué pensaste alguna vez que nos debías algo?

¡Ay, Camus! Aún puedo oírte, tan serio, tan digno, siempre implicado en una lucha que no te pertenecía, que yo misma no tenía:

> Por sangre, España es mi segunda patria. Y en esta Europa avara, en este París en que se hace de la pasión una idea ridícula, es la mitad de mi sangre la que rumia su exilio desde hace siete años, la que aspira a volver a encontrar la única tierra en la que yo sienta mi concordancia, el único país del mundo en que se sepa unir en una exigencia superior el amor a la vida y la desesperación de vivir…
> ¿Qué sería la prestigiosa Europa sin la pobre España? ¿Qué ha inventado más turbador que esa luz potente y magnífica del verano español, donde los extremos armonizan, donde la pasión tanto puede ser gozo como ascesis, donde la muerte es una razón de vivir, donde se aporta seriedad a la danza, despreocupación al sacrificio, donde nadie puede precisar las fronteras de la vida y del sueño, de la comedia y de la verdad? Las síntesis, las fórmulas que Occidente se desgarra por descubrir, España las produce fácilmente. Pero no las puede dar más que en el esfuerzo de las insurrecciones, la terrible respiración de su libertad. Patria de los rebeldes, sus grandes obras son gritos hacia lo imposible.

Me obligabas a asistir a cada evento o celebración que los exiliados españoles organizaban en París, y lo hacías aunque yo no quisiera, ¡qué flojera me daba!, ¡qué vergüenza tener que hablar en público cuando me lo pedían! Te ponía mil excusas para no asistir. Y tú no entendías mi desapego, que no era tal, ni la profunda tristeza que me producía recordar. No me entendías. O puede que sí. Daba igual, me cogías de la mano y me llevabas por las calles de París arrastrándome. «¡Camina, camina!», decías. Y yo daba un paso tras otro. ¡Qué dócil era contigo! ¡Tan sumisa!

En aquellos homenajes, todo el mundo decía conocer a mi padre, me contaba cosas, historias de aquí, de allá, a veces las repetían, las engrandecían, cambiaban los finales, los personajes, y a mí, cada momento que pasaba junto con ellos, me encogía, me hacía pequeña, «la españolita que triunfa en Francia». Sí, esas veladas me recordaban que mis padres ya no estaban, que nos lo habían quitado todo en Galicia, incluso algo tan intangible como la dignidad, y que procuraba en lo posible, en mi día a día, no pensar ni un minuto en que yo también era una de aquellas personas. La eterna exiliada de catorce años.

«Los exiliados españoles han luchado durante años y luego han aceptado con orgullo el dolor interminable del exilio. Yo solamente he escrito que tenían razón. Y solo por eso he recibido la fiel, la leal amistad española que me ha ayudado a vivir».

Sí, amor, tú también me ayudabas a vivir. Tu fe en nosotros era algo inquebrantable. ¡Qué emoción sentí al escuchar el discurso que diste cuando te dieron el Premio Nobel! El primer pensamiento fue para tu madre. ¡Qué orgullo! ¡Los dos éramos de nuestra madre! Eso y tantas otras cosas. Entre líneas me encontré inmersa en tus palabras. Todo nos unía, incluso lo que nos desunía. Impactada me quedé cuando me enteré de que parte del dinero del premio lo habías destinado a los republicanos españoles exiliados en Francia. ¿Qué pensaría Francine? Nunca hablamos de ello. Nunca te di las gracias por hacer tuya una gente que yo ya no sentía ni mía, como tampoco te escribí cuando murió mi madre y recibí la única carta de pésame que realmente me importó, la tuya.

¡Camus, cuánto me quedó por agradecerte!

Airas

Tiempo para amarnos

> Había vuelto al mismo punto sin saber nada de lo que era urgente encontrar: un nombre, su nombre.
>
> María Casares

María bebe para vencer la timidez de la escena que le piden. No le gusta la obra, ni el director, ni su personaje, es excesivo, tiránico y vengativo. Ella no es así. Bueno, algo excesiva sí que es, pero no le gusta encarnar el mal y menos ahora que está tan enamorada. No es justo.

Echa de menos a Camus.

La Segunda Guerra Mundial corre de fondo por París. Molesta, da miedo, mucho miedo, pero ese miedo ella ya lo ha vivido antes, ya tuvo su propia guerra, sus propios enfermos, su propio destierro, también su manera de salir adelante. Todas las guerras terminan igual, con lágrimas, con vivos buscando más vida y un futuro, se dice. Y esa guerra no será distinta a las demás. Ninguna lo es.

María se siente viva, más viva que nunca. No piensa en el

futuro. Le molestan las cosas inútiles, los planes, el amor más allá del ahora, del hoy.

Hoy, hoy, solo existe el hoy para ella.

Camus está escondido. Le busca la Gestapo. Han encontrado en el periódico que dirige, Combat, *una imprenta clandestina. A María le gustaría estar con él, besarle, hacerle el amor mañana y tarde, decirle que esté tranquilo, que todo va a ir bien, y no beber ese líquido asqueroso que le quema la garganta y el estómago para hacer la siguiente escena a gusto del director. Piensa en ello todo el tiempo. También en que ojalá suspendan los ensayos y entren los americanos, los ingleses, los rusos, los marcianos, le da igual, pero que entre alguien ya, cuerdo o loco, a poner fin a esa maldita guerra de brazos alzados y judíos culpables. No la soporta más.*

Por primera vez desde que comenzó a actuar, María no quiere hacerlo.

Camus le manda cartas incendiarias desde su escondite que le erizan la piel. Las firma con otros nombres, el nombre de Michel es uno de ellos, a veces solo pone sus iniciales, A. C. Le suplica que vaya a verlo a Verdelot. Allí se esconde. Su habitación es el escenario de una metáfora. Un incendio de voluntades. Se han olvidado de la prudencia.

Pero María no, y le pone mil excusas para no ir, excusas que, en realidad, no quiere poner. No sabe cómo explicarle a su amado Camus que el teatro debe ser lo primero para ella, no es lo más importante en ese preciso momento, no, pero sí lo primero. Si quiere llegar a ser la gran actriz que anhela, tiene que entregarse por completo a esa vocación que le recorre por dentro.

María quiere ser una leyenda viva, una mujer de la que hablen los libros cuando haya muerto, un ejemplo para futuras actrices de arte dramático; quiere que su padre esté orgulloso de ella, quiere que su madre no viva con estrecheces.

Sin embargo, cuando lee las cartas que Camus le envía, se le hacen un mundo sus palabras: «Si alguna vez me has amado hasta el alma, habrás comprendido que la espera y la soledad solo pueden ser para mí una desesperación».

María piensa en su madre y en la soledad que ha dejado en el lado de la cama que ya no ocupa. Piensa en la frialdad de su almohada. Desde que ha entrado Camus en su vida, duerme en la habitación pequeña y se recrea en las intimidades de su amante, pero añora a su madre por las noches, su abrazo seguro, su calor; su historia ha sido un hilo que no quiere cortar. Están muy unidas. Es su salvavidas. Si alguien pronuncia las palabras «a salvo», piensa enseguida en Gloria, como le gusta llamarla.

Esa madre amiga, esa madre hija, esa madre madre, esa madre todo.

María mira por la ventana, quiere escapar. Desea quedarse. Sus pies no se mueven. No se deciden. Su cabeza vuela hasta Camus. Lo abraza en su imaginario. Mira el azul del cielo y piensa en el mar, en el mar adentro, en Camus dentro, en el teatro dentro. Pelean sus olas, se agitan, la pasión le crece como un enemigo.

París sigue revuelto.

Dicen, cuentan, aquel, el otro, nadie sabe nada con certeza, que los aliados están ahí, a la vuelta de cualquier esquina. Hay cortes de luz todo el tiempo. Las representaciones se suspenden, se aplazan, se compensan con otros días. El trabajo, algunos días, es agotador. El público sigue llenando la sala, no parece tener miedo. María reza, pide a esa nada en la que cree que se suspenda todo. Todo. Y sus plegarias, por fin, el dos de junio, son escuchadas. «Por tiempo indefinido», le dicen. Y ella está a punto de abrazar al mensajero desconocido que le ha entregado el telegrama.

¡Ya no tiene que actuar!

Se contiene. Piensa en Camus. Le escribe.

Tienen los días contados, aunque ellos no lo saben.

Él le devuelve otra carta firmada con un nombre desconocido: «Todo se confabula para que tengamos tiempo de amarnos».

María solo piensa en ese último verbo. Tiene tanto amor por dar que siente que no puede contenerlo. Se le desparrama por la habitación, por el cuerpo, le cuesta tragar. Quema. Le supera. Se abandona a él. Pero también tiene momentos de tanta lucidez que le duelen; vislumbra a una joven como ella, que espera paciente a que termine una guerra que parece interminable, una joven esposa a punto de volver, haciendo las maletas para reencontrarse con su marido escritor que vive en París. Ella es la legítima. Ella le dará una familia. Ella, solo ella, su mujer.

María sabe que tiene que retirarse, es lo justo, pero no sabe cómo hacerlo, ¿cómo se renuncia al amor de tu vida cuando se tiene la certeza de que lo es?

Camus no está de acuerdo, intenta convencerla de que no hay sentimientos absolutos ni vidas absolutas, ni nada que sea perfecto dos días seguidos. Su fe y su religión son el presente. El amor libre encontrado, borracho de emociones, deseado en cada centímetro de la piel.

María es ese amor.

Camus es ese amor.

Nunca se encontrarán en Verdelot.

Al despedirse de ella, Camus le dijo: «Esperaré mientras la vida y el amor tengan sentido para ti y para mí».

Y el sentido los acompañó durante años. Años de ser padre, años de triunfos en los escenarios, años de duelos. Sin embargo, el reencuentro fue inevitable.

A María ser la otra ha dejado de importarle. Hubiera preferido ser la esposa, la madre, un día lejano quizá la abuela, la yaya, le gusta ese nombre, pero siendo la otra puede seguir siendo libre, diva; puede soñar, ganar dinero o intentarlo al menos, levantar cimientos y, por el mismo precio, salas repletas de gente, su dosis en vena de adoración; puede viajar sin sen-

tirse culpable por no llegar a hacer la cena, por no acostar a unos niños inexistentes, por ser una mala madre; lo sería seguro, demasiado egoísta e inmadura, ser una mala madre es imperdonable. No, prefiere volver a su casa después de una noche brillante de focos y aplausos y refugiarse en el silencio, en su cama grande, en su cama madre. Eso la reconforta. Sabe que tendrá días fríos, pero también otros, los días cálidos junto con Camus.

Y así, con esa locura latiendo, María empieza a vivir de nuevo. Su mundo entero es un teatro, un drama continuo al que se hace adicta. Empieza a vestir papeles, a ser y no ser, a adaptar obras de teatro, a tocar el cine, a coquetear con los focos apagados y encendidos, con los comienzos y finales. Se aferra a su presente, le recuerda a las obras de teatro. Lo muerde. Lo retiene. No quiere que se le escape nada. Se deja mimar por palabras que salen de su boca ya preparadas, ensayadas hasta el límite de sus fuerzas; le gusta la perfección, quizá porque su vida no lo ha sido nunca y no parece que vaya a serlo. Se deja mecer también por las otras, las palabras que le dicen los demás en la intimidad, en el camerino, en su casa, y en público, en la calle, en la prensa, al finalizar una función. Recibe tantos ramos de flores que los regala. No los soporta. Las flores son como ese día a día al que se aferra, efímeras. Y lo efímero, todo el mundo lo sabe, hay que compartirlo pronto; si no, se pudre.

La felicidad es contagiosa, piensa María. Y sabe que no se la puede guardar para ella sola, que no estaría bien, que su obligación es llevarla consigo a todas partes, repartirla. Sembrarla. Su madre muerta estaría orgullosa de ella, y su padre, todavía vivo y enfermo, muy enfermo, tan enfermo que, como a su querido Camus, de tanto en tanto, los pulmones no le aguantan, lo está, puede que por primera vez en su vida.

El orgullo que los demás sienten por ella es su medicina en vena.

María ha aprendido a dominar los nervios. A templar su carácter salvaje y mimado. No ha sido fácil, sus personajes la están ayudando a superarse día a día. Tiene la agenda llena. Libretos que se acumulan en la mesa del salón. Como las cajetillas de tabaco. Fuma sin parar. Fuma como si no hubiera un mañana. Quizá lo piensa. Fuma porque esa nebulosa que la rodea siente que la hace invisible. Y si María se hace invisible y más pequeña de lo que ya es, si cabe, puede vestirse con cualquier nombre. Transformarse en alguien única y universal. Vivir en distintas épocas, en múltiples ciudades. Puede rasgar el aire con su voz ronca y dura, con su océano Atlántico, hacer magia con gestos apasionados. Todos los sentimientos le estallan en el escenario al mismo tiempo. Y al salir del teatro, al cerrar las puertas y dejarlo todo atrás, la ropa, el maquillaje, el personaje que ha interpretado, vuelve a casa perdiéndose como una ciudadana más, una anónima por las calles, pequeña, invisible, discreta, desplazada, fumadora, auténtica.

—¡Bravo! ¡Qué descripción más sublime!

—¡Gracias!

—Creo que deberías plantearte muy en serio ser escritor.

—Quizá pueda ser las dos cosas.

—Desde luego, ¿quién te lo impide? Por cierto, ¿cómo va ese último guion que me ibas a hacer?

—Avanzando. Me queda muy poco.

—Estoy impaciente. ¿No puedo leerlo ya?

—No, tendrás que esperar a que lo termine.

—Quizá podríamos presentarlo en el festival de Aviñón.

—Puede que sea un poco precipitado, ¿no crees? Solo faltan unos meses. Va a ser una obra arriesgada

—La muerte es el único riesgo de la vida, Airas. Y a mí me encanta vivir al límite. Vivir muchas vidas. Cansarme. Agotarme de existir. Solo así consigo superar el vacío que siento.

—Quizá ese vacío existencial tuyo se arreglaría si volvieras a España.

—Puede, pero decidí que no lo haría y soy de ideas firmes.

—¿Aunque duelan?

—Sobre todo si duelen.

—Pero España ha cambiado mucho, María. Ya no es el país recién salido de una dictadura que tú visitaste en aquella gira. No recuerdo el año.

—Setenta y seis.

—Ha pasado mucho tiempo desde entonces. Ahora somos más modernos y liberales.

—¿Lo crees de verdad?

—Sí, desde luego.

—¿Y qué diría la gente de Galicia si nos viera pasear de la mano junto al mar? ¿Lo aceptaría?

—¡Que digan lo que quieran! Estamos en los noventa.

—En los noventa… ¡Madre mía! A veces se me olvida lo vieja que soy.

—Tú no eres vieja, María. Creo que no tienes edad.

—No sé lo que significa eso, pero mejor no profundizar en ello, muchacho. Aunque algo parecido le decía yo a mi padre cuando, entre achaques y toses, se quejaba de la vejez y de lo defectuoso que estaba. Se fue demasiado pronto, pensando que sería una liberación para mí su ausencia. ¡Qué equivocado estaba! Adoraba su sentido del humor. Su crítica. Era un libro abierto. Con él siempre aprendía algo.

—Me hubiera encantado tener un padre como el tuyo.

—A veces se juntaba con Juan Negrín y entre los dos, con un café y algo para mojar, como decían ellos, intentaban solucionar el mundo y a España, sobre todo a España. ¡Qué ilusos eran! Creo que nunca se dieron cuenta de que no tenía solución. No, al menos, la solución que ellos querían darle. Eran unos idealistas, la utopía desplegando sus mejores encantos en medio del salón de mi casa; sin embargo, me encantaba escucharlos soñar.

—¡Es muy tierno eso que dices!

—Los quería mucho.

—¿No fue Juan Negrín el famoso político del oro de Moscú?

—Sí, el mismo. ¿Conoces la historia? Imagino que la real no se parecerá en nada a lo que has leído de ella.

—Bueno, la estudié hace algún tiempo.

—Hay mucho mito sobre todo lo que ocurrió. Se han inventado tantas cosas sobre la Guerra Civil, Airas, sobre la República, sobre los que fuimos e hicimos, que ya he perdido la cuenta. Antes me molestaba un poco, pero, al final, me di cuenta de que enfadarme era algo inútil. La gente cree lo que quiere, no se puede hacer nada por evitarlo. Lo que se enseña deja poso.

—Eso es cierto.

—Entonces, ¿para qué justificarse? Hoy se nombra la palabra «república» y es sinónimo de peligro y desorden. Es como invocar al diablo rojo y con cuernos. ¡Peligro! ¡Infierno! ¡Comunismo! ¡Rusos! Pero no siempre fue así. Es complicado y largo de explicar, Airas. El franquismo reinventó su propia historia y convirtió a la República en una paria, una indeseable, y a los que crecimos y creíamos en ella, en los «malos malísimos» del cuento, en los enemigos de España. El famoso oro de Moscú forma parte de toda aquella invención.

—Entonces, ¿no pasó?, ¿no se lo llevaron?

—Claro que sí, pero el dinero se gastó en la guerra. Las guerras son todas un pozo oscuro y profundo de necesidades, ropa, comida y, por supuesto, armas, muchas armas, todas las del mundo parecen pocas. Negrín, en el treinta y siete, era el presidente del Gobierno de la Segunda República, y lo fue hasta el final de la guerra, y después, aunque estuviera en el exilio, lo fue hasta el cuarenta y cinco. ¿Que si fue responsable de que se perdiera el dinero que había guardado en el Banco de España? Puede ser; cuando se pierde una guerra, el responsable último siempre es el que está en la cabeza del Gobierno. Él lo estaba. Nunca negó sus compromisos, sus decisiones, buenas o malas. «Resistir es vencer», decía, ese era su lema.

—Me gusta ese lema. También es un poco el tuyo.

—Sí. Me define bastante. Es un lema de luchadores. Negrín era un hombre bueno, amable, muy familiar, culto e interesante, muy parecido a mi padre, a Camus. ¡Siempre me ha gustado el mismo tipo de hombres, buenos conversadores! Disfrutaba en su compañía. Tenía una casa preciosa en la Île de France, y un salón enorme con grandes ventanales desde donde se veían la silueta de la torre Eiffel y los tejados de pizarra de París. Mimaba a sus nietos, a Carmen, a Juan, y a su compañera de vida, Feli. ¡Qué encantadora era Feli! A ellos, a sus nietos, les regaló el salón más grande de la casa, estaba lleno de juguetes. ¿Te lo imaginas? La ilusión de cualquier niño. En aquel salón no había ni un solo mueble. También su librería era un tesoro, especial de arriba abajo, como lo fue la de mi padre en La Coruña y que dejamos atrás al irnos a vivir a Madrid y que, más tarde, nos quemarían aquellos cuatro analfabetos que entraron en nuestra casa a desvalijarla en aras de esa España que pregonaban libre de rojos. ¡Incultos ignorantes! ¡Cuando pienso en ello me entra una rabia que no puedo contener!

—No me extraña. Tuvo que doler.

—Muchísimo. Sobre todo fue un duro golpe para mi padre. ¡Aquella biblioteca representaba para él su vida! Para mí, la belleza. Cuando él murió en París, la biblioteca de Juan me lo devolvía de alguna manera. Y Negrín también. Lo visité durante años, hasta que él también se fue apagando. Le sobrevivió seis años. Me hubiera gustado tener más tiempo, era el único con el que podía hablar de él sin echarme a llorar. El único que me contaba la verdad de todo lo vivido. Su verdad, claro, pero yo creía en ella a pies juntillas, como creí siempre en la verdad de mi padre. Los últimos años de su vida los pasó jugando con sus nietos y redactando sus memorias. Son importantes las memorias, ¿sabes? Hablan de lo que somos. De lo que fuimos e hicimos. Recuerdan, asombran. Cambian versiones escritas por otros que no te conocieron.

—¿Y por qué tu padre no quiso escribir las suyas?

—Decía que prefería no hablar, que la lealtad lo era todo en un mundo de caballeros. Y él siempre fue un caballero, eso lo llevaba muy a gala. Así que con esa idea dejó que pasaran los años de su propia tragedia. El silencio se instaló en su vida, pero no en su corazón. No había vacío ni veneno alguno, porque para que algo así hubiera existido antes era necesario hablar de reparación o de perdón, y eso no era posible. La República estaba perdida. Entonces, ¿para qué hablar?

—¿Para defenderse?

—¿Quién iba a escucharlo? Ya lo habían juzgado.

—No lo sé, siempre hay alguien al otro lado.

—Defenderse o justificarse es de cobardes, eso aseveraba él: «¿Cómo se pueden explicar los caídos? ¿A quién le hablas de los desaparecidos? ¿Cómo apelas a los desplazados? ¿Y los señalados, las mujeres de negro, la gente que se quedó sin empleo por roja, por simpatizante, por familiar de? ¿Cómo te perdona el que lleva los zapatos agujereados y le entra el frío o el que tiene hambre y le ruge el estómago, y ese niño huérfano que nunca más tendrá el cariño de sus padres? Y a los presos políticos, ¿cómo les justificas que vivan encerrados por un puñado de tus ideas cuando tú estás libre?».

—La verdad es que tu padre tenía razón. Qué difícil tiene que ser responder a todas esas preguntas. Y vivir sin sentirte culpable.

—Es imposible hacerlo.

—¿Y Negrín pensaba lo mismo?

—Sí, claro que lo hacía. Se parecían mucho los dos, eran ermitaños, nostálgicos; les tocó vivir lo mejor, su ideario hecho realidad, y después lo peor, su destrucción, la guerra, quedar marcados para siempre.

—Sin embargo, él sí que escribió sus memorias.

—Pero Juan no lo hizo para defenderse ni tampoco para justificarse.

—¿Y para qué lo hizo?

—Para poner orden en su propio caos y el creado alrededor de su figura. Según él, nunca hubo expolio alguno ni la República robó el oro, simplemente sucedió la guerra, y en las guerras, a veces, caes en manos de crápulas y timadores sin escrúpulos. El precio de Rusia fue muy alto, pero el oro no tuvo otro fin que gastarlo en lo necesario. Quizá la pregunta sería a qué precio se pagaron las armas que recibieron.

—A precio de oro.

—Ahí lo tienes. ¿Sabes que se mandaba mensajes cifrados con los rusos a través de telegramas? Las palabras clave eran «niño» para el oro, «padre» para la URSS y «madre» para nuestra España.

—¡Qué bueno!

—Sí, y original. Un regalo envenenado para Franco.

—¿Por qué para Franco?

—En su testamento le dejó toda la documentación original que acreditaba las operaciones que había llevado a cabo con Rusia. Todo estaba justificado al detalle, cada partida, incluido el nacimiento de un depósito de reservas de oro, plata y divisas del Banco de España en el Gosbank de la URSS, el banco central soviético, para adquirir armas o lo que hiciera falta durante el periodo de guerra. No se entregó el oro a cambio de su intervención en la guerra, pero se nos hizo creer que sí.

—¿Y por qué salió el dinero de España?

—Madrid estaba sitiada por los nacionales y supongo que pensaron que era lo más prudente.

—¿Negrín lo pensó?

—Sí, claro. De hecho, su idea no gustó demasiado entre su propia gente.

—¿Y aun así lo hizo?

—Sí, Juan era muy decidido para todo. Recuerdo que cuando nos lo contaba argumentaba que de qué iba a servirnos el oro si Madrid quedaba aislada, que cómo íbamos a comprar armas y víveres.

—¿Y por qué eligió Rusia?

—Bueno, al principio las armas se compraron a Londres y París, sobre todo a París, pero las operaciones de compra resultaban muy lentas y España necesitaba con urgencia el armamento. Después probaron con Checoslovaquia y Polonia, pero no mejoró la situación, por eso Rusia.

—¿Y el otro bando? ¿Tenía dinero?

—No, tampoco, pidieron créditos a los alemanes. Se dice que al terminar la guerra la factura que presentaron los alemanes a Franco era astronómica y que hubo duras negociaciones para rebajarla. También que se reclamó a la URSS la devolución del depósito. Pero allí ya no había nada, o eso dijeron los rusos.

—¿Nada?

—Ni un duro, se sobrevaloraron las armas muy por encima de su precio y cuando se dieron cuenta fue demasiado tarde.

—¡Qué locura todo!

—Ya lo creo. Y lo peor fue la deuda con la que se quedó España, pesó como el mármol en la economía de la posguerra. De ahí tanta pobreza.

—¡Qué triste!

—Mucho, Airas. Ojalá no tengas nunca que vivir nada igual.

—¡Ojalá! No puedo ni imaginármelo.

—Mejor así.

—¡Madre mía! ¡Vaya historia! ¿Por qué en los libros no cuentan cosas así?

—Porque no interesa. La Guerra Civil es algo de viejos y rencorosos, Airas, de gente que no sabe perdonar ni mirar hacia el futuro. De cuatro historiadores locos en busca de la verdad o de novelistas que juegan a inventarla y a sacarla a la luz una y otra vez.

—Ya, ya, eso es verdad.

—No, claro que no. No es así. Y no debería serlo. La herida sigue abierta, y no cicatrizará mientras la gente que perdió a sus seres queridos en España no pueda cerrar su duelo o escuche algo parecido a la palabra «perdón». No es difícil de entender. Todo el mundo necesita un lugar donde llevar flores y hablar con sus seres queridos.

—O rezar.

—O rezar, desde luego. Cada uno se desahoga como puede.

—¿Tú rezas?

—Hablo con ellos. Les cuento cosas.

—No es lo mismo.

—Lo sé, pero como si lo fuera. A mí me vale. ¿Sabes? A mi padre y a Juan los unían también los libros. Ambos eran unos auténticos bibliófilos. Y esa pasión la compartían con Camus. ¡Menudo trío hacían!

—¿Se conocieron?

—Claro. Negrín lo adoraba. Decía que nuestra relación era especial, muy de verdad, que no debíamos perderla nunca y menos por convencionalismos vanos y estúpidos o por el dichoso qué dirán, que el amor era suficiente para llenar siete vidas, veinte, todas en las que quisiéramos reinventarnos. Lo orgulloso que se habría sentido de Camus si hubiera vivido su Premio Nobel.

—Y tú, ¿qué sentiste?

—El cielo en la distancia. Sus triunfos siempre fueron los míos.

—Y viceversa, ¿no?

—Desde luego. Celebrábamos cada victoria propia y ajena.

—¿Y por qué en la distancia?

—Porque no me correspondió a mí acompañarle aquel día, aunque me hubiera gustado. Vivir con él esa experiencia, uf, ¡qué maravilloso habría sido!

—¿Te dolió?

—Sí, lo sentí, mentiría si no lo reconociese. Y Camus también, no te creas. Francine se llevó la gloria por ser la mujer legítima; llevaba un vestido largo precioso y la mano prendida sobre su brazo. Sonreían. Parecían una pareja muy feliz.

—Quizá lo fueron en aquel momento.

—¡Quién no lo sería! ¡Era un motivo enorme de orgullo estar ahí junto a él! La perfección de un instante embellece todos los sinsabores de la vida. Y aquel debió de hacerlo. De todas maneras, la noticia del premio me pilló desprevenida y de gira; estaba en la ciudad de Lima, allende los mares, y solo pudimos escribirnos palabras urgentes de amor y admiración: «¡Qué fiesta, joven triunfador, qué fiesta!», le dije, no con cierto temor de que aquel premio y reconocimiento internacional cambiara para siempre nuestra manera de caminar juntos por la vida.

—¿Fue así?

—No, no, jamás cambió. A mi vuelta me esperaban sus flores inundando con su aroma la casa: «Vuelve a estos brazos que te esperan, mi sol desaparecido en Occidente, mi alma. Te quiero, mi bien amada». Pero, Airas, ¿te emocionas?

—Mucho. Vuestra historia es muy tierna y triste al mismo tiempo.

—Sí. ¡Qué bien nos has descrito en una sola frase!

—Y tu padre, ¿qué opinaba de Camus?

—Mi padre vivió nuestra relación con angustia; que yo fuera la otra, la querida, la amante ocasional, no le gustaba nada de nada. Y no es que le cayera mal, todo lo contrario, le tenía afecto, le admiraba mucho, pero no era el hombre que quería para mí.

—Lo entiendo.

—Sí, yo también lo hice, pero, aun así, Camus era mi vida. Recuerdo un momento, cuando mi padre murió y mi corazón estaba hecho añicos, que le dije: «Ahora solo me quedas tú, tú solo. Ahora soy enteramente tuya».

—¡Qué presión!

—Toda la presión.

—¿Y qué te respondió?

—Le costaba encontrar las palabras. ¿Te imaginas a Camus sin ellas? Fue raro y entrañable al mismo tiempo. Al final me dijo: «Mi amor, déjame decirte que, en estos momentos tan duros, te amo y me entrego a ti por completo. Tengo tantas ganas de vivir cerca de ti, por ti, para ti, eso es todo. Tú y yo. Nada más quiero de este mundo enemigo. ¡Oh, querida mía! Prendo tu mano, la aprieto con toda la pasión que siento. Estoy aquí, te estrecho, te beso, un largo beso».

—¡Precioso!

—¡Y muy cierto! Así que no te pongas triste, Airas, y menos por mí. Fui, no, fuimos felices. De verdad que lo fuimos. Compartimos el aire, la pasión y el trabajo. ¡Qué más se le puede pedir a una relación!

—Ya, pero me da mucha rabia que no pudierais estar juntos.

—¡Pero si lo estuvimos! ¿No te das cuenta? No de la manera convencional, ni tampoco con papeles de por medio, pero sí de corazón, de espíritu, de palabra. Aprendimos a amar el misterio que éramos. Cuando decidí volver con él en el cuarenta y ocho ya sabía dónde me metía, no era ninguna tonta. Joven sí, con toda la vida por delante también, pero no tan ingenua como para no intuir lo que me esperaba. Es cierto que imaginar no es lo mismo que vivirlo, que tuve mis momentos dolorosos y de una enorme tristeza, pero aun así compensó. Estar juntos, aunque fuera solo unos momentos al día, a la semana, al mes, lo justificaba todo; cada vez que Camus se marchaba, ya me hablaba de volver, nunca se iba del todo, ¿sabes?, o al menos yo lo sentía así, vivíamos el amor sin remordimientos, sin desdicha alguna, sin obligaciones, conscientes de la vida privada de cada uno y de la pública, a la cual los dos éramos adictos y nos debíamos por completo; también conscientes de que podía aparecer otro hombre u otra mujer, ¿por qué no? No éramos exclusivos ni tampoco fieles, sino una isla en medio del ruido. «La libertad es para mí el derecho a no mentir», dijo Camus cuando le dieron el Premio Nobel en Estocolmo. Y yo siempre estuve de acuerdo con él.

—«La libertad es para mí el derecho a no mentir»; es una frase para enmarcar.

—Lo es.

María me sonrió, asintiendo con calma. Me miraba, pero no me veía; en realidad, estaba a mil kilómetros de mí, me traspasaba la piel. Le sucedía a veces, encerrarse así, perderse, podía ser una palabra o un gesto lo que lo desencadenase, pero se construía una muralla y dejaba todo y a todos fuera de ella. No hice nada. Me pareció desleal interrumpir su ensoñación. María no me había invitado.

Parecía muy cansada. Desistí de seguir preguntando y cogí su mano. No se dio ni cuenta. Seguí tocándola. Ascendí por el brazo. Pensé en deslumbrarla con alguna frase ingeniosa que la hiciera regresar, en besarla, en sacarla de su mundo para que llegara al mío lo antes posible, la deseaba tanto...

Sentí un pellizco de celos, estaba seguro de que estaba con Camus. Lejos, muy lejos, en alguna cama de París, en algún teatro.

Como ella, yo era el segundo en aquella historia que ni siquiera sabía si podía llamarse así. ¿Significaba algo para María?, me preguntaba. Y cuando me fuera, ¿me recordaría como a los dos amores de su vida? ¿Me reservaría un espacio en su casa para dialogar conmigo?, ¿un momento del día? ¿Me dejaría volver a verla?

Su pasividad me volvía loco y también me excitaba. No era sano lo que teníamos. Los dos lo sabíamos. Yo quería más. Lo quería todo de ella, que me contara su vida, su cuerpo, su sonrisa, sus caricias, su devoción hacia mí. Pero cuando estábamos juntos era como naufragar una y otra vez en manos de una capitana experimentada en todo, que marcaba los tiempos y daba las instrucciones en silencio. No movía ni un solo dedo, no hacía falta. Yo trabajaba por los dos. Ella era la diva. No había duda.

A veces la arrinconaba por la casa sin que ella se lo esperara, o quizá sí lo hacía, y sin pedirle permiso la doblaba y le hacía el amor con fuerza por detrás y ella se dejaba hacer, sumisa, obediente, y cuanto más sumisa parecía más embestía yo su menudo cuerpo, hasta que los dos gritábamos extasiados. Era una sensación brutal. Nos gustaba, tenía algo salvaje. Al terminar, me sonreía con picardía, me cubría de besos la cara con ternura, me daba dos palmaditas sobre el pecho y decía: «¡Ay, esta juventud, qué ímpetu, qué rapidez!». Se encendía un cigarrillo y se marchaba envuelta en su propio humo, dejándome una estela de inseguridades encima.

María era así. Todo un personaje.

María

Recuérdame y emociónate

> Llegué a las palabras buscando el sentido
> primero, y allí de tinta negra y verde
> esmeralda.

MARÍA [illegible]

¡Buenos días, Lucas querido! ¡No sabes lo cansada que estoy! No sé ni cómo me he levantado.

Tengo un poco abandonado el jardín, lo sé, mi vida, no me lo tengas en cuenta, pero ahora mismo no doy para más. El muchacho me está robando toda la energía. ¡Qué intenso es! ¡Qué agotador!

Me había olvidado de su todo, de su yo, de su fuerza, ímpetu del que cualquier sorte. Me excita tanto verle encendido por mí... Me hace pensar que no soy la María ajada que sé que soy, me miro al espejo todos los días y no me engaño, sino la otra, la que Camus conoció, la que tú amaste después, la que levantaba pasiones y espectadores allá por donde iba.

El poder de la mente y las palabras obra el milagro.

María
Perdida en la noche

Eligió al azar palabras buscando su sentido: gusto, boca, gesto, destino, tierra, vivir, renacer, libertad.

María Casares, *Residente privilegiada*

¡Buenos días, Dadé querido! ¡No sabes lo cansada que estoy! ¡No sabes cómo me cuesta levantarme! Tengo un poco abandonado el jardín, lo sé, mi vida, no me lo tengas en cuenta, pero ahora mismo no doy para más. El muchacho me está robando toda la energía. ¡Qué intenso es, qué agotador!

Me había olvidado de su todo, de su ya, de su fuerza e ímpetu, del en cualquier parte. Me excita tanto verle encendido por mí... Me hace pensar que no soy la María ajada que sé que soy, me miro al espejo todos los días y no me engaño, sino la otra, la que Camus conoció, la que tú amaste después, la que levantaba pasiones y espectadores allá por donde iba.

El poder de la mente y las palabras obra el milagro.

Me gusta Airas. No te lo voy a negar. Me ha devuelto la alegría de vivir, de gozar, se me había olvidado casi por completo. ¿No me crees? Pues es cierto. Había incluso llegado a convencerme de que el sexo no era tan importante, ¡ya ves! ¡Cómo nos mentimos las personas! Pero no, no, qué va, sentir el fuego entre las piernas es lo mejor del mundo. No hay nada que se le parezca. Si pudiera elegir una manera de morir, sería así, sintiendo ese volcán. Su erupción. Arriba del todo. Un orgasmo y adiós. ¡La felicidad!

A veces me dice: «¡Qué guapa eres, María!» o «¡Me vuelves loco!». Y yo le respondo: «Calla, calla, ¡qué cosas dices, muchacho!».

Pero me gusta que me lo diga. No quiero que pare. Lo abrazo muy fuerte y me dejo querer. ¿Por qué no? No quiero contenerme. Lo que nos está pasando es un regalo excepcional de la vida y siento que debo ser agradecida. Mimarlo. Ya se dará cuenta él de que nuestra relación no tiene ningún futuro. No, al menos, para mí. Tampoco para él. Ya se marchará por donde vino. Un día me mirará después de hacerme el amor o al levantarse por la mañana y descubrirá a través del humo de mis cigarrillos siempre encendidos quién soy de verdad. Espero que no se asuste mucho. Nunca le he engañado. Nunca he sido otra mujer que yo misma. Nunca le he hecho promesas. Los años me han enseñado a quererme. Y puede que sea esa seguridad tan mía lo que le haya enamorado. La gente joven está llena de complejos.

Cuando me diga el adiós que espero, que temo, le acariciaré la nuca y le susurraré al oído la palabra «gracias». Sí, amor, «¡gracias, infinitas gracias!».

Estoy preparada para otro abandono. No es mi primera vez. Aunque puede que sea la última. Sí, puede ser. ¡Qué pena! ¡Es tan único sentirse amada, Dadé...!

También tener un territorio propio donde saberte a salvo. ¡La Vergne, qué isla!; aquí caben todos mis encuentros y las distancias. ¿De cuántos naufragios me ha salvado ya este lugar? He perdido la cuenta, querido.

¡Te debo mucho! Sin ti, este lugar no existiría.

Sé lo que vas a decirme. Me lo sé de memoria, es como si te oyera: «La diferencia entre la confianza y la temeridad radica siempre en lo absurdo de una relación». Siempre fuiste tan realista, tan sincero, tan precavido... Pero el amor es otra cosa, Dadé. No es como comprar una casa. El amor no piensa; siente, se deja llevar, sufre, se vuelve loco, se retuerce, ama, ama, ama. ¿No fui yo acaso la reina del existencialismo? ¿No me asignaron ese papel? Pues eso. ¡Déjame entonces disfrutar mientras dure! No te preocupes más por mí. No quieras salvarme todo el tiempo. Ya hiciste bastante. Esta vez no voy a caer en un pozo profundo, no voy a equivocarme, no dejaré que me hagan daño otra vez; ya no le tengo miedo al desamor, como antes me sucedía, ni al contacto, ni a los besos, ni al silencio que sé que llegará, ni a quedarme sola de nuevo conmigo misma y estos pensamientos que no paran ni un segundo en mi cabeza. Ya no.

No, esta vez no le tengo miedo a nada, Dadé. Esa es mi resistencia. Es lo que tiene estar más cerca de la muerte que de la vida, te quita todos los complejos de encima. Y sin complejos la vida va madurando sin que nos duela. Me he convertido en aquel personaje que fui una vez o tantas veces, he perdido la cuenta de las veces que lo he representado, Lady Macbeth. Hoy más que nunca quiero su fuerza y la busco. Vivir como ella, ser como ella, olvidarme de pensar, agradecer a la vida que me permita soñar un poco más, solo un poco más. No creo que sea tanto pedir.

A veces me da por pensar en el inicio de todo lo que fuimos, en este lugar perdido del mundo, tan alejado de lo que siempre había querido, el mar. Contemplar el Atlántico todos los días al levantarme, eso es lo que yo quería, y no vivir en medio de la campiña francesa.

¿Cómo lograste convencerme?

Pienso en aquel viaje desde París, ¡se me hizo eterno, eterno!; pienso en tu insistencia machacona: «Invierte —me decías—, invierte, María», me repetías una y otra vez. Y yo, que no había tenido dinero en toda mi vida más que para ir tirando, de pronto, en medio de mi gran tragedia, me llovía el parné del cielo, me llovían los papeles y los contratos, los mensajes de condolencias, los telegramas, los apoyos, las miradas de ternura y compasión, porque todo el mundo sabía que yo era la otra, la segunda mujer, la que Camus había amado con toda el alma. Y en medio de aquel circo mediático, del morbo que despertábamos, yo guardé silencio, me retiré de la vida pública. Me prometí a mí misma que no daría ni una sola entrevista, que no hablaría de él, de nosotros, que no entraría en su juego provocador. Lo cumplí. Tú lo sabes. En mi fuero interno sabía que la única manera de sobrevivir era trabajar, trabajar como nunca lo había hecho hasta entonces. Por eso no interrumpí ninguna grabación, ningún ensayo, ninguna representación; estaba hundida, sí, lo estaba, y era incapaz de pensar, de sentir algo cuerdo que no fuera el deseo de la muerte o aprenderme de carrerilla una obra completa. ¡Qué esfuerzo me suponía!, pero compensaba, ya lo creo, me evitaba las lágrimas durante el día. La noche ya era otra cosa. Allí estaban, puntuales, era cerrar los ojos y comenzaban la lluvia y los recuerdos. Se sucedían en fila, hasta que mi cuerpo ya no podía más y caía rendido, extenuado por su propio agotamiento y tristeza, como mis cigarrillos, tres caladas y el siguiente, tres caladas y el siguiente, tres... Los absorbía. Juraría que fumaba hasta dormida. Puede ser. Perdí la cuenta de los paquetes que pasaron por mis manos aquellos meses. Me lo fumé todo. Sentía que, de alguna manera, el humo me hacía desaparecer, volatilizarme, unirme en espíritu a Camus. Una estupidez más de las mías, ya lo sé. Te lo confesé en aquel viaje a La Vergne, ¿te acuerdas? Te quejabas todo el tiempo del humo, de la ventanilla bajada, de mi mal humor que no era otra cosa que rabia, mucha rabia y un dolor de corazón insoportable; y yo, encima, sentía que te debía una explicación. ¡Qué mal me sentó que te rieras!, tan mal que te dije que pararas el coche porque necesitaba caminar y perderte de vista un rato. Tú te resistías a hacerlo, claro. Y yo te chillaba: «¡Para!, ¡que pares!». Al final, abrí la puerta en marcha y tú perdiste el color y no tuviste más remedio que frenar en seco y dejarme, a regañadientes, bajar del coche. En aquel momento te odié a muerte. Te odié muchas veces a lo largo de la vida. También te quise. Sí, te quise mucho, más de lo que nunca te reconocí.

Pero tú siempre lo supiste, ¿verdad?

Cuando llegamos a La Vergne, te pregunté molesta: «Pero, Dadé, ¿dónde estamos? ¿Qué es este lugar perdido?». Y tú te encogiste de hombros y respondiste: «¡El paraíso, María! Es el paraíso».

Tenías razón.

Lo reconozco ahora, aunque, en el fondo, lo supe también entonces, lo supe desde el primer momento. Fue la lluvia suave, ¿sabes?, la lluvia dulce como la llamaba mi madre, la lluvia gallega, esa que va calando pero no molesta, lo que me enamoró de este lugar. Creo que, si no hubiera comenzado a llover, nunca la habría comprado a medias contigo, Dadé querido. Pero cuando el agua empezó a caerme y miré los árboles que me rodeaban, robles, hayas y castaños y tantos otros que no conocía, y luego, más al fondo, vislumbré la casona cubierta de verde, sola, como abandonada, envuelta en un halo de nostalgia, caí rendida ante ella. ¿No me decía Camus «mi peregrina»? ¿Acaso no habíamos hecho nosotros una peregrinación desde París hasta aquel lugar incierto?

Al atravesar la puerta azulada respiré hondo.

Me adentraba en mi reino.

Había encontrado mi tierra verde en medio de Francia.

Recuerdo lo feliz que te pusiste cuando te miré y asentí despacio. Me apretaste la mano con cariño. Un gesto sencillo. Un gesto que nos unió para siempre. Era el año sesenta y uno, tenía treinta y nueve años.

No tenía marido, ni hijos, ni una familia cercana. Nadie me esperaba calentando la cama. No tenía a quien escribir cartas, a quien contarle mis cosas, a quien añorar, a quien querer besar. Nadie con quien viajar de la mano. Nadie que me esperara enamorado en el andén de ninguna estación. Los amantes se sucedían como las flores, eran de usar y tirar. Prescindibles. Todos me daban igual. Incluso los amigos me daban igual. Los hería, lo sé, te hería, créeme que lo lamenté después, ni siquiera me daba cuenta de ello en aquel momento.

Sin embargo, siempre hubo una utopía que conservé intacta desde que me fui, una ilusión que creí inmortal y resultó no serlo, algo que ni la muerte de Camus, de mi padre o de mi madre habían conseguido quitarme, era la idea romántica de la tierra, la idea necia de volver. ¡Ya ves!

¡Volver a Galicia! ¡Mi Galicia! Sí, pensaba entonces; mientras no pudiera volver, La Vergne serviría, sería mi país adoptivo.

Y así esta casa se fue convirtiendo en mi refugio. Era el lugar donde aplacaba la ira. ¡Tenía tanta...! Tú me lo decías. Dormía de tirón. Fumaba menos. Leía más. No bebía litros de alcohol.

Al principio, imaginé que sería un lugar de encuentro entre actores, que celebraríamos fiestas de días enteros, bacanales, ja, ja, ja, qué ilusa, fíjate por dónde, resultó todo lo contrario, una isla casi desierta, solo para nosotros; solo para mí, al final.

Sé lo que estás pensando, pero ¡si nunca estoy sola! Por eso he dicho «casi». ¿Qué quieres? Me moriría si lo estuviera. Me gusta acoger a gente de vez en cuando. Invitar. Sentir que puedo hacer algo por ellos, ser musa, profesora, hija, madre, inspiración, incluso amante, ahora mismo. Me necesitan, o eso creo. Yo también los necesito. Tanta incomunicación me vuelve huraña. Puede que sea un sentimiento materno mal encauzado, o puede que se deba a que soy un ser caprichoso desde la cuna y dependiente de cierto calor humano de tanto en tanto. Cierto, sí. ¿Todo? ¡Vale, puede ser! No me importa reconocerlo. Tampoco es un delito buscar una familia de mentira, alguien que te quiera, que te sea fiel, que te mime y acompañe, que te pueda dar un abrazo fuerte o secar las lágrimas en un momento de crisis pasajero; esa corte que me rodea, como te gustaba llamarlos a ti despectivamente, Dominique Marcas, Ángeles y Juan, Cricou, Pierre y, antes de ellos, tantos otros, me llenan la vida y nunca les estaré suficientemente agradecida.

¡Dadé, qué vida la mía, tan llena de contradicciones!

Siempre justificándome, incluso ante los muertos.

¿Te acuerdas de cuando te pedí matrimonio? ¡Qué suerte tuve de que entendieras mi gesto, mi súplica, mi forma de agradecer el abrazo que Francia me había rendido durante una vida entera! «Ya es hora de ser una ciudadana francesa», te dije. Y a ti te pareció de maravilla. ¿Fue nuestra boda un símbolo? Puede ser.

El triunfo profesional de una mujer exiliada que nunca quiso renunciar a sus raíces y que, sin embargo, acabó por hacerlo.

Airas
El Milagro de Aviñón

Y, por un segundo, percibió el océano.

María Casares

«Conquisto la libertad, pero los tabúes se quedan. Y yo los encuentro y puedo sacarlos en el teatro, porque en el teatro no se dice lo que se vive, sino lo que no se vive».

Los tabúes, los miedos, siempre los mismos miedos de María, aquellos que la acompañaron durante años y de los que se reponía una y otra vez frente a su público, lograban el milagro. Solo ante ellos se crecía. Quizá, por eso, cuando comenzaron a llamarla el Milagro de Aviñón, nunca se sintió molesta. En realidad, era cierto, su vida entera había sido un milagro; su manera de actuar, incluso su forma de sobrevivir, de sobreponerse a cada desdicha, había sido un milagro.

María lo ha vivido todo en escena, lo ha conquistado todo, lo ha sentido todo, un caleidoscopio de emociones.

Su curiosidad es insaciable.

Repite mil veces una escena, y otras mil si hace falta, no hay descanso hasta que todo sale perfecto, sin tacha. Es un titán en el trabajo: «Que nadie te eche en cara que eres una extranjera —se dice—. Que nadie te coloque en la frontera, en esa tierra que nadie quiere».

Argentina, Perú, Chile, México, la URSS, Finlandia, Suecia, Dinamarca, Noruega, Argelia, España, Italia, Grecia, Bélgica, Suiza, Canadá, Nueva York y tantos y tantos otros lugares. Algunos son de verdad, otros, solo inventados por ella para viajar en el tiempo a través de sus escenas: palacios renacentistas, castillos de la Edad Media, ruinas del mundo azteca…

El ritmo de vida que lleva es agotador.

Un dulce agotamiento que evita que sus cicatrices sean visibles, pero están ahí, todas sus tristezas caminan con ella.

Mientras Camus estuvo en sus pensamientos, en cada carta de ida y vuelta, su deseo más íntimo era volver a Francia, volver a casa, a la rue Vaugirard, a París, a su cuerpo, a sus manos, a ocupar en exclusiva su corazón dividido e infiel: «Pase lo que pase, estarás para siempre»; pero, cuando Camus muere, María se siente tan perdida que reniega incluso del que ha sido su nido de amor hasta ese momento, el palomar, la terraza donde fumaban, del hogar que inventaron juntos tantos ratos. Rehúye su cama, sobre todo la cama, sus libros, incluso sus obras de teatro; rehúye su mesilla de noche, la foto que hay sobre ella, no puede ni mirarla sin sentir que se le inundan los ojos, se ahoga, tiene náuseas, detesta las atenciones de los que la quieren y se preocupan por ella, no las quiere. No quiere nada de nadie. Y se pregunta para qué volver si nadie la espera. Para qué nada que no sea actuar. Actuar, actuar, ser otras, otros. Vivir en sus intimidades. Ya no quiere ser ese todo que era, ese vivir con el corazón en la mano estrujando la vida. Ya no tiene ilusiones. Ya no recuerda para qué sirve la palabra «utopía». En boca de Camus parecía tan posible vivir en ella... Por ella. Cinco minutos juntos compensaban cualquier distancia, cualquier infelicidad.

«¿La propia muerte podrá separarnos?».

«No, la muerte no separa a los que se han reunido con el alma, solo mezcla el viento la tierra y los cuerpos».

Tierra y cuerpos... Sigue trabajando.

Trabajar, trabajar es la clave contra el desamor, contra la muerte y el duelo, contra la compasión de los demás y su rostro de pena inmensa al mirarla. ¡Cómo los odia! Trabajar, trabajar, darse a los demás, no pensar, ser milagro entre los milagros, mujeres distintas, mujeres, mujeres, incluso hombres. Sí, no le importa representar a hombres, tienen un punto divertido. Existencialista. Y así pasa de una obra a otra, del teatro más contestatario al teatro de protesta, a lo cómico, a la tragedia, mejor no acomodarse en ningún papel, en ningún lugar, se dice. Es mejor no sentirse cómoda.

María ha pensado muchas veces en dejarse morir. Tampoco es tan difícil, ella misma ha muerto muchas veces en escena. Sin embargo, elige vivir. Elige envejecer.

Envejecer en los teatros del mundo, envejecer en La Vergne, envejecer junto con Dadé temprano, con Camus, siempre a mediodía, amando el azul de sus mares contrapuestos. Envejecer rememorando todos sus personajes, sus encuentros, los directores para los que ha trabajado, envejecer mirando a su público a los ojos, envejecer enseñando a sus pupilos.

Es una actriz al servicio del arte. Una actriz amante. Una actriz solitaria rodeada de gente, a la que le gustan las cosas más sencillas del mundo, como cuidar las plantas, mirar durante horas el agua, regar el jardín, leer en su biblioteca roja novelas muy oscuras, novelas noche, y mirar las estrellas después. Le apasionan esos puntitos de luz que bailan caprichosos por el cielo. Imagina que son ángeles.

Su vida no ha sido en vano.

Para ningún escorpio la vida es en vano. María lo ha ganado todo en su vida profesional. María lo ha perdido todo en su vida personal.

La vida no le había dado un solo respiro.

Tampoco le importa, ha aprendido a aceptar las cosas como vienen. En eso consiste su carácter apasionado.

Ha recibido premios, menos de los que debería: el Brigadier, en el sesenta y uno, le ayudó a levantar la cabeza, a sonreír después de una época de mucha oscuridad. Se lo concedieron por interpretar un papel que ella adoraba, Miss Campbell en Cher menteur. *No le fue difícil quererla. El personaje, en realidad, tenía un cierto halo de soledad que ella comprendía a la perfección. La trama se parecía tanto a su propia vida que, si no hubiera sabido a ciencia cierta que no había tenido nada que ver en su creación, hubiera pensado que estaba hecha casi a su medida: un famoso escritor, ¿acaso no podía ser su amado Camus?; una célebre actriz que va envejeciendo y siente que, al contrario de lo que le sucede al escritor, está perdiendo su brillo, el interés de su público, incluso a su amado; quizá solo eran imaginaciones suyas, pero ¿no le había sucedido algo parecido?, ¿no podía ser ella la propia Miss Campbell, la Miss Todo y Nada, como la llamaba Camus?; una relación de amor inusual, divertida, sensual, irónica, ácida, muy ácida, una relación perfecta.*

Miss Campbell se convirtió en su mejor amiga, en su confesora en tablas, piel, cabeza, emoción, fue la única manera que encontró de superar la muerte de Camus a la vista de todos. En privado seguía llorándole. Su cama era una piscina.

Más adelante llegaron otros premios. Algunos inesperados. Uno de los que más ilusión le hizo, ilusión y asombro a partes iguales, fue ser nombrada en el ochenta y cuatro hija predilecta de La Coruña y recibir la Medalla Castelao. Era una hija que todavía no había vuelto a casa. ¡Curioso! Una hija que no había recuperado nada de lo que le habían quitado. Una hija que no volvería nunca pese a querer a Galicia con toda su alma. Imaginó la cara que pondrían sus padres desde el cielo. Le pareció que lloraban agradecidos por ese honor. Ella también estaba agradecida. Lloró con ellos, como lloraba cada vez que miraba el Atlántico y recordaba su niñez.

No recogió el premio.

En el ochenta y ocho, le dieron el Premio Syndicat de la Critique a mejor actriz por Hécube *y la nominaron al Molière de la Comédienne. Se lo dieron. Recibió la Medalla al Mérito de las Bellas Artes, concedida por el Gobierno español, y el Premio Segismundo, por el sindicato de actores y directores de España. De nuevo la emoción, el llanto, el sentimiento inmenso por España: «Quise seguir siendo española mientras era refugiada para compartir, de alguna manera, la suerte de los míos, pero siempre pensé que el día en que pudiera volver a España me haría francesa».*

Así sucedió el tres de junio de 1980.

María volvió a casa con Rafael Alberti en la voz; volvió como siempre quiso, siendo lo que era, una actriz de la cabeza a los pies; volvió sin dudarlo un día de 1978, pero, al contrario que él, ella nunca regresó para quedarse. En aquel tren que la llevó despacio hasta su España amada, se dio cuenta, por primera vez con un dolor inmenso, que aquella tierra que ella creía suya ya no le pertenecía.

Así lo escribiría en sus memorias.

Las palabras la ayudaron a liberar lo que sentía.

En el ochenta y nueve la nominaron al César a la mejor actriz secundaria por La lectrice.

En el noventa, obtuvo el Grand Prix National du Théâtre y la Legión de Honor concedida por el Gobierno francés. Su país de adopción tardó en reconocerla más de lo que ella hubiera querido, pero lo hizo, y eso era lo que contaba.

Aquel día también lloró abrazada a la imagen de su querido Camus. Nadie lo sabe, pero le escribió una carta como si estuviera vivo para contárselo que después quemó en la chimenea.

—¿Así termina el artículo?

—Sí, ¿te gusta?

—Mucho. ¿Cómo sabes que lloré, Airas?

—Es imposible que no lo hicieras.

—¡Soy demasiado sentimental!, ¿verdad?

—No, no lo eres, solo una mujer enamorada.

—Nunca pensé que aun estando muerto seguiría queriéndolo de esta manera.

—¿Y por qué deberías no hacerlo? Lo que tuvisteis sigue ahí, siempre a mediodía, ¿recuerdas? Me lo dijiste tú nada más llegar. Que el azul era Camus y los amaneceres y el jardín, Dadé, y que esos momentos eran solo vuestros y no podía inmiscuirme.

—Es extraño compartir una relación con espíritus.

—Yo me siento muy afortunado.

—Pero lo nuestro no es de verdad, Airas. Bueno, no he querido decir…

—Para mí lo es y lo será siempre, es lo más auténtico que he tenido nunca.

—Perdona, Airas, no quería herirte, solo es que lo nuestro no tiene ningún futuro.

—¿Y quién piensa en el futuro teniendo este presente?

—Tú, al menos, deberías hacerlo. Y sabes tan bien como yo, aunque me duela decirlo, que lo nuestro debe…

—Por favor, por favor, no lo digas, María. No lo pronuncies siquiera. Si lo haces, no habrá vuelta atrás.

—Airas, tengo que hacerlo. Y siento tener que decirlo, pero alguien tiene que ser un adulto aquí, y creo que, esta vez, me ha tocado a mí, para variar. Tienes que seguir con tu vida, muchacho. Y yo debo hacer lo mismo. Lo nuestro debe terminar.

—¿Y eso qué significa?

—Que tengo que volver. Hace tiempo que las tablas me esperan. Esta vez me han pedido que sea el papa. ¿Qué te parece?

—Que eres mucho más guapa.

—¡Ja, ja, ja, eso seguro!

—Lo bordarás, como todo lo que haces.

—Lo intentaré, al menos.

—¿Y por qué no me dejas acompañarte?

—No, tu trabajo ha terminado hace tiempo. Sabes más cosas de mí que yo misma.

—Podría seguir aprendiendo, podría quererte... ¡Te necesito, María!

—No, Airas, no digas eso. No quiero oírlo. No me necesitas para nada. Tienes una pasión arrolladora dentro. ¡Úsala para escribir! No quiero ser tu excusa, no quiero representar tus miedos. No quiero que te escondas tras de mí. Me gustaría poder explicarte mucho mejor lo que siento ahora mismo, pero no, no, es mejor que no lo haga, solo alargaría lo inevitable. ¿No te das cuenta de que te queda todo por vivir, de que yo solo sería un lastre en tu vida?

—No es cierto.

—Lo es, lo es, aunque ahora no lo veas, aunque te niegues a entenderlo. Qué infinita dulzura tienes, muchacho. Me enamoras.

—Te quiero, María.

—Y yo a ti.

—Cuando vine aquí pensé que serías una mujer inalcanzable. Te imaginaba tan diva, tan distante...

—Ser una diva no es algo malo.

—No, no, claro que no. Pero me habían dicho que no te gustaba conceder entrevistas, que no te gustaba la gente ni hablar de tu vida privada.

—Y no se equivocaron. No me gusta.

—Entonces, ¿por qué conmigo ha sido distinto?

—Qué te puedo decir, Airas, no lo sé. Fuiste especial desde el principio, desde aquel ramo de flores y la carta. Y no te voy a engañar, porque creo que tampoco tú lo haces: tu parecido a Camus ayudó. Me dejó noqueada. Esperanzada. Era como volver a tener la oportunidad de verlo, de hablar con él, de abrazarlo. Lo que nos pasó después ninguno lo eligió, sucedió sin más. El destino es caprichoso.

—Y si el destino nos unió, ¿por qué quieres alejarme de tu lado?

—Por tu bien.

—Tú me haces bien. Me haces mejor persona.

—Eso mismo le decía yo a alguien a quien amé con toda el alma.

—¿Y qué os pasó?

—Que también se fue.

—Pero es verdad. Quién me iba a decir que me encontraría con una mujer como tú, tan sensible. Despiertas en mí una ternura que no conocía, María. Me he hecho mayor contigo.

—Eso es cierto.

—Me gustas tanto, tu mirada felina, tu contoneo, tus historias, incluso tu manera de no hacer nada, de leer sin mirar la hora, de no saber cocinar nada o hablar todos los días con esos amores ausentes tuyos. ¿Cómo voy a vivir sin todos estos instantes, María?

—Encontrarás la manera.

—No sientes lo que dices.

—No, no lo siento. Pero sé que es mejor así.

—¿Mejor para quién?

—Para ti.

—¿Y por qué no dejas que sea yo quien elija lo que me conviene?

—Porque no estás preparado para liberarte.

—No quiero liberarme, y menos de ti.

—¿Te das cuenta de lo que dices? Te saco casi treinta y tres años, Airas, ¿¡quieres despertar de una vez!? Tienes toda la vida por delante, muchacho, y yo estoy en la cuenta atrás. No quiero tenerte cerca cuando enferme, no quiero tu pena, ni ser dueña de tu tiempo, no quiero ser un lastre para nadie, ni salvarte la vida ni que tú me la salves a mí. No quiero dependencia alguna. He vivido libre y libre seguiré hasta mi último aliento.

Nunca imaginé que María pronunciaría aquellas palabras, tenía la esperanza de que...

—No tiene por qué ser mañana mismo, Airas, pero debes pensar en marcharte.

Me quedé sin aliento, sin ningún argumento para rebatirla, ni siquiera me salieron las caricias. Salí de la casa corriendo. Tenía muchas ganas de llorar. Caminé despacio por el jardín, y me fui alejando dando patadas a cada pequeña piedra que me encontraba como un niño enrabietado. Poco a poco, el escenario que había creído perfecto tan solo un día antes al amanecer fue perdiendo su encanto. Aquel no era mi sitio. María no deseaba que lo fuera. Estaba confuso, enfadado, me costaba digerir lo que me había dicho. Me quería pero no quería estar conmigo, ¿cómo se podía soportar esa contradicción?, ¿por qué tenía que ser María tan difícil, tan odiosa, tan irracional?, ¿o era yo el que estaba siendo inmaduro?

Me sentía fatal.

Llegué hasta el lago sin saber cómo. María me había prohibido pisar ese santuario. De pronto, su azul me dejó derrotado. Fue como si recibiera un puñetazo en la cara, como si Camus me hubiera estado esperando para charlar de hombre a hombre y me estuviera dando una lección.

Asentí, en realidad lo había sabido desde el principio, desde el primer beso que nos dimos, yo nunca sería él, era imposible que María sintiera alguna vez por mí aquella inmensidad.

«¡Está bien! —dije en voz alta—, ¡tú ganas, Camus!».

Me senté en el suelo y seguí prendado de aquel azul que no me pertenecía.

Lloraba como un niño pequeño.

María
Más allá de la vida

¿Cuándo está un gesto consumado?

María Casares

Querido Camus, he vuelto a casa. Sí, he vuelto, digo bien, no he perdido el juicio. Mi casa siempre serás tú. Ayer se fue el muchacho. ¿Sabes? Creí que no llegaría el momento. En realidad no lo deseaba, aunque le dije todo lo contrario. Ya, ya sé lo que estás pensando. ¡Cómo te gusta recordármelo! A ti te hice lo mismo. Pero no compares, amor, esto no es lo mismo. Ni siquiera se le parece un poquito.

Te confieso que me gustaba tenerlo en casa, que no tuviera prisa en irse, sentir su mirada al pasar, adueñarme en cierta manera de su frescura, que los días fueran pasándonos sin que ocurriera nada definitivo.

No pensé que lloraría. Siempre fui una ilusa, y menos fuerte de lo que la gente ha pensado de mí. Todo fachada, tú me lo decías: «Eres todo fachada, María. Pareces una leona que se come el mundo, pero no te conocen. ¡Si vieran este dulce y desvalido gatito como lo veo yo...!».

Aparento. Soy actriz, tengo que hacerlo, es mi sino.

Lo reconozco, primero le empujo a quedarse y después a marcharse, le digo que hemos terminado, que debe seguir su camino, y después lloro sin consuelo. Tenías que haberme visto, toda la noche en lágrimas, ¿qué te parece? Dejar de verlo ha sido como despedirme de ti otra vez, aunque a ti nunca pude decirte adiós.

¡Aquel accidente fue una traición, que lo sepas!

Ya le añoro. ¡Qué boba! Pero sí, lo hago. Lo pasábamos bien juntos. A ti te lo puedo contar. A veces pienso que desde que llegó me estaba despidiendo de él, porque es lo que debía hacer, ¡siempre la ética odiosa, esa moral que me susurra al oído como si fuera un buen padre! ¡Quizá lo sea!

¿Qué era lo que tú y los tuyos, Sartre, Beauvoir, Genet o el propio Antonin Artaud, me decíais cuando os empeñabais en convertirme en vuestra musa del existencialismo? «El hombre se inventa constantemente y el único universo existente es el de la subjetividad humana, el ser humano como único legislador de su vida». Eso es. Soy la única jueza de mi vida.

Me creí el papel que me asignasteis. Me lo creo todavía.

Me costó dar el paso. Justificaba mi retraso con mentiras, ¡ha sido muy tierno eso de ser feliz de nuevo, de querer, de ser importante para alguien! No teníamos ningún futuro juntos, los dos lo sabíamos, aunque él creyese lo contrario. ¡La juventud vive en esa quimera permanente, en esa deliciosa inocencia que no tiene prisa para nada más que para ser feliz! Y todo el mundo sabe que la felicidad con veinte años es sexual. Nadie habla de ello, pero para qué negarlo. Nosotros también vivimos esa sensación de éxtasis permanente, esa isla dorada basada en los orgasmos.

Ojalá nunca hubiéramos salido de ella.

¡Ojalá!... Parece que te oigo.

Ahora recuerdo más que nunca aquellos días. Su intensidad. Madre mía, ¡qué fuego! No es que te compare con

Airas o con Dadé; sí, quizá lo hago; sí, vale, lo reconozco, lo hago todo el tiempo, pero no es justo por mi parte, y tampoco es justo para ellos. Yo no soy la María de entonces, no soy la María de Dadé ni la de Airas tampoco, no soy la de ninguno de los amantes que vinieron después de ti. Ni la de los que te precedieron.

Todo fue después de ti, Camus.

Todo fue después de tu accidente.

Se me terminó el combustible cuando te estrellaste contra aquel árbol. Se derramó en aquella maldita carretera. No pude recogerlo. Desde entonces me alimenté de detalles, esos a los que nunca había prestado atención, esos que daba por descontado: tus cartas y sus cientos de palabras, el ruido de los muelles del colchón, la mirada desde el marco de una fotografía dedicada con amor, el sonido de tus pasos imaginarios acercándose despacio a mi habitación, tus nudillos golpeando la puerta de la entrada, nunca te gustó llamar al timbre, decías que me ponía de mal humor. Lo hacía, es verdad. Aún lo hace. Tu manera de sorprenderme, de ilusionarme, eso me encantaba de ti, siempre tenías un proyecto, una idea, un viaje que proponerme.

Me hacías ser mejor persona. Es curioso, Airas dijo lo mismo de mí.

Detalles, miles de detalles que dejaron un día de ser insignificantes: flores frescas a la vuelta de mis giras, noches interminables hablando de naderías, naderías que nos unían, una mano en la cintura, un abrazo largo, un beso fugaz a cualquier hora del día, la palabra «suerte» en tus labios, en los míos; cualquier detalle me valía para seguir viviendo, me ayudaba a respirar, me enseñaba a soportar tu ausencia. Incluso el sabor de una manzana me hacía volver a ti. ¡Una manzana!

Ahora me estoy comiendo una.

Ahora estoy contigo.

La muerte es lo más obsceno de la vida. ¿Quién lo dijo? No lo recuerdo, quizá me lo acabo de inventar. Podría ser.

Tengo tantas frases en la memoria, tantas citas, autores y libretos, tanto de otros, tanta mezcla... La muerte es lo más obsceno de la vida, ni siquiera sé lo que significa.

Odio los detalles. No, los amo.

No te he contado que me han propuesto participar en un coloquio sobre textos tuyos y de Lorca en el Piccolo Teatro di Milano. Ya te lo imaginarás. ¡La *bella* Italia! No he podido negarme, Italia y vosotros sois mi debilidad.

Esta mañana mientras ordenaba el cuarto de Airas, mientras deshacía la cama, abría las ventanas y me aferraba a su recuerdo joven todavía llorando, he encontrado nuestras cartas sobre el escritorio.

Encima de ellas había una nota:

> ¡Publícalas, María! No creo que haya en el mundo dos personas que se amaran tanto. El mundo merece saberlo. Conoceros como yo lo he hecho.
>
> Te querré siempre siempre.
>
> AIRAS

A su lado había un manuscrito titulado *El último guion*.

Ha seguido el llanto. ¡Qué angustia! Parezco una fuente estropeada, un grifo que gotea sin parar. No me besó en los labios antes de marcharse. ¿Por qué no me besó? No lo entiendo. Me hubiera gustado que lo hiciese.

Habría aferrado su aliento a mi boca. La última bocanada de aire fresco.

Lo último de todo.

¡Ay! En el fondo siento este desenlace tan triste. Creo que él esperaba que cambiase de opinión, pero no he podido, Camus, no debía hacerlo, y al final se ha rendido. Me di cuenta cuando lo hizo, agachó la cabeza y de pronto se le cayeron los hombros. ¡Parecía derrotado!

Imagino que lo estaba. No dijo nada, pero se encaminó a

su cuarto y se puso a recoger sus cosas. Cuatro cosas, no trajo más. Terminó rápido.

Se me puso un nudo en la garganta. Me encerré en el baño.

Pero déjame volver a las cartas y a *El último guion*. Tengo los dos aquí conmigo, amor. Llevo acariciándolos todo el día, leyendo pequeños fragmentos de nuestra vida. Leyendo lo que escribió Airas para mí.

¡Ay! No paro de suspirar.

Tiene razón el muchacho. Nuestra historia de amor fue preciosa y merece una segunda oportunidad, o quizá no, que sea ella quien decida sobre su futuro. Ya me he decidido. Voy a llamar a tu hija, a Catherine. ¡Quién mejor que ella para guardarlas, para custodiarlas! Desde que murió su madre hemos hablado alguna vez, pocas, menos de las que me gustaría, no quiero entrometerme en su vida. Nunca lo hice y ahora tampoco procede que lo haga. Tu espacio familiar siempre fue sagrado para mí.

Creo que te gustaría si pudieras verla, amor, es una mujer encantadora. Estarías muy orgulloso. Como tú, se hace querer. Te adora. Cuida tu legado. Lo protege. Estoy convencida de que dejo nuestro amor en buenas manos.

Ella nos cuidará.

¡Hasta mañana, mi Mediterráneo! Nos vemos a mediodía.

El último guion

Siempre soñé —y ahora más que nunca— con un espectáculo largamente preparado y que solo sería representado una vez. Ante la representación única de una gran obra, me parece que la aportación de los actores como la de los espectadores ganaría en fuerza, intensidad y precisión. Y tal vez el teatro, libre entonces de toda atadura extraña a su propia exigencia, encontraría su vocación primigenia y efímera.

María Casares

Una sola vez...
María siempre soñó con un último guion.
Un guion que la hiciera inmortal.
Yo quise hacerla feliz.
Escribí esto.
Ella lo interpretó.

Luz tenue. Una mujer menuda, delgada, muy delgada, casi una vertical sobre un fondo verde, con el pelo negro, brillante, suelto, avanza despacio por el escenario con un vestido que arrastra una noche estrellada.

El público enmudece. Casi ni respira.

Todo el mundo sabe que de ese cuerpo mínimo saldrá un torrente de vida. Un océano.

María es la voz. María es la reina del teatro, el Milagro de Aviñón, el milagro de tantos y tantos teatros.

De repente, se encienden los focos sobre ella. La cascada de luz la detiene justo en el centro del escenario. Levanta la cabeza y se enfrenta a su público; lo mira con ternura, con valentía, con infinito agradecimiento.

Respira hondo y entra en su estado de trance.

Ya no es María.

Una desconocida rompe el silencio.

La obra que va a representar es difícil, muy difícil. En cuestión de segundos tendrá que pasar de un personaje a otro, tendrá que volver a meterse en la piel de las mujeres que un día la marcaron en escena, será la metamorfosis de toda una vida.

Le gusta el reto. Ha crecido con todas ellas, las conoce, las quiere, las odia, sabe cuáles son sus debilidades, su fuerza. Ninguna le es indiferente.

Lady Macbeth se ajusta a ella como un guante y, por eso, Airas decidió que comenzara con sus palabras *El último guion*. ¡Dichoso muchacho, ha conseguido que desnude su alma!

Le gusta lo que le produce Shakespeare, una suerte de confianza y serenidad que invita a respirar, a no precipitarse, a vibrar con cada frase. Se cree su papel. Macbeth se mete en su cuerpo, en su alma, siente por ella una fascinación salvaje. Es bella y, al mismo tiempo, es siniestra, seductora, una diosa.

Es ella.

También Fedra, la encarnación del amor imposible, ¿acaso no lo ha vivido ella durante años? Leyenda y realidad, al final, no son mundos tan dispares; y unos segundos más tarde será Elvira la que hable, la buena Elvira de Molière, la mujer traicionada y abandonada por antonomasia, la mujer del eterno seductor don Juan. Cuando representa este papel piensa en Francine. Emula su dolor profundo. Tuvo que ser muy duro para ella soportar su presencia en la sombra tantos años. María lo comprendió cuando durante aquella gira en Argel, en la que Camus y ella se iban a encontrar, Francine intentó suicidarse en Orán. Nunca imaginó que algo así pudiera suceder, pero le abrió los ojos.

Salta de personaje en personaje como si cambiara de vestido y con cada atuendo se transforma. Es todas las mujeres que han habitado en ella.

Ahora, la joven y risueña Colette, inocente e inexperta al principio, una adolescente moderna algo más tarde, cuando despierta de su pesadilla con su cabello corto y provocador, con sus pantalones, con su descaro lésbico dejándose ver por los salones parisinos. Ya no se esconde. De la vida con su madre aprendió a ser rebelde. Con su marido, el coleccionista de amantes, el usurpador de su identidad y su escritura, aprendió el concepto de la provocación, y de su querida mujer ha aprendido la lección más bonita de todas, la ternura, ¡cuánta seguridad da sentirse amada! Ya no le cuesta ningún esfuerzo besarla en público, ni dedicarse al teatro, al *music-hall*, en un tiempo en el que ser actriz es sinónimo de prostituta.

El personaje de Colette enamora a María; también ella ha probado ese sentimiento lésbico y transformador, aunque se ha decantado por los hombres, no porque le produzcan más placer, no es eso, sino porque se siente más cómoda con ellos. Estar con una mujer es más exigente, es como estar con ella misma, y la mayoría de las veces no le apetece, no se soporta. Además, con los hombres puede ser mucho más coqueta, más sensual, despreocuparse de dar placer y centrarse en el suyo propio.

Placer.

María siente un placer inmenso ante ese baile de personajes.

Cierra los ojos y hace un gesto firme con las manos de mujer guerrera. Se ajusta una armadura imaginaria. ¡Es Juana de Arco! ¿Qué decís?, pregunta al auditorio con decisión. ¿De dónde vienen esas voces? El carácter excepcional de Juana y, por qué no, su trágico final le confieren a María un encanto especial. Juana es uno de sus personajes más queridos en el escenario. Icono de quebrantos, de transgresión de infinidad de normas, adora interpretarla. Mostrar su fuerza, su ambición, su carácter travestido, sus visiones y fe ciegas. Le resulta extraordinaria. Llena de vida. Y eso es justo lo que quiere María, vida, catarsis, explosión. Resplandor de día, resplandor de noche, entrega, poesía, en definitiva, existir.

¿No es María la musa del existencialismo?

Camus se mete dentro de ella. Su Camus. María frena en seco ante su público. Lanza su armadura inexistente hacia atrás y con ella, su fe de guerrera. Parece que puede oírlo. ¿Cómo dices que me llamo ahora? Martha, le responde; lo creas o no, eres la misma muerte. La alegoría de un mundo que ha perdido la fe.

Un personaje se lo da, otro se lo quita. Le cuestiona qué es la condición humana, dónde queda el libre albedrío, la responsabilidad del destino.

¿Existe el destino?, vuelve a interrogar a su auditorio casi gritando.

La pregunta queda vibrando en la oscuridad.

Se ríe. Su risa es muy cruel. Su risa es desgarradora. A María, Medea le da mucho miedo. Sabe que al no haber sido nunca madre es más difícil interpretar ese papel. Hacerlo creíble. No le brota como otros porque no lo siente. ¿Podría ella matar a sus propios hijos?, se cuestiona. Lo duda bastante, pero nada es imposible. No quiere juzgar a Medea. María habla consigo misma, se convence de que hay que acabar con esa versión tierna, delicada y bondadosa que todo el mundo presupone a las madres. No es real. Las madres viven agotadas. Lloran a escondidas. Beben. Maldicen en silencio. Aman tan incondicionalmente a sus hijos que se pierden por el camino, y un día descubren que no saben quiénes son, que el cuerpo que ocupan no es el suyo, y que lo que sintieron una vez ha dejado de existir. Sin embargo, da igual lo que suceda a su alrededor, una madre es, antes que nada, una mujer. Y las mujeres también pueden enfermar. La invisibilidad es un cáncer que nadie quiere. Un cáncer que se pega despacio, que crece con los años y los hijos. Un cáncer incurable. Como los celos. A veces las mujeres se vuelven locas de celos. La historia está llena de ellas. Mujeres enajenadas. Mujeres al borde de sí mismas. Mujeres infieles. Mujeres que matan. Y María se mete en ese papel, se cree a Medea, ese personaje que el público odia, que todas las madres odian o quieren odiar, pero que en el fondo perdonan rápido. Iría contra natura no hacerlo. María nunca la ha odiado, para ella Medea es un reto sin paliativos, así que busca su lado más tierno para que esa madre-mujer no se vuelva contra ella en el escenario casi al final de la gran y única actuación del primer acto. Es un monólogo intenso, durísimo, el asesinato de tus propios hijos como venganza por el adulterio del marido. El asesinato como fuerza animal y salvaje, el asesinato como redención de una misma. Matar no ha sido fácil. No hay ninguna felicidad en el odio que siente. Ni en la visión lapidaria y sangrante de la madre. Su dualidad femenina le duele, es monstruosa y terrible, es dulce. Todo es posible en el mundo de los vivos.

Todo es posible en el teatro.

María se prepara la oscuridad del escenario. Sabe que Medea tiene que morir. Que esa es la penitencia que debe soportar por matar a sus queridos hijos. Aguarda un momento. Mira a su público. Respira. Sonriente, sensual, comienza a bailar, esperando el desenlace mientras rompe el silencio con tres versos: «Ya solo estaremos tú y yo, / cara a cara, / y tú me decapitarás».

Cae el telón.

María se refugia en el camerino. Está muy emocionada. Le gustaría beber, una copa de champán, dos, la botella entera, pero solo tiene diez minutos antes de volver. El público la espera y le queda lo más difícil, el colofón. Se enciende un cigarrillo y cierra los ojos. El corazón le late a mil por hora.

Se pregunta si Airas estará entre el público. Si estará viviendo con ella su milagro, el último guion.

El momento está siendo inolvidable.

Le debe tantas cosas al muchacho…

Airas le ha devuelto la ilusión. Sentirse amada, única, especial en el ocaso de su vida. Ha sido un amor efímero, tan efímero como ese sueño que tenía de representar una obra solo una vez, pero que ambos sean efímeros no los hace peores. No, todo lo contrario, el sentimiento que la recorre en ese momento es puro éxtasis. Un aliciente inesperado. Un soplo de aire fresco. Lo está dando todo. Su todo. Su nada.

Mientras tiene los ojos cerrados, bailan en su cabeza sus grandes amores y le despiertan una enorme ternura. Ha querido con toda su alma.

Alguien llama a su puerta, lo hace muy suave, tres veces seguidas. Es la señal acordada. Debe volver a casa, al escenario, a su público.

Abre los ojos y siente que le brillan por dentro. Antes de salir, de quemar los últimos minutos de una obra gloriosa, de reencarnarse en todas las mujeres que ha representado alguna vez y le han dejado una isla muy adentro, se mira en el espejo y asiente; le fascina su rostro maquillado, su rostro de mentira, su rostro de quimeras cumplidas e incumplidas, su rostro de peregrina sin tierra, sin final, sin mar.

Sonríe. Y comienza la cuenta atrás. ¿Cuántos segundos tarda en llegar al escenario, veinte?: diecinueve, dieciocho, diecisiete...

Se sube el telón.

María siente que le asciende toda la pasión por la garganta. Y, al encenderse los focos sobre ella, grita una palabra desgarrando el aire estático de la sala: «¡Bombas!».

El público se sobrecoge ante la palabra.

María ha dejado de ser María. Ante ella, Dora ha surgido como si de un fogonazo se tratara. Se mete en su piel, en su maldad, en su vida atentado. En realidad, no sabe bien si le fascina o le horroriza. Es una mujer contradictoria, insignificante, una mártir del amor, del idealismo, de su propia depresión. Una mujer manejable. Fabrica bombas para justificarse, para no quedarse fuera de la célula, de la vida, del amor que siente y la inutiliza, fuera de sí misma. Pero tiene muchas dudas: ¿existe una violencia legítima?, ¿no es acaso la violencia un sinsentido?, ¿tiene alguna lógica convertirse en asesino para terminar con un opresor?

«Hay demasiada sangre y dura violencia. Los que aman de verdad la justicia no tienen derecho al amor. Están erguidos como yo lo estoy, con la cabeza alta, con los ojos fijos. ¿Qué iría a hacer el amor en esos corazones orgullosos?».

Todo queda en el aire. Suspendido. En silencio.

A María le gusta dejar así a esos cientos de ojos que la miran expectantes de lo siguiente. Le gusta marcar sus eternidades, ir borrándolas poco a poco como si fueran fantasmas que se marchan de una habitación en ruinas.

Las ruinas son su vida, aunque nadie lo sepa. Los fantasmas, sus mujeres.

El teatro, la casa de todos. Como el amor. ¡Ay, el amor!

Piensa en Camus y todo su entorno se ilumina de pronto. Julieta lo hace posible. Julieta es ella. Romeo, Camus. Se aman con locura. Shakespeare lo hace posible. Y con ese amor se disfraza ante su auditorio, regresa a la pubertad, a la inocencia de los seres que no pueden vivir sin los abrazos. Ella lo entiende mejor de lo que le gustaría. ¿Quién puede resistirse a un personaje así?, ¿al drama de ser capaz de simular tu propia muerte por vivir para siempre con el hombre que amas? Adora a esa muchacha. Su pasión. La mima con palabras dulces. La mima con gestos. Le gustaría tanto protegerla, seguir con ella hasta el final de la obra, pero el fragmento se termina y pronuncia una frase que, a veces, le duele: «¡Dios ha muerto!». Julieta desaparece en dos segundos, el tiempo que ha tardado en pronunciar despacio esas tres palabras unidas formando una frase lapidaria. Y la Hilda de Sartre ocupa su lugar, se la come entera, se yergue orgullosa, transformándose en diablo y en un dios bueno. «Ustedes los realistas son todos iguales —dice, señalando a la gente sentada en las butacas—: cuando no saben qué decir, toman prestado el lenguaje de los idealistas».

María es una idealista, es Hilda un poco también, mala, buena, regular. Tiene sus días. Los pies en el suelo, la cabeza en las nubes y las manos siempre bien sujetas a los libretos. Los guiones conducen su vida; a través de ellos deja volar sus instintos, ama y odia al prójimo, a veces incluso siente esas dos palabras antónimas al mismo tiempo, en la misma persona, en el mismo lugar. Lucha por evitarlo. No le gusta juzgar porque no quiere ser juzgada. Reflexiona ante la idea de Dios. Le atrae hacerlo, la acerca a su padre, a su madre, a todos los que ha querido alguna vez. Quizá confunde lo que siente. No hay tiempo para analizarlo.

La obra debe continuar. Se hace el silencio de nuevo.

María ha llegado al límite de sus fuerzas. Le queda por encarnar solo un personaje, pero ¡qué personaje!

Se arma de valor.

Por un momento vislumbra a su querido Camus en un rincón del escenario. Le guiña un ojo. Se lleva la mano al corazón. Le desea suerte. Los dos saben que la Peste es su guion. Que duele recordar aquellos maravillosos días de ensayos, siempre juntos, siempre unidos. Ella le sonríe agradecida:

> Yo reino, esto es un hecho; es, pues, un derecho. Pero es un derecho que no se discute: debéis adaptaros. Por lo demás, no os engañéis: si reino es a mi manera.
>
> Queda proclamado el estado de sitio.
>
> ...
>
> ¿Quién me liberará del hombre y sus terrores?
>
> Yo era feliz en la cima del año, suelto entre los frutos, la naturaleza igual, el espía benévolo. Amaba el mundo; estábamos España y yo. Pero ya no oigo el ruido de las olas. ¿Quién me devolverá los mares de olvido, el agua en calma de alta mar?
>
> ¡Al mar!
>
> ¡Al mar, antes de que se cierren las puertas!

Cae el telón.

Se escucha un aplauso estrepitoso al otro lado de las cortinas. María cae al suelo rendida por el agotamiento. No puede más. Le tiemblan las piernas. Acuden a ayudarla de todos lados. Tiran de ella hacia arriba, le dicen cosas, palabras de ánimo, le ofrecen agua. María se deja hacer, tocar, mimar. Tiene la impresión de estar rodeada de locos que la quieren, y, en el fondo, lo agradece de corazón. Solo hay que saludar, se dice. Solo hay que saludar, se repite. ¡Aguanta un poco más, María!, se reprende. Dóblate en dos. Levanta el brazo. Saluda con la mano. Sonríe. Sonríe mucho. Abrázate y di adiós. Es fácil. Lo has hecho miles de veces. Después podrás descansar. Pasar una semana en la cama si eso es lo que quieres. Recluirte en La Vergne hasta el final de tus días. Te lo mereces todo, se anima, pero ahora respira hondo y prepárate para el último sacrificio, dejarte querer por tu público. ¿Estará Airas?, se pregunta otra vez.

¡Ojalá esté!, suspira.

Se sube el telón.

María reaparece en escena. Está demacrada. Le cuesta respirar. Sostenerse. Suda a mares. Tiene el maquillaje corrido. Sonríe con timidez. El público se pone en pie nada más verla, aplaude sin descanso, ¡qué dolor de manos! ¡Madre mía!, piensa María. ¡Madre mía! ¿Cuánto puede durar un aplauso? El corazón le estalla. Mira a la gente, se queda con ellos, con las bocas, con sus ojos, busca una cara entre la multitud. Solo una. ¡No está, no está! ¡No ha venido a ver su último guion! El mundo se le cae encima. Retrocede como un animal herido cansado ante tanta exposición. Se tambalea un poco. Alguien se acerca, la sujeta por detrás. Le pone una mano en la cintura, muy cerca del seno izquierdo. ¡Esa intimidad! Reconoce al instante los dedos finos, la palma enorme, la seguridad al tocarla.

Cierra los ojos. No es un sueño.

¡Ha venido!

Airas
Epílogo

> El silencio es la conversación de las personas que se quieren. Lo que cuenta no es lo que se dice, sino lo que no es necesario decir.
>
> CAMUS

Mas María y yo nunca volvimos a vernos. Sin embargo, seguí muy atento a cada uno de sus pasos. Fue una actriz imparable hasta el final de sus días.

Ella siempre lo supo, no le quedaba tiempo.

En el noventa y uno representó las *Comedias bárbaras* de Valle-Inclán de la mano de su querido Lavelli. Le gustaba trabajar con él. Se entendían. Valle-Inclán la llevó de viaje a Roma, a Niza, Montpellier, Clermont-Ferrand, Lille, Barcelona y al festival que más amaba, Aviñón.

¡Le debía mucho a este lugar! Habían crecido juntos.

Pero ese año no se conformó solo con Valle-Inclán, también viajó al corazón de Rusia y a la Revolución representando a Gorki de la mano de Sobel, otro mago de los teatros.

En el noventa y dos, con cincuenta años de escenario a sus

espaldas, María encarnó el papel de Orestes, un personaje que la fascinaba, porque la llevaba a una etapa, la tragedia clásica, que la enamoraba desde siempre. Orestes es el preferido de Eurípides, y Alfieri lo exaltaba como ninguno. De nuevo volvía a actuar a Montpellier. La dirigía Gillibert.

Precisamente ese mismo año, una de las salas del Théâtre National La Colline sería bautizada con su nombre, su nombre francés, ese que se acentuaba al final de su apellido para no perder su semejanza española, ese que siempre intentó robarle una parte de su identidad española: Sale Maria Casarès.

En el noventa y tres, ¡Shakespeare llamó de nuevo a su puerta! Adoraba trabajar con sus textos y estar dirigida por Sobel otra vez. Se metió en la piel de *El rey Lear*. La soledad, la vejez, la tragedia, ¿no era esa la definición de su propia vida? Más tarde Lavelli le pidió representar el *Mein Kampf*. Y María no puede negárselo. Acepta, aunque la figura de Hitler, por muy satírica y mordaz que sea la visión de Tabori, le produce unas náuseas terribles.

El noventa y cuatro será un año muy duro para ella. Se cansa tanto actuando en dos obras seguidas y una película que no puede ni con su alma. Pero María nunca supo decir que no a nada, y menos a una obra de teatro, y la originalidad de *Dostoievski va a la playa*, de Parra, la cautiva por completo. La literatura rusa es una de sus preferidas y la visión de este autor chileno le deja su propia piel a la intemperie. Se queda con una frase que escribe muchas veces: «Aquel que tenga oídos, que oiga».

El cine hace tiempo que dejó de seducirle, aunque acepta la propuesta de Paskaljevic con *La otra América;* le interesan todos los temas relacionados con la inmigración, y este es muy sincero.

Ese año María recibía el Premio de la Crítica en el Festival de Cannes. ¡Qué feliz parecía! Sobel acude a ella de nuevo, le propone interpretar una obra que sabe que le apasiona, *Los gigantes de la montaña,* de Pirandello. ¡Cómo negarse a esa obra cumbre!, imagino que pensaría. Tiene todos los ingredientes que ama: drama, pantomima, poesía, metáfora. La muerte de su querido teatro a manos de los «gigantes», a manos de los fascistas.

En el noventa y cinco, por fin, María decide reducir el ritmo de trabajo. Las fuerzas ya no le alcanzan como antes. Comenzará de la mano de Hoffman las obras completas de *Billy the Kid*, pero tendrá que abandonarlas.

María está agotada y muy enferma. Hace tiempo que lo está, aunque el mundo no quiera verlo. Con gran pesar, una mañana, decide que ha llegado el momento de dejar las tablas, pero retirarse del todo le duele tanto o más que su propia enfermedad, por eso, en un pulso al destino, acepta actuar en el Théâtre National La Colline en una obra llamada *El cerco de Leningrado*, de Sanchis Sinisterra. No ha interpretado nada de él, pero la visión de este escritor le atrae mucho, su preocupación por el drama, la exploración de nuevas formas, los temas. María es así. Se centra en dar voz a los ignorados, a los perdedores, a los que tienen alguna posibilidad de brillar con luz propia. Quizá le recuerdan a su querido Camus. No puede finalizarla. Ni siquiera podrá asistir a los premios de teatro de Galicia, que desde el noventa y seis llevarán su nombre.

Ese mismo año, el veintidós de noviembre, coincidiendo casi con el día de su cumpleaños, el veintiuno, y también con el día que llegó a París, un veinte de noviembre, María morirá de cáncer en Alloue. Nunca quiso morfina, no quiso nada que le adormeciera los sentidos y el cuerpo. Estaba preparada para irse, para reencontrarse con toda su gente allá donde la esperasen. Imagino el momento. Tuvo que ser muy especial.

Me hubiera gustado estar ahí, darle la mano en ese trance a la otra vida.

Hoy, sus huesos reposan junto a Dadé y un puñado de rosas que crecen silvestres entre sus dos tumbas. El cementerio de Alloue los protege del tiempo.

Su espíritu sigue allí, azul, inconfundible, atlántico, libre, vagando entre todos aquellos que aman el teatro y siguen admirándola años después. También entre los viajeros que se acercan hasta su casa siguiendo las flechas del camino. ¡Es tan fácil perderse en la campiña francesa...!

Dicen que todavía acompaña a Camus a mediodía, que la han visto junto al lago y despierta, sí, también despierta, al amanecer, hablando con su querido Dadé en el jardín.

Ya se sabe, a la gente le gusta decir, inventar...

En el dos mil La Maison du Comédien Maria Casarès, la casa propiedad de María Casares y Dadé que legó al Ayuntamiento de Alloue en su testamento, se inauguró en su honor como La Casa del Actor. Fue su última voluntad.

Desde el dos mil siete, la residencia familiar de la calle Panaderas en La Coruña está abierta al público como Casa Museo Casares Quiroga. El tercer piso está dedicado íntegramente a María.

Creo que a ella, allá donde esté, le gustará saber que ha vuelto, de alguna manera, a la casa de su infancia.

Yo también he vuelto.

En el dos mil diez se abrieron por primera vez desde su constitución, cincuenta y ocho años atrás, los archivos de la OFPRA (Oficina Francesa para la Protección de Refugiados y Apátridas) al público a petición de historiadores e investigadores, y en ellos queda constancia del nombre de María Casares y del reconocimiento de su condición de refugiada, así como de la admisión de su protección subsidiaria. Desde entonces, la división europea de esta oficina lleva su nombre.

Agradecimientos

¿Cómo llega un personaje a tus manos? ¡Quién lo sabe!

Nunca he tenido muy claro si soy yo quien encuentra las historias que escribo o son ellas las que me encuentran a mí, pero esa sensación de llamada, de interés repentino por una mujer, por su vida, de verme reflejada en ella por un tiempo, dentro de ella, en su cabeza, en su piel, en sus sentimientos, en el momento histórico en el que vivió, me ha sucedido con todas y cada una de las novelas que he escrito hasta ahora.

Puedo decir, con todo el cariño del mundo, que soy un poco todas ellas, nunca llegan a irse. Las tengo cobijadas muy adentro.

Adoro narrar historias de mujeres, darles visibilidad a través de la palabra templada y sin estridencias. Historias veraces que se van transformando en ficción en mis manos; mujeres fuertes, que no heroicas, conocidas o anónimas, admiradas, repudiadas, sensibles, rotas, solitarias, desengañadas, soñadoras, excepcionales, mujeres eternas, mujeres que aman.

Esta es la razón de que María Casares me atrajese tanto. Sentí, desde el principio, que tenía un corazón enorme y un deseo de brillar fuera de lo común. Sin embargo, me emocionó también su gran soledad. Ella simbolizaba todo lo que suelo buscar en una mujer cuando la narro, cada adjetivo.

Su vida fue apasionante.

Era una trabajadora nata. Una mujer, mujeres. Interpretó tantos papeles que se perdió en ellos. Sombra y luz, todo y nada, voz en el escenario, rompedora, desarraigada, libre, diva, sencilla, una mujer recuerdo.

Una mujer que merece estar muy presente hoy, cien años después, que merece que la reconozcan por todo lo que logró por ella misma y no por ser la hija de... ni amante de...

María Casares es parte de nuestra historia, de esa historia que todavía nos duele y nos enfrenta, de esa historia que no ha sabido cómo reconciliarse.

Desplazada, exiliada, comenzó a crecer de cero con catorce años. Fue una mujer enamorada. Una soñadora azul. Apostó por la vida incluso cuando no quería vivir.

Anheló cada día de su vida su Atlántico, Galicia, volver a casa, el amor y una familia. No logró ninguna de ellas.

Escribió Virgilio hace ya una eternidad: «Mientras los ríos corran al mar y haya estrellas en el cielo, debe durar la memoria del beneficio recibido en la mente del hombre agradecido».

Si estuviera Virgilio esperándome en un café hoy, lo abrazaría nada más entrar por esta frase lapidaria. Puede que los dos llorásemos emocionados.

Siempre he pensado que agradecer es un hermano mayor que te cuida, y la manera más bonita de terminar una novela. También de comenzarla. Agradecer tiene un significado especial, es un verbo que transmite un cálido abrazo, un verbo que sabe reconocer el apoyo, la compañía, el amor.

Las novelas que escribimos están llenas de amor.

No es lo mismo dar las gracias, se parece, pero no. Dar las gracias solo es un gesto social, muy humano, aprendido y repetitivo hasta el aburrimiento, cotidiano, educado.

Decía Jean de la Bruyère: «Solo un exceso es recomendable en el mundo: el exceso de gratitud».

¡Permitidme ser excesiva, entonces!

Voy a comenzar por el origen de esta historia, Cristina Lomba, mi editora, o, para ser más precisa, mi exeditora. ¡Infinitas gracias, Cristina! Esta novela no existiría sin ti, sin tu empeño, sin tu buen hacer, sin tu profesionalidad, sin tus ojos puestos en los míos desde hace años, siguiéndome la pista. Nuestra relación viene de largo, viene desde el mismo origen de lo que soy en este momento de mi vida, *Agua de limón.* Lo nuestro fue, lo es todavía, un amor platónico, un amor imposible, un amor empeñado en funcionar que, sin embargo, se despeña una y otra vez. Pero lo hemos hecho. Es real. Estés o no estés ahora mismo en mi camino, María Casares es nuestra novela. Quiero que lo sepas y también que, como tú me confiaste una vez, me dejaste en muy buenas manos. Cuando un editor es compañero de oficio todo resulta mucho más sencillo. Nos conocemos sin hacerlo realmente, porque con toda probabilidad hemos compartido las mismas emociones en algún momento del proceso de la escritura: un proyecto nuevo, una idea que bulle, a la que no paras de darle vueltas hasta que la rompes o se estrella en un papel en blanco, un rechazo, dudas, fe, meses de trabajo a la sombra, agradecimiento final. Querido Alberto Marcos, gracias por tu cercanía sin interrupciones, por darme espacio; que confíen en ti y te dejen trabajar a tu aire no tiene precio.

A María Casares, a ti sobre todo te debo esta novela. Seguir tu historia y hacerla mía ha sido muy emocionante; sentirte entre mis propias líneas, lo que decías, lo que callabas, tu correspondencia, tu amor infinito a la vida, a Camus, a Dadé, a tus padres, al teatro, a España, me ha hecho feliz. En ocasiones me has despertado un ansia de vida y una pasión que no creía que tenía.

¡Gracias, gracias!

Gracias a tantos y tantos textos y lecturas leídas durante estos meses, ensayos, biografías, artículos, novelas sobre la época, teatro, es apasionante meterte de lleno en un momento histórico, aprender sobre él, sus aciertos y errores, las distintas maneras de verlo, las interpretaciones más subjetivas, la manipulación histórica…

¡La política!

En agosto del verano pasado (2020; escribo la fecha para no olvidarme nunca de la pandemia ni de los largos meses de confinamiento), hice, por fin, el viaje que tenía pendiente desde que comencé a escribirla, visitar su casa. La había visto en fotos durante meses, sí, pero para mí no bastaba, no era una sensación real. Necesitaba pasearla, verla y sentirla con los ojos de María. Probé una emoción enorme al llegar al pueblo de Alloue, al encontrar el camino arbolado hacia su casa, al ver el cementerio en lo alto y su tumba junto a Dadé. Casi no podía ni hablar.

Sentí mucha tristeza al recorrer su casa por dentro. Había una exposición temporal que se alejaba por completo de mi percepción de María. Las rosas negras me impactaron. Y el baño azul.

En mi opinión, la mayoría de lo que he leído sobre ella se queda en la superficie; hablan de lo excéntrica que era, de la diva, de los amantes, de su vida liberal y disoluta, incluso la propia María en su biografía inacabada (*Residente privilegiada*, Argos Vergara, 1980) lo hace en algunos momentos, eso, quedarse en la superficie. Tendría sus motivos, políticos, afectivos, incluso literarios, pero siento que no la representan. Yo he convivido durante meses con otra mujer. Por suerte, Catherine, la hija de Albert Camus, publicó, para que todos pudiéramos conocer el gran amor que los había unido durante tanto tiempo, las cartas personales que se enviaron en su larga relación bajo el título *Correspondance (1944-1959)* (Folio, 2017).

En aquel momento, cuando afronté su biografía y esta historia, las cartas de María y Camus no estaban todavía traducidas al español, y fue una tarea muy bonita ir, poco a poco, desgranando sus sentimientos. No quería perderme ningún detalle. Me enamoraron. Las cartas sí son María. Dieciséis años de María entre líneas y sobre las líneas. Con ellas me quedo. Y estoy segura de que a vosotros os pasará lo mismo, sobre todo si habéis disfrutado con esta novela y os habéis quedado prendados de María.

¡Gracias, Catherine, por tu generosidad! Lo reconozco, tuvo que ser muy difícil para ti y para tu hermano Jean tomar aquella decisión.

Pienso en mi propia familia en este momento final del relato no porque les toque el turno, sino porque son mi templo, mi medida, un apoyo sin el que ahora mismo no sabría seguir adelante. A ellos, más que a ninguna otra persona en el mundo, les agradezco todo lo que una mujer, una madre, una esposa, una hija o hermana puede agradecer. Cada uno tiene lo suyo.

Adriana, mi hija más rebelde y cariñosa, mi pequeña María Casares, decidida, liberal, abierta, mística, con carácter, no sabes lo que me enseñas cada día. Soy un continuo aprendizaje a tu lado. Soy feliz. ¡Gracias, tesoro!

Mi Samuel, mi pequeño gran Samuel, mi músico del corazón, cada día me cuesta más esfuerzo alcanzarte, meterme en tu piel, comprender. Sé que estás en tu momento, descubriéndote, reafirmando el hombre que serás muy pronto. A veces me gusta mirarte. Observar tus cambios. Algunos me gustan y otros no. Intento encontrar al pequeño que fuiste no hace tanto y al que yo bendecía al levantar. Ya no te levanto. Ni te hago compañía mientras desayunas. Sé que algún día echarás de menos aquellos momentos nuestros. También que leerás mis libros y pensarás que lo que hace tu madre, en realidad, sí sirve para algo. Sé que te hará feliz descubrirlo. ¡Gracias, mi vida, por tanto!

A mi amor, ¡qué podría decirte que no te haya dicho ya, que no nos hayamos demostrado después de casi tres décadas juntos! En realidad, para nosotros el tiempo nunca ha existido de verdad, nos movemos con la inercia de los días como si fuera lo más natural del mundo. Un río, un fluir, dos riberas, eso somos, tan distintos, tan parecidos. Gracias por tu caminar cercano.

A vosotros, queridos mamá y papá. Infinitas gracias por estar siempre ahí; a ti, mamá, al inicio del día, al terminarlo, y a los dos presentes en cada momento importante de mi vida, también en lo más banal, como irnos de compras o tomarnos un café en cualquier rincón con luz.

Vuestra fuerza y ganas de vivir me conmueven.

A mis lectores, siempre. Gracias por cada lectura, por cada reseña, por cada comentario y, sobre todo, por ese boca a boca tan necesario que nos permite seguir adelante y llegar a la luna sin movernos de la cueva.

Sin vosotros ningún escritor existiría.

Zaragoza, 4 de octubre de 2021

CLARA FUERTES

Índice

«**Para viajar lejos no hay mejor nave que un libro**».

EMILY DICKINSON

Gracias por tu lectura de este libro.

En **penguinlibros.club** encontrarás las mejores recomendaciones de lectura.

Únete a nuestra comunidad y viaja con nosotros.

penguinlibros.club

penguinlibros